風立つときに

柴垣文子
Fumiko Shibagaki

新日本出版社

風立つときに＊目次

初出　『女性のひろば』二〇一六年六月号～一八年四月号まで連載

一　転校生

私は嘘をつくことにした。水沢真海《まなみ》に頼まれたとき、瞬時に決めた。

それは夕刻の校長室で彼女と会ったときのことで、真海はふたりの娘を転校させるために、橘小学校を訪れたのだった。差し出された書類を見ると、三十代、私よりひと回りほど年下だ。電話欄は空白、転校の理由は転居となっている。

きりのいい新学期の初めに転校できなかったのは、理由があるのだろう。姉は五年生、妹は三年生、姉の方を私が担任することになる。

「五年生を担任している田代由岐《ゆき》です。あいにく、学校長も、三年生の担任も出張してるんですよ」

私は言い訳がましい口調で説明した。校長は出張していて翌日まで不在、三年生の担任はその日の午後から出張、教頭は病気で休職している。主幹教諭もどこに行ったのか、職員室に見当たらなかった。いつものことだが、人手が足りなかった。私は転入生用のプリントを机の上に置いた。

水沢真海はそれを手に取ろうともせず、窓辺に目を向け、しなやかな両手を膝の上に揃《そろ》えている。色白で丸みをおびた顔の輪郭はすっきりしているが、視線は鈍く、心はここにないというふうに見える。

私は彼女の視線を追った。楓《かえで》が校舎の窓に枝を差し伸べている。まだ裸木《はだかぎ》に近かったが、よく見ると細くて小さい新芽がついている。風が立ち、枝を揺らし、芽ぶきを促しているかのようで、私はそんなことを考える自分に余裕を感じた。そして、転入生用のプリントを彼女の方へ滑らせた。彼女は我に返ったという顔をして窓から視線を戻した。

私は持ちものについて説明をし、学校の決まりや集団登校や給食や学級費のこと、そのほかのこまごまとした学校生活について伝えた。ＰＴＡのこともある。

「何か、お聞きになることはありませんか」

尋ねたが、真海は首を横に振った。依然として硬い頬をしている。私は彼女との距離を感じた。担任としては、この際たとえ少しでも距離を縮めておく方がいいだろう。

「この住所だと、府道の近くですね」

私はくだけた口調で問いかけた。

「そうです。酒店さんの離れをお借りしています」

彼女は小声で答えた。酒店は減り、橘町に三店しか残っていない。その中で、離れのある酒店は一軒だけだ。

「その酒店さんなら知ってますよ。教室に来てもらって、ため池の由来を話してもらったことがあって、その池、田護池というんです。ご隠居は耳が福々しくって、子どもたちが触りたがりましてね」

私は雰囲気を和らげようとしたが、彼女の表情は変わらなかった。もう一度、書類を見ると、電話欄は空白になっている。

「福島から来られたんですね」

福島と口にした瞬間、私の胸はざわついた。あのとき、福島に南東風《みなみごち》が吹いた。春を呼ぶ風のはずだった。けれども、風は村や町に恐ろしいものを運んだのだった。

真海が顔を上げた。そのまなざしが強い光をおびていた。

「娘たちが橘小学校にいるか、という問い合わせがあるかも知れません。そのときは、いないと答えてください。お願いします」

彼女の声はか細かった。けれども、しっかりと耳に届いた。

「福島からではなくて、違うところから来たことにしてください。お願いします」

すがるように繰り返したので、私は嘘をつくことに決めた。

「分かりました。どこからにしますか」

尋ねると、彼女はうつむいて前かがみになり、肩に力をこめている気配だった。

「どこにすればいいのか」

彼女は顔を曇らせた。春の陽光を集め、白いうなじがすべすべと光っている。しばらく待ったが、彼女は黙っている。

「横浜からではどうですか」

私が言うと、ふっと彼女は肩の力を抜いたようだった。

「お願いします」

彼女は顔を上げた。その目が何かを問いかけてくる気がした。

「ひとりで学校へ来られたんですね。お子さんたちは、いま、どこにおられますか」

「親戚の家です。いとこが橘町にいます」

彼女の頬がかすかにゆるんだ。

「そうなんですか。ご親戚が町内にいらっしゃるんですね」

ほっとして返した。

「いま、いとこに仕事を探してもらっています」

「そうですか」

私はうなずいて、電話欄が空白になっていたことを思い出した。

「スマホを持っておられますか」

「はい、持っています」

「お互いに登録しておきましょうか」

彼女はうなずいた。

聞きたいことがあったが、その問いかけをのみこんだ。彼女は疲れているようだ。急ぐことはない。

「明日の朝は、お子さんと一緒に校長室へ入ってくださいね」

私が言うと、真海はうなずいた。


彼女を見送ったあと、職員室へ入った。さっき、姿を見なかった主幹教諭が正面の席でパソコンのキーを打っている。私は転校生があったことを天岡《あまおか》武志主幹に報告し、母親から聞いた要望を伝えた。主幹は黒縁の眼鏡を両手でかけ直すしぐさをしたあと黙った。が、すぐに濃い眉を上げてうなずいた。


その夜、帰宅した私は三年生担任の若村優子に電話をかけ、彼女の出張中に五年生と三年生の姉妹が転校してきたことを伝えた。私が五年生の姉を、優子が三年生の妹を担任することになる。

「四月途中の転校やね」

始業式の転校ではないことをいぶかっている声だ。その声には張りがあった。とても一年後に定年退職を控えているとは思えない。

「福島からです」

「福島からね」

わずかな沈黙のあと、微妙に何かを感じているかのような声が返ってきた。

「それで、母親に頼まれて、横浜からの転校生ということにしました。問い合わせがあっても、橘小学校にはいないと答えてほしいそうです」

私が言うと、一瞬、優子は黙った。

「分かった。それで、ふたりの転校生はどんな様子やったの」

彼女は心配そうに聞いた。

「来校されたのは母親だけでした。町内の親戚の家に子どもたちを預けてきたそうです」

「そうか、親戚があるんやな」

優子は返して言葉を継いだ。

「二年前に大阪の友だちが東京の孫を預かったと言ってたなあ。まだ、赤ん坊やったなあ」

東京、赤ん坊という彼女の言葉に、思い当たることがあった。

「東京の水道水ですか」

「そう」

優子は答えたので、私も思い出した。

「私の近所でも、高校生のお孫さんを預かってましたよ」

隣の老女は独り暮らしをしている。その家に福島に近い県から高校生が避難していた。ずっとではなく、春休み、夏休み、冬休みなどの一時避難だ。


「孫が福島で消防署に勤めてるんやけど、どんな仕事をしてるのか、心配やわ」

若村優子は言った。

翌朝、私は若村優子と校長室で水沢一家を待った。ほどなく、遠慮がちなノックの音がした。

「どうぞ」

優子が鼻すじのとおった顔を入り口の方に向けた。戸が静かに開き、水沢真海とふたりの娘が入ってきた。三人とも顔立ちがよく似ていて、丸顔できれ長の目をしていて顔色が白かった。優子が声をかけた。

「水沢さん、ナホさんの担任の若村優子です。よろしくお願いします」

「はい」

妹のナホがポニーテールの髪を揺らして、人懐っこい笑みを浮かべた。

「アカリさん、担任の田代由岐です。よろしくね」

「はい」

アカリは小声で答えてうつむいた。肩の辺りで髪を切り揃えている。細い手首がブラウスの袖からつき出ている。その細さが痛々しく感じられた。

「きのう、頼んだことをお願いします」

母親は私に顔を向け、不安そうな目をした。

「だいじょうぶですよ」

私は返した。

「事情はお聞きしていますよ」

優子が笑顔で言い添えた。彼女の下まぶたのふくらみが優しかった。

「ご苦労様でした。水沢さんはお帰りになってもいいですよ」

優子が慣れた口調で指示すると、母親はゆっくりと椅子を立ち、足もとをふらつかせた。

「だいじょうぶですか」

私は声をかけた。彼女はうなずいた。案じ顔で母親を見送ったあと、優子が姉妹に向き直った。

「打ち合わせが終わったら、一緒に教室へ行くからね、ここで待ってなさい」

彼女の言葉に、ふたりはうなずいた。

「すぐだからね。待っててね」

私も声をかけた。そのとき、アカリの指や手の甲が荒れているのに気づいた。全体に赤みをおび、細かい黒い無数の傷がついている。お風呂に入ったら沁みるだろう。両手で包みこみたいと思うほど荒れている。私はアカリの肩にそっと片手を置いた。頼りなげな細い肩が指先に触れた。

職員室へ戻ると、いつもどおりにパソコンを立ち上げた。日程表、保健室だより、道徳通信などが画面に現れた。ふたりの転校生のことも書いてある。留意点が二点、福島という地名を出さない。問い合わせがあっても、本校にいないと答えると書いてある。事情があって転校してきたことを隠したいという事例はさほど珍しくはない。

橘小学校では、週に二日ずつ、朝と放課後に職員の打ち合わせをしている。その日は、朝の打ち合わせがある日で、若村優子が転校生についての留意点を確認した。職員室の空気が揺れたようだったが、誰も何も言わなかった。打ち合わせや会議のときに、質問や意見が出ることは滅多にない。

誰かが見落とすのではないかと心配していたが、若村優子が確認してくれたので、ほっとした。書面だけの確認では徹底しないことがあるのだった。

私は、水沢アカリと五年生の教室に入った。教室の中が静まり、子どもたちの目が集中してくる。アカリは緊張しているのか、うつむいている。

「新しい友だちを紹介します。水沢アカリさんです。横浜から転校してこられました」

嘘をついているという意識はあったが、すらすらと言葉が滑って出た。

「水沢アカリです。よろしくお願いします」

アカリは小声であいさつをした。そのとき、私は奇妙な感覚にとらわれた。嘘をついている自分を違う人間が見つめていて、自分が他人になったかのような感じだ。これまでも、嘘をついたことはあるが、こんなふうには感じなかった。今日に限って何故だろうか。すぐに、私はその理由に思い当たった。二十人の中で、ひとりだけ私の嘘を知っている子どもがいる。転入生の水沢アカリが知っている。そのせいに違いない。担任が嘘をついている事実が、アカリにはどう映っているのだろう。そのほっそりした姿を見つめたとき、ふと「こころのノート」の文章がよぎった。道徳教育用として文科省が作ったもので、カラーの写真や絵がふんだんに使われている。子どもたちは一冊ずつ持っていて、書きこむこともできる。「こころのノート」には、「うそをついてはいけないよ」と真っ赤な太字で書いてある。誰がこの言葉を教科書に載せたのだろう。二年前の原発事故のあと、多くの事実が隠され、偽《にせ》情報が横行したことを思い出した。

昼休み、私は教室の窓から外を眺めた。タイサンボクが分厚く大きな葉を広げ、晩春の陽光を照り返している。子どもたちは校庭でクラス遊びをしている。橘小学校では週に二回、クラス遊びをしている。五年生の子どもたちは、プールに近い場所でドッジボールをしていた。

最近、校庭で子どもたちと一緒に遊ぶ担任の姿は減っている。私も、休み時間はたいてい事務処理や授業準備などについやしている。その日、校庭に出ているのは六年生の担任ひとりだけだった。彼は勤めて三年目、生徒指導主任をしている。青い長袖の体操服を肘《ひじ》までまくって走り回っている。遠目にも逞《たくま》しく若々しい体つきをしている。

私は五年生の教室を出て、職員室へ向かった。廊下を歩いていると、背後で子どもの声がした。

「田代先生」

呼ばれて振り返ると、三年生の教室から女の子が駆け寄ってきて手をつないだ。小さな手だ。転校してきたばかりの水沢ナホだ。私は立ちどまって尋ねた。

「どうしたの、ひとりで」

ナホはきまり悪そうな顔をして、私を見上げた。ポニーテールの髪が揺れた。

「みんなは外遊びに行ったけど、私は」

ナホは言葉をとぎらせた。

「どうしたの」

「私は、お魚が苦手なの」

急に小声になった。ナホは給食の魚に手こずり、クラス遊びに遅れてしまったのだろう。

「教室に電話がかかってきて、若村先生は急用だって。それでね、私はこれから遊びにいくの」

ナホは説明した。優子は職員室と教室をつなぐ校内電話で呼び出され、転校生のナホのことを案じながら職員室へ戻ったのだろう。

そういえば、姉のアカリも魚が苦手のようだった。給食の終わりごろになっても、魚に箸をつけていなかった。けれども、アカリの場合はうまくいった。うしろの席にすわっている男の子がアカリに話しかけたのだ。彼はクラスで一番背が高く、食欲が旺盛だ。

「サバアレルギーやろ。うちのママと一緒や。食べてあげる」

彼は返事も聞かずに、サバの切り身を自分の皿に移して平らげたのだった。

腕時計を見ると、まだ昼休みは数分ある。

「ナホちゃん、急ごうか」

声をかけると、ナホはうなずいた。ポニーテールの髪がピョンとはねた。ふと見ると、手洗い場の水が出しっ放しになっている。私はナホの手を離して、水道の栓を締めた。

手洗い場には異物があった。白っぽい骨とこげ茶色の皮、ぐしゃぐしゃになった魚肉、誰かが給食の食べ残しを捨てたのだろう。手洗い場にはプラスチック製の水切りが置いてある。中に入れる余裕がなかったのだろうか。魚の切り身は濡れた桃色のタイルの上でふやけていた。

「先生、早く」

ナホが私の手をつかんだ。片手をつかまれたまま、私はもう一方の手でポケットからティッシュペーパーを取り出してつまみ取った。すぐに水分が滲《にじ》んで指先を湿らせた。

「先生、早く」

再び、ナホが急《せ》かした。

「こんなことをして、困ったねえ」

そう言って、ナホを見た。彼女はバツが悪そうに目をそらした。私は包んだ魚の切れ端を手洗い場の水切りに入れた。

「先生、行こう」

ナホが手を引っ張った。引っ張られて、足を踏み出した。とたんに、足がスルッと滑った。しまった、こけてしまう。このままでは、ナホがどこかにぶつかる。とっさにナホを胸に抱えた。そのまま転倒した。

左足の先に激痛が走った。

「ナホちゃん、だいじょうぶか」

うめき声をこらえて聞いた。

「うん、一緒にこけちゃったね」

口もとに、ふんわりと笑みが浮かんでいる。ナホは素早く立ち上がって、ピョンとはねた。よかった、ナホは無事だ。

私は右の足を白いナースサンダルごと両手で包んだ。痛みは右足の小指に集中している。

それにしても、どうして転倒してしまったのだろう。廊下の床を見ると、うっすらとした茶色の汁がお椀ぐらいの広さに光っている。一部分がシュッと伸びているのは、私のナースサンダルに踏みつけられ、こすれた跡だろう。誰かが給食の汁を廊下にこぼしたらしい。

「先生、いつまでこけてるの。さあ、立って」

ナホが促した。いつまでこけてるのと言われて苦笑し、私は立とうとした。深い呼吸をひとつして、痛みとともに立った。そろそろと足を踏み出す。イタタタと胸の中で言いながら歩いた。

靴箱の前でナホと別れた。ナホは校庭の方へ歩いていく。タイサンボクの木の傍をのろのろと歩いていく。その姿がしょんぼりと見えた。送っていきたかったが、足が拒否している。

私は右足をかばいながら職員室へ戻った。入り口近くの席で、主幹の天岡がパソコンを開いていた。彼は画面から目を離さなかった。が、目の端に私をとらえたようだ。

「田代先生、足をどうしましたか」

彼は濃い眉を上げて声をかけた。

「ちょっと、廊下で転んで」

「おや、おや」

その声に蔑《さげす》みがあるようだった。

「給食の汁がこぼれていたので、それを踏んで滑ってしまったんです」

私は言い訳がましくつけ加えた。

「汁がこぼれていたんですか。困りましたね。指導を徹底してくださいよ」

天岡主幹は黒縁の眼鏡の中心を指で持ち上げた。

うちのクラスではなく、三年生の廊下にこぼれていたんですと言いかけた言葉をのみこんだ。その廊下を通るのは三年生だけとは限らない。

三年生の担任の若村優子は鼻すじのとおった横顔を見せて電話をかけていた。私は自分の席へすわった。仕事に集中しているのか、誰も声をかけない。

昼休みが終わり、掃除の時間になったので、私はゆっくりと職員室を出た。

放課後、職員室に戻った。職員室はパソコンのキーを打つ音やテストの採点をするペンの音などに満ちていた。私もテスト用紙の続きを広げた。途中で正面の壁に掛かっている円い時計を見ると、五時を過ぎている。

若村優子が職員室に入ってきた。彼女は席にすわると、すぐに仕事を始めた。右腕を勢いよく動かして丸をつけている。彼女は大柄な体格で、太い腕をしている。来春には定年を迎えるが、いつもパワフルでどんどん仕事をする。彼女は私と違って得意なことが多い。ピアノも書道も上手だ。その上、教職員組合の役割をこなしている。

彼女はペンを持った片手で二、三回顔に風を送った。気休めだが、思わずそうしたくなるほど暑い。

「ひとり親の子が増えたなあ。三年生は、ひとり親の子が四人もいるんやわ」

優子が顔を私に向けた。職員室での私語を嫌う主幹は席を空《あ》けている。

「五年生にはダブルワークの母親がいますよ」

私は言った。

「トリプルワークもあるらしいで。身を削ってるやろなあ。親も教員も仕事に追われて、子どもに目をかける時間が減る一方や」

彼女はため息をついた。

「新聞や雑誌の、児童虐待の特集が目につくなあ。暴力で死ぬ子、飢え死にする子までいるんやから」

優子は顔をゆがめた。

「ほんとうに」

子どもの受難の時代だと考えると、元気が失せて暗鬱《あんうつ》になる。

「クラスに、給食で食べつないでいる子がいるんやわ。食事の提供をしたり、無料塾を開いたりするところが橘町にもあればいいのになあ」

優子はため息をついた。

「そうですね。うちは母子家庭がふたり、父子家庭がひとりいます。その子たちはしっかり者で、クラスでも信望があります」

私が三人の顔をひとりずつ思い浮かべていると、天岡主幹が職員室に戻ってきた。私は口をつぐんでテスト用紙の続きを広げた。

「学級園を見てくるわ」

優子は言って、席を立った。若村優子は橘小学校で唯一の教職員組合の組合員だ。私は過去に加入を勧められたことはない。ずっと組合員ゼロの学校に勤めていたせいだろうか。あるいは、目立たない存在だったせいかも知れない。

どのぐらい時間がたっただろう。足の異変に気づいた。足を上げて上体をかがめ、靴下を脱いだ。見ると、足の小指が赤くなってつけ根の辺りが腫《は》れている。指先を当てると熱っぽかった。くじいただけだと思いながら靴下をはき直して、今日中に採点を終わろうと気を引き締めて仕事を続けた。最後のテスト用紙の丸つけを終えたとき、足の違和感が増していた。

テストの平均点を出すのをあとに回すことにして帰り支度をした。テストなどを家に持ち帰ることは禁じられているが、こっそりかばんに忍ばせた。

右足を引きずって廊下を歩き、玄関で靴にはき替えようとしたとき、片足立ちができないことが分かった。仕方なく床に腰を落としてはこうとしたが、靴が入らない。いやな予感がする。

　私は下靴にはき替えずに、ナースサンダルのまま駐車場へ向かった。テストを持ち出したことが気になる。足に不快感があり、頭の中がもやもやしてきた。早く帰宅してくつろぎたかった。


　このまま家に帰るか、受診するか迷ったが、以前、通っていた病院が見えてきたとき、決断して駐車場へ車を乗り入れた。

「田代由岐さん、診察室にお入りください」

　呼ばれて、四十代ぐらいの男性の医師の問診と触診を受けた。レントゲン室で撮影したあと、再び医師と向かい合った。彼は黒くて短いひげを口の周りに生やしている。髪をうしろでひとつに束ねた看護師が傍に立っている。彼女は五十代ぐらいだろう。水色のナースサンダルをはいている。

　医師がシャウカステンを指した。

「田代さん、足の小指の骨にひびが入っていますよ。小骨ですね。ねんざもしてますね」

　彼はあっさりとした口調で言って口の周りのひげを指先で触った。

「そうですか」

　声を落としてつぶやいた。

「足以外に痛いところがありますか」

　医師に聞かれるまで、ほかに痛いところがあるとは考えもつかなかった。

「ないと思います」

「なければいいのですが、念のために、あちこち押さえてみてください」

　私は足と腕を片方ずつ順に押さえた。次いで胸に両手を当てた。右の胸の辺りで手がとまった。軽い痛みがある。強く押すと、鋭い痛みが走った。

「ここが痛みます」

　転んだとき、胸を打ったのだろうか。全く記憶になかった。再びレントゲン撮影をした。

「肋骨《ろっこつ》にひびが入っていますよ」

　こともなげに、医師は告げた。ということは、たくさんケガをしても、一か所だけしか知覚しないということだろうか。けれども、のん気にそんなことを考えている場合ではなかった。あさっては体育の授業がある。

「診断書が必要ですか」

年配の看護師がやわらかい声で聞いた。思いがけない言葉だった。

「診断書ですか」

「先生は力仕事ですからね。以前にも、腰痛になられましたね。あのときは、うしろから子どもに飛びつかれたんでしょう」

彼女は前に私が通院していたことを覚えていた。あのときはまだ若かった。コルセットをして何とか通勤できた。学力テストの前日だったこともあって、一日も学校を休まなかった。というより、休めなかったという方が当たっている。

「どのくらいの期間になりますか」

私が尋ねると、看護師は口をつぐんで医師の顔を見た。

「リハビリ期間を入れて、そうですね、ひと月でしょう」

医師はあっさりした口調で答えた。

「相談してみます。診断書をいただきに来るかも知れません。そのときは、よろしくお願いします」

「いいですよ。いずれにしても、一週間したら診せてください」

彼はカルテに横文字を書きこみながら答えた。

「では、お大事に」

カルテにペンを走らせながら、医師は言った。ギプスとか、松葉杖とかは必要ないようだ。看護師が入り口の方へ歩き、お大事にと声をかけながら、戸を開けてくれた。

病院に隣接した薬局で、湿布と包帯を買った。駐車場へ向かっているとき、何故かふいに水沢アカリのほっそりした肩の感触が指先に甦《よみがえ》った。


帰宅したとき、ケガをした足の小指と胸は動かさなければ、もう痛みはなかった。私は蜂蜜《はちみつ》をたらして紅茶を飲み、ナッツをつまんだ。そのあと、テストの結果を指導手帳に記録し、平均点を計算した。学校にいたときよりも仕事ははかどった。

ふと、夫の進二に知らせていないことに気づき、スマホを手に取ってケガのことを伝えた。

「どうして、滑ったんや。気をつけないとな」

「気をつけていたけど、滑ったんです」

私はむっとしてはね返した。

「すぐに帰るよ」

彼の語調がやわらかくなった。夫は私より一歳上、隣の市にある会計事務所で会計士をしている。

私は昨夜のおでんを温め、食卓を整えた。ご飯はタッパーに入れて、冷蔵庫に保存してある。おでんの鍋を運ぶのは無理な気がしたので、ガス台に置いたままで椅子に腰を下ろした。

何故か娘の顔が頭をよぎり、急に声を聞きたくなった。未知は大学三年生で、山梨県の学生アパートにいる。大学生になって以来、なかなか電話はつながらなくなり、つながってもぶっきらぼうに話すようになっているが、それでも声を聞きたくなった。

今夜はうまくスマホがつながった。私は足の小指の骨折と肋骨のひびについて知らせた。

「二か所もなの」

「そう、二か所も」

一瞬、彼女は黙ったあと、小声で答えた。

「連休は帰れないわ。お母さん、手伝えなくて、ごめんなさい」

思いがけなく温かい声が返ってきた。

「いいで。たいしたケガじゃないし、で、連休はどうするの」

「福島へ行く」

二〇一一年の夏に、未知は陸前高田《りくぜんたかた》でボランティア活動をした。行き先を聞いたとき、福島でないことに安堵したことを思い出す。けれども、昨年は福島へ行った。そして、今年も福島へ行くという。

「目標は十人。レンタカーで行く」

「十人も、集まるの」

「どうかな」

あの日からまだ二年と少ししかたっていないのに、災害の風化という言葉を聞く。

「最近、どんな本を読んでるの」

私は話題を変えた。

「『夜と霧』を読みかけてる」

フランクルの『夜と霧』が、大震災と原発事故のあと、よく読まれているらしかった。

スマホをきったとき、進二がキッチンのドアを開けて入ってきた。

「いったい、どうした」

「やっちゃいました」

「気をつけないとな」

また同じことを言う。

「気をつけていたけど、ケガしたんです」

私はきり返した。どこだと聞かれ、黙って足の先と胸を指した。

「進二は二回も脛《すね》を骨折したけど、私は初めてですからね」

私が言うと、彼は天井の隅に視線をとめた。

「あのときは、由岐に会計事務所まで送り迎えをしてもらったな」

「そうでした」

大変だったが、支えている実感があった。

「よく、運転して帰れたね」

彼は視線を戻した。

「上手にケガをしたんです」

「さっきから、きり口上やな」

進二は笑った。

「おでんを運んできてね」

私は口調を戻した。

言葉少なく夕食を済ませた。進二が手早く片づけを終えた。

「痛いのか」

キッチンの椅子にすわりながら聞いた。

「全然」

「ちょっと、見せて」

床にかがんで、私の靴下に手をかけて脱がせた。裸の足を両手で包んだ。

「腫れているな」

彼は靴下をはかせると、椅子にすわった。

「子どもがケガをしてたら、大変だったな」

「ほんとうに」

私はうなずいた。

「どうして、こけたんや」

「給食のスープが廊下にこぼれてて、足を滑らせたんやわ。三年生の廊下だった。けど、天岡主幹は私の教室の前だと勘違いしてると思う」

私は胸のわだかまりをはき出した。私の説明に、彼は分からないという顔をした。

「何、それ、どういうことや」

「何年生の廊下だったか、誰に指導の責任があるかということ」

「そんなことをしても意味がないやろ。そうか、つまり評価を気にしているということか」

進二はあきれた顔をした。彼の言うとおりだった。最近、校長や主幹に見られていると感じることが多くなった。気にしないでいようと思っても、やはり気になる。

「学校も監視の場になってるんか。どこの職場もゆるくないな。監視していないと何をするか分からないという社会や」

監視という言葉が薄気味悪い感じで胸に残った。

「で、休むんやな」

「まだ、連絡してない。やっぱり休むかなあ」

「迷ってるのか。若村先生に聞いてみろよ。休みなさいと言うに決まってる」

進二は若村優子をよく知っている。というより知られているというべきか、優子は進二が小学生のときの担任だった。

「だけど、進二は休まなかったでしょう」

彼は当たり前だという顔をした。

「僕はデスクワークだ。小学生の担任じゃない。で、どのぐらい休めるんやろ」

「ひと月の診断書が出るって」

「休めよ。由岐は体が弱いんや」

彼は決着を急ぐかのように早口になった。

「休まないといけないかなあ」

「絶対に無理や」

「分かった。電話をするわ」

進二は片手の親指と人差し指で円を作り、ＯＫの合図をしたあと、テーブルに新聞を広げた。

この時刻なら、校長も一泊の出張から帰宅しているだろう。電話をかけると、山根豊子校長が電話に出た。

「お帰りそうそうでお疲れのところ、夜分に電話をして申し訳ありません」

詫びたあと、ケガの説明をした。彼女は驚いたようだったが、いたわりの声を発した。

「大変だったわね」

「一か月の診断書が出るそうです。明日、病院でもらってきます。よろしくお願いします」

私は電話を終わろうとした。

「どこの廊下で滑ったの」

校長が聞いた。私はためらった。

「どこだったの」

校長は重ねて聞いた。

「三年生の廊下の前でした」

「三年生ね」

彼女は低い声で念を押した。やはり言うべきではなかったと後悔しながら受話器を置いた。進二が新聞から顔を上げた。

「決まりだな。帰りは遅い。休日の出勤は多い。まるで馬車馬みたいに働いてる。この機会に骨休めをすればいい」

彼の言葉にわりきれない気持ちがあった。

「やりたいことができるで。チャンス到来や」

やりたいことという彼の言葉に、頭のスイッチがきり替わった。そうしよう、休暇が飛びこんできたと思うことにしよう。やりたいことなら、たくさんある。

「読書ざんまいで、日記を書く時間もたっぷりある。食事にも手をかけるわ」

自然に声がはずんでくる。

「この機会に、和歌山へも帰ればいい」

彼が言ったので、私は故郷でミカンを作っている父母の顔を思い浮かべた。祖母の法事以来、実家に帰っていなかった。

「でも、明日は学校へ行く。まさか、骨折して休むなんて思わなかったから、何もかも中途半端になってる。かたづけをしたあとで、病院へ行って診断書をもらうわ」

「とにかく、軽いケガでよかった。が、運転はしない方がいい。明日は送り迎えをするよ」

「だいじょうぶやわ」

「緊急事態や、明日は任せろ」

進二は晴ればれとした顔をした。

私は押入れから大きなリュックを取り出した。そして、テスト用紙や筆記用具や教科書などをベージュ色の布製のかばんに詰めこんで中に入れた。


翌朝、私は自分で運転すると言ったが、進二は送っていくと言って譲らない。

いつもより早い時刻に家を出た。ゆるやかに蛇行する木津川に沿って、車は進んだ。私は助手席にすわって、窓の外を眺めた。片側に低い山の斜面が見える。以前は雑木林だったところを、太陽光発電のパネルが占めている。

「ずらりと並んでるなあ」

「うん」

群青色がかったパネルが、同じ角度で朝陽を受けて金属的な光を反射している。私はパネルの数を数え始めたが、数え終わらないうちに通り過ぎた。

「これからは、再生可能なエネルギーの電力が増えていくのかな」

「さあ、どうかな。政府は原発再稼働と言ってる」

「それは困るわ」

「かと言って、再生可能なエネルギーなら無条件に大歓迎というわけにもいかない」

「どうしてよ」

「さっきの太陽光発電は外資系の企業らしい。土砂崩れが心配だし、自然の景観が台無しや。いくら再生可能なエネルギーと言っても、金儲け主義では困るなあ。人は何をするか分からんからな」

ふと、私は福島からきた母と子のことを思った。

「福島では去年の年末に、県外への住宅借り上げがうちきられたでしょう。なのに、どうして水沢さんたちはこの時期に引っ越してきたのかなあ。よほどせっぱ詰まった事情があったのかなあ」

「そうかもな」

車は木津川をそれて、学校へ近づいた。

「由岐、いよいよ休職やな」

「自由な時間が目の前やわ」

小学校の駐車場に車は一台もとまっていなかった。リュックを背負って私は車のドアを開けた。

「五時半に迎えにくるよ」

彼は片手を上げて車を発進させた。

朝の陽光が三階建ての校舎の壁を淡いすみれ色に染めている。以前、橘小学校の学級数は多かったが、しだいに児童数が減った。今は一学年に一学級しかないので、空き教室が多い。しばらく、橘小学校と別れることになると思いながら、私は校舎を見つめた。

足をかばいながら、職員室に入ると、校務員の井戸誠がモップで床を拭いていた。

「おはようございます」

私は声をかけた。彼はあいさつを返し、再びモップを動かし始めた。茶道に通じているというだけあって、落ち着いたもの腰だ。五十歳を過ぎたばかりで、頭を剃っている。朝陽が射しこんで彼の頭部を輝かせている。彼は、自分から話しかけることはほとんどない。

「福島から転校生があったんですよ」

私は声をかけた。

「でも、福島からでなく、横浜からの転校ということになっています。問い合わせがあっても、いないと答えてほしいと母親に頼まれてるんですよ」

井戸はうなずき、立てたモップの先に両手を載せ、穏やかな視線を向けた。

「横浜からの転校ですね」

彼は確かめ、再びモップを動かした。

私は自分の席にすわって、水沢真海の放心したような目の色を思い浮かべた。よほどのことを経験したのだろうか。彼女は福島からではなく、違うところから来たことにしてほしいと頼んだ。

「新聞で読んだんですが、福島ナンバーの自動車を傷つけた人とか、買い物をした福島の人にお釣りを投げつけた人とか、今までいい目をしてきたんでしょうと言った人とか、ずい分ひどい人がいるらしいですね」

私が話しかけると、彼は動かしていたモップをとめた。

「被災者は見張られているんですかね。ですが、今までいい目をしてきたんでしょうという言葉にも一理ありますね」

彼は低い声で言い、横を向いた。その横顔に苦いものが揺らめいている気がした。

「水沢さんたちは、やっと橘町へ辿り着いたと思うんです。被災した人たちがいい目をしてきたなんて思えませんが」

私は言ったが、彼は答えずに頬をこわばらせた。

以前、井戸は自動車会社に勤めていて技術畑にいたが、リストラされた。そして、子どもが好きだったので、校務員になった。そのとき、離婚して頭を丸めたという。

見張られている、いい目をしてきたという井戸の言葉が胸につかえている。井戸がそんな言葉を口にするとは意外だった。重苦しい気持ちをもてあましながら私はペンケースや教科書を机の上に並べた。

中庭に通じる戸が開いて、三年生担任の若村優子が入ってきた。彼女はバス通勤で、たいてい一番に出勤する。グレーのニットパンツ、黒いシャツの上にチェック柄のジャケットを着ている。学級園に行っていたのだろう。

　私たちは朝のあいさつを交わし、彼女は私の隣の席にすわった。

「田代先生、今朝は早いんやな」

「きのう、廊下でこけて、足の小指の小骨を骨折して、肋骨にひびが入ってしまって」

「痛かったやろ。気がつかずにごめんやで」

　彼女は鼻すじのとおった顔をしかめた。

「痛みはないんですよ」

「今朝、どうやって出勤したんや」

「夫が送り迎えをすると言うんで」

「田代君、相変わらず優しいなあ」

　優子は目を細めた。

「五時半に迎えに来ます」

「五時半ね」

　彼女はうなずいた。

「何か、用事ですか」

「うん、ちょっとね」

　彼女は言葉を濁した。

「昨夜、校長先生には連絡しておきました。それで、一か月ほど休むことになります。よろしくお願いします」

「早く、講師が見つかるといいけど」

　優子は親身な声で言った。年々、短期間の講師を探すのは難しくなっているのだった。

「三年生の廊下の前で滑ったと言ってしまったんです。すみませんでした」

　私は気になっていたことを謝った。

「そんなことを気にしてたら、ウツになるで。けど、田代さんはならない。だいじょうぶや」

　彼女はあっさり断定した。

「そう見えますか」

「問題なし、進二君もついてることやし」

　元担任は教え子に甘かった。

「それに、あなたは若くもないし」

　彼女は笑いを含んだ声で言い、私をばっさり年齢によってきり捨てた。

「若い人は心配やわ。最近、中途退職が増えてるやろ。毎日、目の回る忙しさや。その上、教員も子どもも縛られて窮屈な学校になってきてる。神ノ池君と五十嵐さんはだいじょうぶやろな」

　優子は言った。神ノ池章吾は周りの意見に同調することが多い。五十嵐彩は口数が極端に少ない。私はそんな若いふたりが苦手だった。

「午後からまた出張や、きついなあ」

彼女は話題を変えて顔をしかめた。小さい学校なので校務分掌をひとりでいくつも抱えていて、出張の回数は多かった。

井戸がモップとバケツを手に、眉間にしわを寄せて職員室を出ていった。

養護教諭の五十嵐彩が入ってきた。二十代の後半で、橘小学校で講師をして三年目になる。シニヨンというきっちりとまとめた髪型、控え目な色の口紅、紺のスーツを着ている。

去年の学習発表会のとき、高学年は歌とダンスに取り組んだ。私はステップに苦労したが、傍で見ていた五十嵐彩が軽くやってのけた。その上、歌も上手だ。口数は少ないが、仕事はていねいで手早い。けれども、一年ごとの契約で身分が不安定だ。

職員が次々に出勤してくる。校長室のドアが開いて、山根豊子校長が顔を覗かせた。ベージュ色の麻のスーツに、淡いれんが色のスカーフが目立っている。彼女は主幹の天岡を呼んだ。ふたりはドアを半開きにしたまま、校長室の中で話をしている。

まもなく天岡主幹が校長室から出てきた。彼は自分の席へは戻らず、規則正しい靴音を響かせて私の席へ近づいてきた。

「田代先生、校長室に入ってください」

私は主幹のあとについて校長室へ入った。緑茶のいい匂いがした。

「痛みはどうなの」

校長の穏やかな声が余裕を感じさせる。

「もう、ほとんどありません」

「そう。とにかく診断書が出てからのことね。早く講師が見つかるといいけど。それまで天岡先生にやり繰りしてもらうしかないわね」

彼女の言葉に、天岡がうなずいて顔をしかめた。彼がそんな顔をするのも無理はなかった。学校では次々に指示が出され、おびただしい文書が配られる。彼はその大部分を引き受けている。六年生の理科の授業も担当している。休職中の教頭の代わりは配置されないので、その仕事もこなしている。

「今日は体育がないので、私が授業をします。診断書をもらってきて、明日から休ませていただきたいと思っています」

　私は早口で言った。

「そうですか。今日のところは田代先生にやっていただくとして、講師が見つかるまでは僕が五年生に入るしかないですね」

　天岡の口調が事務的になった。校長が彼の顔をチラッと見た。

「学校全体の動きに支障が出ないように、高学年合同の授業や自習を組み合わせて進めてください」

　彼女はいかにもやり手だと思わせる断定的な言い方をした。

「迷惑をおかけして申し訳ありません。よろしくお願いします」

　私は身を縮めて頭を下げた。

　チャイムが鳴った。朝だというのに職員室の中はむし暑くてけだるい雰囲気が漂っている。パソコンを立ち上げると、その日の日程や指示事項が画面に現れた。対話のない一方的な指示だ。私のケガについても書いてある。

★田代先生のケガの原因—廊下に給食のスープがこぼれていたこと。
☆指導の徹底

　天岡主幹は★と☆を好んで使う。★を問題行動や不祥事、☆を方針と決めている。彼はものごとを★と☆に無造作に分類する。

「給食のあと、先生方は廊下へ立って子どもたちの片づけを見張ってください」

　朝の打ち合わせはない日だったが、天岡が言った。何人かが私の方を見た。

「見張るんですか」

　若村優子が黙っていられないという口調で言った。天岡が彼女を見た。めんどうくさい人だと顔が語っている。

「見張りが気に入らないのであれば、見守ると変えてもいいですよ」

　彼は言い、片方の唇の端を曲げた。

「人間はケガや失敗と無縁になれないでしょう。傷ができる前に、絆創膏《ばんそうこう》を貼る必要はありません。子どもは小さなケガや失敗から学ぶと思いますよ。子どもを管理する時間が増えれば、私たちは多忙になります。教師が子どもたちの番人になれば、子どもは学校を息苦しいと感じます」

優子は問いかけるように言った。養護教諭の五十嵐彩が理知的に見える顔を優子に向けている。山根校長が優子の発言をさえぎった。

「ケガをしてからでは遅いのです。なすべきことは子どもをケガから守ること、何と言っても安全が第一です」

校長の口調は強かった。ときどき、彼女は優子の発言に対して過剰に反応する。

天岡が黒縁の眼鏡の端を指でつまんで、すぐに離した。三年生の廊下だと言ったことについて、優子への負い目が私の中で膨らみ始めた。

「当の本人が言うのも変ですが」

私が言うと、天岡が苦笑し、蔑みを含んだ目で私を見た。私はその視線をはね返した。

「失敗を生かす指導を考えてはどうでしょうか」

私は言ったが、天岡主幹は私を無視した。

「給食のあと、先生方は廊下に立ってください。子どもたちを見守ってください」

見守ってくださいと彼は頬にかすかな笑いを含ませて強調し、私はうつむいた。

私はひとりで教室へ向かい、空き教室の横を通りかかった。中は薄暗く、大きな地球儀や数台のオルガンや掃除道具用のロッカーや二十枚ほどの小黒板などが置いてあり、ほこりをかぶっている。窓側の壁には大きな段ボール箱が寄せてあり、中には人形劇で使う暗幕が入れてある。

足音が近づき、神ノ池章吾が追いついてきた。半袖の青いポロシャツと膝丈の白い短パンをはいている。彼は三十冊ほどの冊子を小脇に抱えていた。表紙に『放射能の話』とある。電力会社から無料で送られてきたカラー刷りの冊子で図書室に児童数分が揃っている。

「『放射能の話』ですね」

彼はうなずいただけだった。廊下を並んで歩きながら、私は校務員の井戸の言葉を思い出した。井戸は、被災者は見張られている、いい目をしてきたという言葉に一理あると言った。

「被災者は見張られている、いい目をしてきたという人がいますが、神ノ池先生はどう思われますか」

私は尋ねた。彼は驚いたような顔をして、首を横に振った。彼は何を考えているのだろう。私は黙っている神ノ池に不満を覚えたまま、もどかしさを胸に抱え、ケガした足をかばいながら五年生の教室の方へと歩いた。


初めて神ノ池章吾と五十嵐彩に会ったのは、二年と少し前、歓迎会の席だった。あのとき、ふたりは型破りの自己紹介をした。

まず五十嵐彩が立った。

「あいさつ代わりに歌います。『わが町』という演劇の中で歌われている曲です」

五十嵐彩が歌い始めると、たちまち私は引きこまれ、ソプラノの繊細な響きに聴き入った。歌が終わると、優子が質問をした。

「『わが町』って、どんな演劇ですか」

「ワイルダーが書いたもので、舞台はアメリカの片田舎です。ありふれた日常にひそむ大切なものを問いかけていると思います」

彩は答えた。震災のあと、まだひと月もたっていなかった。ありふれた日常に潜む大切なものという言葉がひとしお胸に染みた。

次いで、神ノ池章吾があいさつに立った。

「福島は青春を過ごした特別の場所です。学生アパートでよく夜を徹して語り明かしました。夕焼けの海辺を友人たちと歩いたこともありました。僕は温かみのある福島の言葉が好きでした」

神ノ池は途中で気を落ち着かせるかのように息を深く吸った。

「あの日、友だちの家族が津波にさらわれました。放射能で汚染されて捜せない場所があって、まだ生きていた人がいて、救助を待ってたのではないか、でも、誰も来ない。待ち続けて、次第に力尽きた人がいるのではないか。一方で、捜しに行くことを阻《はば》まれた人たちがいる。そのことを想像するといたたまれない気持ちになります」

言葉をとぎらせ、唇をかんだ彼の目が強い光をおびていた。誰も声を出さなかった。色彩のない無音の空間に放り出されたかのように息苦しかった。

「神ノ池先生、大震災の影響はうちの学校にも及んでいますよ。今年は全国学力テストができるか、どうか分かりませんよ」

山根校長が硬い声で唐突に学力テストへと話をそらした。強引で不自然なそらし方だった。

あのとき以来、五十嵐彩の歌声を聴く機会は少ないが、まれに耳にすることがある。私は彼女が苦手だが、透明感のある繊細な歌声に魅かれる。

彩もそうだが、神ノ池章吾の心の閉じ方はさらに強固で彼は個人的な話をいっさいしないし、意見も言わない。もちろん、そのあとは福島について話すのを聞いたことはない。

彼は校長や主幹の言いなりに見える。同じ高学年どうしだが、私に対しても反論をしたことがない。何を考えているのか、つかみどころがない。

原発事故の翌年、全国学力テストは復活した。けれども、福島には依然として立ち入れない場所がある。それでも、国は原発再稼働へと舵《かじ》を切った。事故が起きて三年目、私たちはどこへ向かって進もうとしているのだろうか。

二 バベルの塔

朝、五年生の教室で、私はケガをしたことについて、子どもたちに説明をした。

「きのう、学校の帰りに病院で診てもらったら、右足の小指の小さい骨が折れてたね。肋骨にも小さいひびが入ってるって」

子どもたちは静まった。

「先生、ドジやな」

最前列の席で、男の子があっさりした口調で言った。そんな言い方をしなくてもと思いながらも、無理をして笑顔を作る。

「ほんとにドジ、大失敗や」

軽い言い方で答える。うしろの席で、甲斐竜也《かいりゅうや》が胸をそらせた。

「僕も足の骨を折ったことがあるで」

大きな声で自慢げに言った。

「保育園のときや。大声で泣いとったなあ」

すかさず男の子が竜也をからかった。いけない。私はすぐに飛び出せるように身構えた。竜也はささいなことできれることがある。が、彼は立ち上がる気配を見せず、不機嫌な顔でそっぽを向いただけだったので、私はほっとして緊張をゆるめた。

「竜也君が泣くとは、よっぽど痛かったんやろ。私も泣きそうやった」

私はからかった男の子を見ながら言った。そのとき、学級委員の茨木花菜がそばかすの散らばっている顔を上げた。

「痛いんですか」

声にいたわりがこもっていたので、思わず笑みがこぼれた。

「もう、痛くないわ」

私は花菜を見て答えた。

「単純骨折ですか」

日比野俊介が落ち着いた声で聞いた。彼は読書量が多く博識で、ニックネームは博士だ。

「そう、単純骨折」

私が答えると、俊介はうなずいた。

「以上、田代由岐、失敗の巻でした」

私は努めて明るい調子で締めくくり、子どもたちを見回した。水沢アカリがうつむいている。転校してまだ二日目、緊張しているのだろうか。

明日から休職、しばらくこの子たちと別れることになるが、その話は先に延ばそう。帰りの会で言えばいい。

休み時間には一回も職員室へ戻らなかった。ひと月間、この子たちと別れることになる。そう思うと名残り惜しくなり、できるだけ五年生の教室で過ごそうという気になっている。トイレは近くの児童用ですませた。

昼休みに、教室の校内電話が鳴った。職員室と各教室の連絡をするためのもので、入り口の壁に掛けてある。受話器を取ると、養護教諭の五十嵐彩からだった。

「職員室に戻ってこられませんが、足と胸の具合はどうですか」

彩のソプラノが耳に心地よく響いた。

「ありがとう。あまり歩かない方がいいかなと思って、ずっと教室にいるんやわ」

「そうですか」

彼女に対して苦手意識があったが、自分で壁をつくっていたのかもしれない。

チャイムが鳴り、六時間目が始まった。子どもたちが紅潮した頬をして戻ってくると、汗の臭いが教室に立ちこめた。茨木花菜が水沢アカリと一緒に入ってきた。ふたりの親しげな姿を見て私の気持ちは和んだ。

子どもたちと過ごす時間が足早に駆け去り、六時間目の授業が終わった。帰りの会が始まり、当番の子どもが前に出た。休むことを子どもたちに告げるときが迫っていることを思うと、胸がざわつく。

また、校内電話が鳴った。受話器を取ると、天岡主幹の押し殺した声が耳に飛びこんできた。

「水沢という男性が福島から来ています。教室を見せてほしいそうです。三年生はとっくに下校していますが、五年生はどうですか」

「帰りの会の途中で、まだ全員がいます」

アカリたちは橘小学校にいないと答える約束を母親と交わしている。彼女のすがるような声が耳もとに甦り、胸が動悸《どうき》を打った。

「校長先生とふたりでそちらに向かわれます」

突然、校内電話がきれた。母親との約束を守らなければならない。私は子どもたちの方を向いた。

「帰りの会を続けてください。もうすぐ、校長先生たちが教室に来られると思います。もし、水沢アカリちゃんのことを聞かれても、知らないと答えてお願いね」

次々に言葉が口をついて出てくる。

「何があったんですか」

茨木花菜が聞いた。

「今は時間がないの。お願いします」

声を抑えて頭を下げると、花菜がしっかりとうなずいた。子どもたちはしんとしている。

「アカリちゃん、ついてきて」

ふたりで歩きかけたとたんに、子どもたちが騒ぎ始めた。マジでヤバそうや、おかしいで、という声が背中にぶつかってくる。私は振り向いた。

「お願いします」

もう一度、子どもたちに頭を下げた。

「分かりました」

日比野俊介が答えた。大人びた口調だった。

「アカリちゃんはいないということにして、お願いね。お願いします」

早口で念を押し、歩きかけて、アカリの机の上を見た。教科書やノートなどが置いたままになっている。いけない。汗がふき出す。そのとき、茨木花菜がアカリの教科書やノートなどを引き寄せて、自分の机の中に入れた。助かった。とにかく一秒でも早く、アカリを隠さなければならない。あとは子どもたちに任せよう。

アカリを空き教室へ連れていき、大きな段ボール箱の陰にすわらせた。傍にいたかったが、段ボール箱の大きさでは大人を隠せない。とっさに掃除道具用のロッカーの中に入ると、内側から素早く戸を閉めた。

四年生の教室から一斉に吹く縦笛《たて》のメロディーが流れてくる。「エーデルワイス」が終わり、帰りのあいさつをする声が聞こえた。四年生の子どもたちの賑やかな足音と話し声が通り過ぎ、まもなく廊下は静かになった。

足音と話し声がしだいに近づいてきた。山根豊子校長と男性に違いない。胸の鼓動が速くなる。私は狭いロッカーの中で息をひそめた。何を話しているのかは聞き取れない。アカリには聞こえているのかもしれない。だいじょうぶだろうか。焦ったが、動くわけにはいかない。

足音は空き教室を過ぎて、五年生の教室の前でとまった。山根豊子校長の声がする。子どもたちに何かを聞いているらしい男の声が聞こえてくる。話の内容は分からない。時間がひどく長く感じられる。

やっと足音が戻ってきた。

「申し上げたとおりでしょう」

校長が声を強めた。押しつけるような声だった。答える男の言葉はロッカーの中にいるせいか、聞き取れなかった。アカリには聞こえているのだろうか。ふたりの話し声と足音が遠ざかり、聞こえなくなった。

私は音を立てずにロッカーを開けて、静かに段ボール箱に近づいた。アカリはしゃがんでじっとしている。

「アカリちゃん」

そっと呼んだ。けれども、アカリは身じろぎもせずに目を伏せている。

「もう、だいじょうぶやで」

アカリの手を取ると、冷たく汗ばんでいる。前の日、指や手がうっすらと汚れていた。よく見ると、汚れているのではなく荒れているのだった。手の甲や指に細かい黒灰色の砂が付着しているようにも、うろこの並んだ小魚の背中のようにも見えた。どうして、こんな手になってしまったのだろう。私はその手を両手で包んだ。

アカリの肩に手を添えて、五年生の教室へ戻った。子どもたちは口々にしゃべっている。アカリはうなだれたまま、力ない足どりで自分の席に歩いた。茨木花菜が自分の机の中からアカリの教科書やノートを返している。

私は子どもたちの前に立った。

「何か、聞かれましたか」

真っ先に気になっていることを尋ねた。

「担任の先生はどこかって」

「急用って答えました」

子どもたちはしっかり言ってくれたのだ。肝心のことはどうだったのだろう。

「アカリちゃんのことを聞かれましたか」

私は尋ねた。

「聞かれませんでした。男の人が校長先生と話をしてて、アカリちゃんの名前を言ってました」

茨木花菜が答えた。

「特に問題はなかったと思います」

博士と呼ばれている日比野俊介が落ち着いた声で言った。助かった。子どもたちに手を合わせたい気持ちになった。

「あの人、誰やろな」

「ジャマしてすみませんって言ってたな」

子どもたちは口ぐちに話を始めた。興奮して張りきっている。

「パリッとしたスーツにネクタイをしてたで」

「青い水玉模様のネクタイやった」

男性の印象を語る声に勢いがある。

「ドラマみたいやったわ」

女の子が言うと、数人の子どもがうなずいた。突然のできごとを楽しんでいるようだ。

「水玉模様のネクタイ、チョー、ウザカッタで」

石井伸《しん》が言うと、ウザカッタ、と数人の男子と女子が調子を合わせた。隣どうしで話している子がいる。伸は得意げな顔つきで、唇の端に薄い笑いを浮かべている。キモッという言葉が飛び交う。快活な調子に棘《とげ》があった。しだいに、話し声がかん高くなり、盛り上がっていく。

見回すと、石井伸たちに同調していない子が何人もいる。うつむいている子。眉をひそめている子。先生、何をしているの、何とかしてよ、と言いたげな顔がある。

「はい、そこまで。おしゃべりをやめなさい」

私は大きな声で牽制した。甲高い声でしゃべっていた石井伸たちが、険のある目で私を見た。抑えられたことが不満なのに違いない。またしても電話が鳴ったので、急いで受話器を取った。

「水沢という男性は帰りました。駐車場で自動車を見送りました」

天岡主幹の声に、私は息をついた。彼がてきぱきと対応してくれたので、急場をしのげた。ほっとして私は受話器を元に戻し、子どもたちの方を向いた。日比野俊介が手を上げた。

「先生、何があったんですか」

俊介が聞くと、何人かの子どもたちが口ぐちに言った。

「これって、何やの」

「わけが分からんわ」

「話してください」

私は子どもたちをじっと見た。

「これには特別のわけがあって」

私が言うと、すかさず甲斐竜也が叫んだ。

「特別のわけとは、オモロッ」

「竜也君、これはオモロイことじゃないの。とても大切なことなの」

語気を強めてたしなめたあと、問いかけた。

「今日のことを五年生の秘密にできますか」

そう言って、子どもたちを見回した。

「守れない人がひとりでもいたら、話すことはできません。秘密を守れる人は手を上げて」

一段と声を低めて念を押した。うつむいているアカリ以外の全員が手を上げた。

「では、話します。水沢アカリちゃんはお母さんと妹と三人で引っ越してきました。だけど、前に住んでいたところの人は三人に帰ってきてほしいと思っています。でも、アカリちゃんたちはこの町に住んで橘小学校に通いたいと考えている。つまり、どこに住んだらいいのか意見が分かれているのです」

　隣どうしで顔を見合わせている子がいる。

「それで、ネクタイ男が捜しにきたんか」

　甲斐竜也が分かったという顔をした。

「なるほど、そういう事情ですか。それで、五年生の秘密ですか」

　日比野俊介が仕切る口調でまとめた。

「そういうわけで、五年生の秘密です」

　私は強い口調で言った。

「それは秘密やな」

「ユウカイを許してはいけない」

「マジでそのとおり」

「ユウカイされんように守るべきだ」

　秘密、秘密と歌うように言う子。目を輝かせている子。教室の空気は軽かった。目の前で起きたことは、子どもたちにとってそれほど突飛なことではないようだ。そういう社会に生きているということだろう。

　子どもたちの声を聞きながら、何とか山を越えたと思った。次はふたつ目の山だ。休職することを話さなければならない。いよいよ話すときがきた。

「みんな、静かにして。ほかにも話があるの」

「エーッ、まだあ、遅くなるう」

　数人の子どもが壁の時計を見上げて、顔をしかめた。教室の中がざわつき始めた。

　いい雰囲気でひと月間の別れを知らせたかった。けれども、ひと揉《も》めしたあとなので、いい雰囲気とはほど遠かった。残念だったが、とにかく話さなければならない。

　言いかけたとき、窓の外に人影が動いたので、私は目を向けた。そして、信じられずに瞬きをした。驚いたことに、水沢真海がナホの手を握って立っているのだった。

　私は急いで窓側へ寄った。話が終わるまで待ってくださいと言おうとして、息をのんだ。母親の髪はほつれ、顔がひきつっている。朝、校長室で会ったときのはかなげで弱々しい感じは消え、別人のように険しい顔をしている。靴をはいていない素足が生なましく見えた。

　私は素早く考えを巡らせた。とにかく子どもたちに休職のことを伝えるのはあと回しだ。

「水沢さん、校長室の横に相談室があります。空いているはずです。そこで待っていてください。すぐに、アカリちゃんと一緒に行きますので」

私は子どもたちの方へ向き直った。

「急用ができたので、みんな、下校して」

歓声を上げる子、嬉しそうな顔の子、顔を見合わせる子。子どもたちが次々に教室を出ていく。

私は水沢アカリと相談室へ向かった。焦ったが、ケガをした方の足が走ることを拒否している。もどかしさに焦《じ》れながらけんめいに歩いた。アカリを見ると、上靴の音を立てずに足もとに目を落として歩いている。

母と子は相談室の前で待っていた。母親の張り詰めた顔つきには、人を寄せつけないような激しさがあった。足裏の土を拭いたのか、汚れた緑色のハンカチを持っている。

私を見て、母親はハンカチを上着のポケットにしまった。その分ポケットがふくらんだ。

「アカリちゃん、ふたりのスリッパを持ってきて。玄関にあるから」

私が頼むと、アカリがきれ長の目で私を見た。そのとき、すでにナホが走り出していた。

「私が持ってくる」

ナホはいつもの元気を取り戻したようだ。

「ナホちゃん、走らないでね」

私はその背中に声をかけた。ナホは立ちどまったが、すぐに小走りになった。

「どうぞ、すわってください」

母と子が並んですわり、私は向かいにすわった。

相談室は狭くて細長い部屋で、体育館と隣り合っている。長テーブルが四つと数脚のパイプ椅子が置いてある。いつも締めきってあり、空気がむっとしている。

「むし暑いね、エアコンをつけようか」

私が言ったとたんに、アカリが細い体を震わせた。私は冷房が苦手だ。アカリも私と同じで冷房が苦手なのだろうか。

「除湿だけね」

私が言うと、アカリはうなずいた。

「冷房が苦手なの」

私の問いに、アカリは首を横に振った。母親を見ると、黙って唇をかんでいる。どうやら、そのことには触れられたくない様子に見えた。

廊下を駆けてくるスリッパの音がした。ナホは走らずにいられないらしい。スリッパを片方ずつ両手に持って、得意そうな顔で入ってきた。

「お坊さんみたいな人に出してもらった」

「ああ、校務員の井戸さんね」

私は声をかけた。

「若村先生とお話ししてた」

ナホはかがんで、母親の足もとに緑色のスリッパを置いた。立ち上がるとき、ナホはテーブルの端で頭を打った。目を見張り、イタッと言った。顔をしかめて立ったその目もとに、やはり嬉しげな笑みが残っている。

「ナホちゃん、ありがとう。さあ、すわって」

私が言うと、ナホはパイプ椅子にすわったが、足が床まで届かなかった。

「すぐに戻りますので、少し待っててください」

私は言い、玄関の方へ歩いた。ナホの担任の若村優子にもこの場所にいてもらおうと判断したのだった。優子は玄関の前で井戸と話をしていた。油粕《あぶらかす》の入った黄土色の肥料袋が足もとに置いてある。こみ入った話をしている雰囲気だ。井戸は会社の技術畑にいて家族で平穏に暮らしていたという。リストラされたあと、離婚して校務員になったと聞いた。子どもを抱いて校庭の高鉄棒につかまらせたり、草花の名前を教えたりしている姿をよく見かける。その日の朝、福島の人はいい目をしてきたという言葉に一理あると彼は言ったのだった。その言葉を思い出して、私は腹立たしかった。

「いい目をしてきたんじゃないかと」

井戸の額にしわが深く刻まれていた。

「私にもそんな気持ちはありますよ。でもね、井戸さん、そんなに自分を責めない方がいいですよ」

優子がなだめるかのような言い方をした。

「全身会社人間で、ものも電気も使い放題でした」

井戸が言ったので、私は自分の考え違いに気づいた。いい目をしてきたという言葉に一理あると井戸は言った。彼はその言葉を被災者に向けていたのではなかった。他者に向けていたのではなかった。彼は自分の生き方を問い直していたのだ。

「田代さん、どうしたの」

優子が私に気づいたので、私は事情を説明した。

「聞き手はひとりの方が話しやすいと思うで。田代さん、頼むわ」

彼女の下まぶたのふくらみが温かく感じられた。

「では、そうします。あとで報告します」

私は相談室へ戻った。水沢真海は青ざめた顔で不安そうに入り口と窓の方を交互に見ている。

「アカリちゃん、窓のカーテンを閉めて。入り口の鍵も閉めて、お願いね」

私が頼むと、アカリははじかれたように立った。そして、窓のベージュ色のカーテンを閉め、入り口のドアの方へ歩いた。鍵を下ろす金属的な音がした。その音につき動かされたかのように真海はため息をもらし、両手で頭を抱えた。

「先ほどアカリちゃんを捜しに来られた方がありましたが、戻っていかれました。アカリちゃんは空き教室にいてもらったので、知られずに済みました」

私が言うと、母親は両手を頭から外して肩をゆるめる気配だった。けれども顔のこわばりは消えなかった。

「その方に会われたのですか」

私は気になっていたことを聞いた。


「いいえ」

彼女はほつれ毛をかき上げた。そのとき、入り口の曇りガラスに人影が映った。真海がふたりの娘をさっと抱えた。抱きかかえられたアカリが母親の顔を不安そうに見上げた。

ドアをノックする音がした。

「田代先生」

井戸の声だった。

「校務員さんですよ」

私が言うと、母親の目から不安の色が消え、娘たちを抱いていた腕をほどいた。

「待ってください。すぐに開けます」

私は鍵を外すために立った。戸を開けると、廊下に井戸が立っていた。彼の持っているトレイの上に茶碗が四つ、玄米茶が香ばしい匂いを立てている。アカリに頼もうとすると、彼女はさっと椅子を立っていってトレイを受け取った。

「ありがとうございます」

アカリはトレイを受け取り、頭を下げた。井戸は照れたような顔をしている。

「学校へ来られた男の人はもうとっくに車で国道へ

出られましたよ」

　彼は廊下の方を向いたまま、つぶやいた。いつも無口で自分の方からは滅多《めった》に話しかけない彼にしては珍しかった。母親が立ち上がって頭を下げた。井戸の足音が廊下を遠ざかった。

　ナホは口をすぼめて玄米茶に息を吹きかけている。一杯のお茶に気持ちをはずませている姿がいじらしかった。アカリは茶碗を両手で包むようにして持っている。その頬に笑みはなかった。

　お茶を飲んだあと、ナホは床に届かない足をぶらぶら揺らしている。母親とアカリは机に目を落としている。

　私は母親のすっきりした輪郭の顔を見た。いつのまにか、硬直していた表情は消え、弱よわしい感じに戻り、うつむいている。ふと子どもたちの前では話し辛いのかも知れないと思った。

「アカリちゃん、ナホちゃん、ふたりで図書室へ行くか」

　私が勧めると、すぐにナホは椅子を立った。

「アカリちゃん、ふたりで行っておいでよ」

「はい、その前に、お茶碗を返しておきます」

　アカリは四個の茶碗をトレイに載せた。まだ五年生だというのに、気配りができるのだった。

「ありがとう。玄関の手前に用務員室があるから、井戸さんに渡してね」

　アカリはトレイを両手で持つと、ナホと相談室を出ていった。

　対面しているよりも話しやすいと考えて、私は母親の横の椅子に移った。

「水沢さん、話してくださいますか」

　私が促すと、母親は膝に目を落として頬をこわばらせた。しばらくして顔を上げたが、再びうなだれた。しなやかな手を膝の上に置いて、指先で片方の手の甲をそっとさすっている。まだ話せないらしい。私は気長に待つことにした。

　どのぐらいの時間がたっただろうか。ふいに、真海がさすっていた手をとめた。

「私は逃げてきました」

　唇からもれた言葉が私の胸に食い入った。

「私は故郷を棄ててきたんです」

　投げやりな声で言ったあと、真海はかすかに頭を横に振った。

逃げてきた、故郷を棄ててきたという言葉が私の胸に刺さっている。あの日、海辺の町で恐ろしいものが溶けて飛散して風に乗り、多くの村や町に降り注いだ。ところが、彼女はそのことに抗議しているのではなかった。彼女の目は自分の内面に向かっている。逃げてきた、故郷を棄ててきたと言って自分を苛《さいな》んでいる。

「どうして橘町へ」

「途中で、いとこを思い出したんです」

彼女はうなだれた。途中で思い出したということは、福島を出るとき、母と子は何の当てもなく出発したのだろうか。

「もう、戻れません」

消え入るような声だった。私は痛ましい思いで彼女を見つめている。彼女は相当の傷を負っているようだ。再び、沈黙が相談室をおおった。彼女は堅い扉を閉じて、他者を近づかせまいとしているようだった。重い沈黙の中で、私はアカリがおびえたことを思い出した。

「エアコンをつける前に、アカリちゃんの様子が変わりましたね。どうしてですか」

私が聞くと、真海の顔が険しくなった。

「聞き違えたのです」

彼女は弱々しい声で答えた。ここから、扉が開くかも知れない。私は改まった気持ちですわり直して尋ねた。

「何を聞き違えたのですか」

言葉は返ってこなかった。

「私は故郷を棄てました」

繰り返す彼女の声に断罪の響きがあった。ふいに激しい怒りがこみ上げた。

「水沢さんは被害者ですよ」

私は強い口調で言った。それきり、また沈黙が続いた。どうしたらいいのだろう。焦りが胸に広がり、無力感を覚えた。状況を聞くこともできない私に彼女のことは重過ぎる。その上、私はケガをしている。話を聞くからには、深く関わっていかなければならないが、休職を控えている身には無理がある。聞いたとしても、聞きっ放しになって無責任になる。

水沢さん、実は明日から休職します。後任の講師と若村先生に事情を説明してください。そう言いかけたが、言葉が口から出てこない。どうしても、言えない。

　私は水沢真海を見た。汚れたハンカチを入れたために、上着のポケットが膨らんでいびつになっている。彼女は靴もはかずに走ってきた。アカリの荒れた手がよぎる。アカリはエアコンを恐れている。分からないことがいくつも散らばっていて、どう考えたらいいのか分からなかった。しだいに迷いが膨らんでいく。どうしたらいいのだろう。足もとが揺れている気がする。

　明日から休職することを水沢真海に言えないという事実が私を結論へと導いた。無理に言ったら、あとで後悔する。自分に正直にありのままに行動しよう。そうするしかない。この時間を大切にしよう。福島から来た母子に精いっぱい向き合おう。とにかく母親の話を聞くのが先だ。

　水沢真海を見つめると、彼女の横顔はすっきりした輪郭を描いていた。耳たぶは淡い桃色をしている。そのやわらかい曲線と優しい色が目に染みた。うつむいている彼女の横顔は何かに耐えているかのように見える。いま彼女を追い詰めてはいけない気がする。

「はだしで、足裏が痛かったでしょう」

　私がいたわると、彼女は顔を上げた。うつろな眼に何か浮遊しているものがある。

「だいじょうぶですか」

　もう一度声をかけたとき、思いがけないことに彼女が口を開いた。

「福島から車で橘町に来て、いとこに電話で聞いてきて、いとこが知らないと答えたら、学校へ行って確かめると言ったそうなんです」

　主語の抜けたぎこちない話し方だったが、大体の察しはついた。

「家を飛び出して、ナホの手を引いて、学校へ向かって夢中で走りました。途中で片方のサンダルが脱げたので、もう片方を脱ぎ捨てました」

　真海はため息をついた。

「大変でしたね」

　それしか言葉が見つからなかった。

「震災のあと、知り合ったんです。がんばる、絆、福島は元気、呼びかけに応えて、失ったものを補い合って、ひとつの家族になろうと思って」

彼女の言葉はきちんとつながっていなかったが、気持ちが伝わってくる。

「彼は高校生の息子と年取った母親との三人で暮らしてて、六人の家族になろうとしたんです。どうして、あんなことをしたのか」

彼女は沈んだ声でつぶやいた。

「どうか、してたんです」

彼女は顔をゆがめて唇をかんだ。たくさんの人がそんな思いをされたんでしょうか」

私が言うと、一瞬彼女は肩を震わせた。

「福島から訪ねてこられた方に会わなくても、いいんですね」

私の問いに、彼女はうなずいた。きっぱりしたうなずき方に固い意思がこもっているようだった。そして、再び彼女は沈黙してうなだれた。どのぐらい待っただろう。

「私は逃げたんです」

ふいに、彼女がうなだれたまま低い声で言った。

「故郷を棄てました」

罪を告白するかのような語調だ。

「どこへ行けばいいのか、分かりませんでした」

力のない声が、私の肩に重くのしかかった。

「誰にも言わずに、福島をあとにしました」

彼女は片手を胸に押し当てた。突然、何かが彼女の中に侵入してきて、それを必死でなだめているというふうに見えた。

「故郷を棄てた罰」

彼女は自分を処罰するかのようにつぶやき、いっそう深くうなだれた。罰という言葉を聞いて、原発事故さえなければという強い感情が私の胸につき上げてきた。

「罰だなんて、そんな、水沢さんは被害者ですよ」

私は憤りに駆られて言った。が、彼女は顔をうつむけたままだった。何とかしなければならない。が、何もできなかった。私は無力で、せいぜい話の方向を変えることしかできなかった。

「いとこの方のお名前は何と言われるんですか」

彼女は顔を上げた。

「小栗アサ、麻糸の麻という字です」

名前に聞き覚えがあるようだったが、思い出せなかった。とにかく小栗麻がいてくれてよかった。

「いとこは変わり者です」

青ざめた彼女の頬がかすかにほころんだ。

「変わり者、どうしてですか」

「鳥に興味を持っています」

年に二回だけだが、私もバードウォッチングに参加している。私も変わり者なのだろうか。

「鳥に興味を持ってたら、変わり者ですか」

疑問をそのまま口にした。彼女は首をかしげたあと、言葉をつけ加えた。

「よくエッセイを書いて送ってきます。そんなことをするのは、いとこだけです」

「エッセイですか」

エッセイを書いて送ってくる人は私の身近にいない。やはり、小栗麻は変わり者だろうか。そのとき、廊下で足音がして、アカリとナホが相談室に戻ってきた。ナホは母親の傍に寄った。

「図書室に若い男の先生がいたよ」

ナホが言うと、ふいに水沢真海が椅子を立ってふたりを引き寄せた。

「帰ります」

「水沢さん、またお話を聞かせてください」

彼女は答えなかった。何かほかのことに気をとられているふうな顔をしている。

私たちは玄関まで歩いた。

「この靴をはいて、帰ってくださいね」

私は靴箱から自分の予備の靴を取り出した。

ナホが言った。

「先生、さようなら。また明日」

「さようなら」

私は胸の前で手を振った。アカリが荒れた手を振り返した。真海はぼんやりした顔のまま、黙って頭を下げた。

母子は連れ立って帰っていった。

私は職員室へ戻らずに、相談室の椅子に腰を下ろした。まだ、水沢真海に肝心のことを聞いていない。その上、明日から休職することを考えると、落ち着かなかった。急な休職の場合、講師を見つけるのは難しい。すぐに、講師が派遣されたという話は聞かない。

私は相談室を出て、校長室へ入った。山根豊子校長は窓際の机で書きものをしていた。ソファーに向かい合ってすわり、私は水沢たち母子の事情を説明した。

「すぐに講師が見つかる可能性は低いと思うんです。なので、休職を取りやめます」

私が言うと、校長は私をじっと見た。

「つまり、水沢親子にほだされたわけね」

彼女の言い方になじめなかった。今どき、流行《はや》らないとつき放された気がした。

「めんどうなことにならないようにね」

彼女は言った。

「どういう意味ですか」

「子どもや親は敏感で不公平を嫌います。もちろん、お分かりだと思いますが」

彼女は忠告し、唇をきっちりと結んだ。

「ところで、まさか、明日になって、やっぱり休職しますとは言わないでしょうね」

皮肉な調子で言ったあと、さっと立ち上がった。言うべきことは言ったというふうに見えた。彼女は職員室の天岡主幹を呼び、再び私の前に腰を下ろした。天岡が入ってきて、私の横にすわった。

「田代先生は休職されないそうです。ご本人からの申し出です」

校長が淡々とした口調で言うと、彼は濃い眉を上げた。私が天岡に説明している間、校長は片方の手を閉じたり開いたりしている。

「休職されないのなら、講師は来ませんよ。体育の授業をどうするつもりですか」

彼はあきれたという声で追及してきた。私はたじろいだ。校長が彼の問いを引き取った。

「天岡先生、体育の授業に入ってください。それしかないわね」

かぶせる言い方をして、細い目をまっすぐ前に向けた。この顔をしたとき、彼女はあとに引かない。

「そうですね、僕しかいませんね」

彼は素っ気ない調子で答えた。彼は六年生の理科の授業を担当している。それに、私のクラスの体育が加わることになる。

「申し訳ありません」

私は小さくなる心持ちで頭を下げた。

校長と主幹は、私に休んでほしいのか、休まないでほしいのか、本心はどうなのだろう。分からなかった。無関心なのか、あるいは関わり合わない方が無難と考えているのか、それとも仕事が多過ぎて考える時間を奪われているのか。実際、仕事は次々にある。夜も休日も仕事に追われている。

職員室に戻りながら、私は「バベルの塔」を思い出した。天まで届く塔を築こうとして、人間は通じ合う言葉を失ったという物語だ。いま、私の言葉は通じているのだろうか。

私が自分の席にすわったとき、若村優子は隣の席で教科書を広げていた。しばらくして、優子が教科書を閉じて壁の時計を見上げた。

「そろそろ、田代君が迎えにくるで」

「そうですね、進二に何か」

その日の朝、優子に迎えの時刻を聞かれたことを思い出しながら、私は尋ねた。

「ちょっとね」

彼女は言い、職員室を出た。

私は帰り支度をした。進二は約束の時間をきちんと守る。五時半きっかりに私が駐車場へ行くと、進二が若村優子と車の横で立ち話をしていた。

「田代君と平和まつりの話をしていたところ」

優子が言ったので、彼女が橋町の平和まつりの実行委員になっていることを思い出した。優子は職場の教職員組合の代表という立場なのだろう。

私は三年前に橋小学校に転勤したときに優子に平和まつりへの参加を誘われた。以来、進二とともに参加している。

「実行委員にならないかと言われたんや」

進二は苦笑いを浮かべた。

「で、断ったんでしょう」

「いや、引き受けた」

意外な言葉が返ってきた。

「昔、先生を手こずらせたからな」

進二は冗談めかして言った。

「田代君をよく怒ったなあ」

彼女は思い出すふうだった。

「先生、お宅まで送りましょうか」

進二が言った。

「ありがとう、でも、まだ仕事が残ってる」

橋小学校の駐車場で若村優子と別れた。

車は夕暮れの町を走り、赤信号でとまった。

「まさか、進二が実行委員を引き受けるとはなあ」

「自分でも驚いてる」

「いったい、どうしたのよ」

「さすがの僕も、考えさせられるよ」

「何をよ」

彼は私に顔を向けた。薄昏《うすぐれ》の中でその目の色が明るかった。

「平和まつりのときの講演のことや、社会の動きとか、それに原発は福島だけのことじゃない、どこにいても、放射能が降ってくる可能性がある。人間は信じられないことをするからな」

彼は言った。信号が青に変わり、車が発車した。彼は平和まつりの講演に影響を受けたらしい。私は昨年の平和まつりの講演の記憶を辿った。そのときの様子や言葉が鮮明に甦ってきた。


会場の正面に垂れ幕がかかっていた。原発避難民の思い―飯舘村《いいたてむら》を離れて―という演題が黒々とした毛筆で書いてあった。私は以前に福島県の飯舘村を訪れたことがあった。

講師は十年前に飯舘村に夫婦で移住してスタッフとともに有機農法をしていたという。石窯《いしがま》でパンを焼き、レストランを営んだ。何人もの研修生を迎えて、事業は軌道に乗り始めた。ついの住処《すみか》と思いを定めた矢先に、原発事故が起きた。避難勧告は出ていなかったが、自動車のバッテリーから電力を取り、緊急避難するようにというニュースを聞いたのだと講師は言った。そういえば、いち早く警告を発信した人たちがいた。

「ガソリンをかき集めました。できる限りの人に原発事故のことを知らせて、その人たちにも拡散してほしいと頼みながら、福島から遠ざかって、関西へ向かいました。僕が卒業した高校があったんです。放射能は見えない、正体が分からない。恐ろしかった。死ぬかも知れないと思いながら、車を走らせました」

見えない、正体が分からない、死ぬかも知れないという彼の恐怖が私の胸に食いこんだ。

「チェルノブイリへ行ったことがあり、内部被曝《ひばく》について知っていたんです。それでも、原発の近くに住んでしまいました」

彼は低い声で語り、下唇をかんだ。

「三人目の子どもが生まれてすぐに、原発が爆発したんです。ＳＰＥＥＤＩ《スピーディー》が公表されたのは、ずっとあとの五月下旬でした」

　彼はいっそう強く唇をかんだ。

　講演が終わったあと、私は講師に話しかけた。

「飯舘村を訪れたことがあるんですよ」

「そうでしたか。どなたとですか」

「夫と娘と三人で行きました。地域ぐるみの活動が盛んで、学校の取り組みも進んでいました。村の六年生は修学旅行で沖縄へ行くそうですね」

「そうです。読谷村《よみたんそん》へも行くし、ガマや、ひめゆり資料館へも案内してもらうんです。うちの子どもたちも楽しみに待ってたんですよ」

　彼は静かな声で言い、小さく首を横に振った。そのしぐさは、あたかも自分の思いを振り払おうとしているかのように見えた。

「自宅がすぐ近くなんです。家へ寄ってお茶を飲んでいってください」

　私が言ったとき、進二が近づいてきた。

「まだ日は高い。ぜひ寄ってください」

　進二も誘い、講師はうなずいた。

　居間で講師と一緒にコーヒーを飲んだ。彼はコーヒー碗を片手に、庭の木に目を向けている。木は大人の背丈ほどあり、熟した紫色の実が夕日に輝いている。

「ご家族のおみやげにいかがですか」

　進二が言った。

「ブルーベリーですね」

　彼は言い、なおもじっと見ていたが、しばらくしてかばんを引き寄せた。そして、茶封筒を取り出して中の写真を見せた。写真は二枚あった。

「原発事故の半年前に写した家族写真です。去年はブルーベリーが豊作だった」

　一枚目は、おなかの大きな女性とふたりの子どもがブルーベリーの木の前で屈託のなさそうな笑顔を向けている写真だった。もう一枚の方は、透きとおった谷水が勢いよく純白の水しぶきを上げている写真だった。

「子どもたちは川エビやドジョウとりやザリガニ釣りをして遊びました。夏の風は川の水で冷やされて涼しかった。夜になると蛍が飛び交いました」

　講師は淡々と語った。

「友人も、スタッフも、散りぢりになってしまいました。別れを言う時間さえありませんでした」

彼は庭のブルーベリーの木に目を移し、遠くを見る目をした。

「何もかも、置いてきました」

写真を持つ彼の指先が震えていた。


車は木津川沿いに走った。

「どうした、黙りこんで」

進二が尋ねた。

「飯舘村から避難してきた講師のことを思い出してたんやわ」

「そうか。で、福島から転校してきたという水沢さんはどんな様子なんや」

私は水沢真海に聞いた話を伝えた。

「逃げてきた、故郷を棄てた、福島を離れた罰と言っててね、ひどく傷ついていると思うわ。被害者なのに」

「棄てたのは誰だと言いたいね。世間は弱い立場の人に冷たいもんやで。うっかり人を信じたらひどい目にあうで」

「水沢さんは、これまで新聞や本で読んだ人たちとは違う感じ方をしてると思う。平和まつりで聴いた講師とも違う。ひとくくりにはできないわ」

そろそろ、進二を説得しなければならない。

「多分、休職しても講師はなかなか見つからない」

私は遠回しに言い、大きなため息をついた。

「アカリちゃんの手はざらざらに荒れてる。かわいそうに、どうしてだろう」

私の語尾は震えた。ふいに進二が咳ばらいをした。

「まさか、休まないとは言わないだろうな」

警戒している声音だ。

「休めない。だって」

進二は終わりまで言わせなかった。

「休んだ方がいい。休むべきだ。水沢さんのことは講師がやってくれる」

進二は早口で言い、続けた。

「来てくれる講師は、水沢さんたちのことを由岐よりも理解するかも知れない。それに、骨にひびが入っていない」

彼はたたみかけた。

私は傲慢《ごうまん》なのだろうか。そうかも知れない。けれども、荒れたアカリの手が胸を占めている。おびえたまなざしが胸に貼りついている。

「今、休むわけにいかない」

「休むべきだよ。多分、若村先生も同じ意見だ」

「このひと月が大事なの」

「休むべきだ。ひびの入った体では無理や」

彼は苛々《いらいら》した口調で言った。

「休めない」

声に出して言うと、アカリと同じときを過ごしたいという思いはいっそう強まった。

気まずい沈黙が流れた。私は車のCDのスイッチを押した。ショパンのピアノ曲が流れ、車内はたちまち華麗な音色に包まれた。そしてまもなく溌溂《はつらつ》とした旋律に変わった。

「ショパンか。曲名は何」

彼はぼそりと聞いた。

「ポロネーズ、ポーランドのという意味ね」

ショパンは若くして故郷のポーランドを離れ、二度と故国へ戻ることはかなわなかった。

それきり、会話はとだえた。

自宅の駐車場に車をとめたとき、進二が私をじっと見た。

「休まないなんて、どうかしてる。自分から苦労をかって出るようなものだ」

そのとおりだった。急に責任の重さを感じた。

「ずっと、子どもの中に埋もれているから、いつまでも青っぽいんや」

「それでも」

「はかない夢だったか」

彼は車を降りながら、つぶやいた。

「夢って、それ、何よ」

「休職したら、少しはましな食事にありつけるかなと期待してたんやけどな」

「おあいにくさま」

「まったく、いつものことながら思いこんだら、周りが見えなくなるんやから」

夕飯の片づけをしたあと、私は進二と居間のソファーに向かい合ってすわった。

「未知は行ったけど、僕らは被災地へ行ってないな。阪神へは日帰りで行けたが、東北は遠いなあ。未知たちは若い力で距離を飛び越えてしまう。忙しい社会になったなあ。夜も照明が消えない。仕事が次々にあって、友だちと話す時間が減っていく」

彼は珍しく大学生の娘のことを引き合いに出して話し始めた。彼の言葉に、私はまたしても「バベルの塔」のことを思い出した。

「通じ合う言葉を失っていく。去年の平和まつりのときに、そんな映画を見たなあ」

私が言うと、彼はうなずいた。

「原子力発電は『バベルの塔』を築くようなものだと研究者が訴えていたな」

進二はつぶやいて、新聞を広げた。

私はパソコンを開いた。珍しく山根豊子校長からメールが届いていた。

田代由岐さま
五年生の保護者から電話がありました。

「田代先生は骨にひびが入っているのに休職されないのですか。担任していただくのは不安です」

要約すると、以上のような内容でした。ほんとうに休職なさらないのですね。

山根豊子

私はパソコンの画面を見つめた。文字が無表情に並んでいて、私に担任してほしくないと思っている保護者がいて、私を拒否している。ケガのことだけではなく、ほかのことで不満があるのかも知れない。そう思うと、気持ちが沈んだ。

私は玄米茶の入った茶碗を荒れた手で抱いていたアカリの姿を目に浮かべた。迷っていて頼りないが、誰に何を言われてもアカリと同じときを過ごしたい。進二は青っぽいと言うが、私の思いは変わらない。そう思いながら、校長にメールを返した。

山根豊子校長先生
メールを拝読しました。休職しません。
田代由岐

翌朝、私は自分で車を運転して出勤した。ハンドルを握りながら、校長からのメールを思い出した。担任として不安だという親の声がある。ケガをしている体で、まともに担任ができるだろうか。不安がわいた。授業中の自分の姿を想像してみる。たいてい椅子にすわって授業をすることになれば、不自由なことが起きるだろう。子どもたちは学習に集中するだろうか。

だが、誰に言われたのでもない。自分で決めたことだ。

橘小学校に近づくに連れて、決意が固まっていく。ケガを乗り越えて前へ進まなければならない。


職員室に入ると、養護教諭の五十嵐彩と三年生担任の若村優子が自分の席で仕事をしていた。私は大きなリュックを開いて、ベージュ色の布製のかばんを取り出した。そして、優子に休職しない理由を説明した。

「休むべきやわ。体をいたわった方がいい」

優子はそくざに返した。

「このぐらいのケガという考えは困るんやわ。その考えは、ほかの人の権利を奪うんやで」

優子の言葉に、はっとした。自分のことばかり考えていて、ほかの人の権利については一度も考えなかった。

「そうですよね」

私は優子を見つめた。

「すみません。考えが及ばなくて」

「じゃあ、休職するんやな」

「それは」

私は口ごもった。

「するの、しないの」

彼女は厳しい顔つきをしていたが、五十嵐彩に顔を向けて声をかけた。

「五十嵐さん、田代さんに言ってやって」

いきなり振られて、彩が椅子から腰を浮かした。彼女は近づいてきて私の傍に立った。何か言いかけたが、黙っている。

「講師がすぐに来てくれるかどうか分からないので、心配なんです。アカリちゃんにとっても、いまが大事だと思うんです」

私は必死になった。少しの時間、優子は黙っていたが、しばらくして首を横に振った。

「休まないという顔やわ」

私はうなずいた。

「すみません」

「全部を背負いこまないで、何でも頼んでや」

「田代先生、何でも言ってくださいね」

それまで黙っていた彩が口を開いた。

「でも、あなたは採用試験を最優先させてね」

優子は彩を気遣った。

天岡主幹に続いて事務職の女性が入ってきた。そのうしろについてふたりの子どもが職員室に入ってきて、私の傍に立った。クラスの日比野俊介と茨木花菜だった。

「今日の当番なので、荷物を運びにきました」

俊介は張りきっている感じで胸をそらした。父母は離婚して、俊介は父と祖母と三人で暮らしている。彼は陰影を感じさせず、頼りになる存在だ。

「私たちが持っていきます」

花菜が澄ました顔つきをした。花菜は父親と死別し、母親と暮らしていて母親思いだ。

俊介がチョークの小箱と黒板の指示棒を持った。花菜が布製の大きなかばんを提げた。

「ありがとう」

私はその背中に声をかけた。花菜がふり返ってやわらかい笑顔を見せた。俊介はそのまま落ち着いた足どりで出口へ向かった。

「思いやりがあるなあ」

優子が言って、目を細めた。

「日比野君は私と似ている気がします」

唐突に五十嵐彩がつぶやいた。その言葉にふいをつかれた。日比野俊介と養護教諭の五十嵐彩が似ているとは思いもつかなかった。

「どこが似てるの」

彼女の知性をおびた若々しい額を見ながら聞くと、彼女はうつむいた。

「どこって、何となく」

彼女はあいまいに答えた。もどかしい気持ちで見つめると、彼女は深い目の色をしている。自分に冷静な目を向け、子どもを繊細に理解しようとしている目だ。彩にはかなわないと思っていると、彼女は黙って自分の席に戻っていった。

母に去られた俊介と、四回目の採用試験を目前にしている彩、ふたりに似たところがあるのだろうか。私には漠然としていてつかめなかった。はっきりしているのは、五十嵐彩が担任の私よりも俊介に近いところにいるらしいということだ。気持ちが揺れ始めている。揺れる気持ちに、彩への羨望《せんぼう》が混じっている。

五年生の教室へ入ると、正面の教卓にチョークの小箱と指示棒が揃えて置いてあった。かばんは窓際の机に載せてある。いつもの場所だ。教卓の前に椅子が用意してあり、まるで私を待っているかのように見えた。温かいものが胸に満ちてくる。ここが私の居場所だ。けれども、その心地よさに浸っている場合ではない。これからが問われている。

　私は椅子にすわって深く息を吸い、子どもたちを見回した。そして、いつもと違う感じがした。これは何だろうと考え、すぐに納得がいった。これまで子どもを見下ろしていたが、いまは目線が低くなっている。そのせいで教室と子どもたちが違って見えるのだと気づいた。

三　母子避難

　一時間目の授業が終わると、水沢アカリがすっと席を立った。が、再び椅子に腰を落とした。アカリは教室を出ていこうとして振り返った。まだ教室に気持ちが残っているという様子だ。二時間目の休み時間にも、アカリは同じ動作を繰り返した。

　三時間目の休み時間、私が窓際の机の前にすわっていると、茨木花菜がアカリの手を引いて傍にきた。アカリは大きな茶封筒をおずおずと私の前に差し出した。使い古しの、しわの寄った封筒が膨らんでいる。

「お母さんが、靴をありがとうって」

　やっと聞き取れる声だった。私は耳を澄ませてアカリの声を聞き、靴の入った茶封筒を受け取った。

　田代由岐先生へ
　ありがとうございました。

封筒の表に、黒いボールペンの細い文字でていねいに書いてある。

「行こう」

花菜がアカリの手を引いて、出口へ向かった。アカリは靴を返すことさえ自由にできない。その心のこわばりは被災によるものだろうか。それとも、転校によるものだろうか。ほかに原因があるのだろうか。もしかしたら、アカリが自由に振るまえないのは、担任の私に原因があるのだろうか。


昼休み、私は職員室へ戻った。両隣の席で若村優子と神ノ池章吾がパソコンを使っている。

優子がキーを打つ手をとめた。

「どうや、ケガをしてると変なところに力を入れてしまって疲れるやろ」

彼女はいたわった。足のつけ根が痛いという言葉をのみこんで、私は答えた。

「大分、慣れた気がします」

職場には弱味を見せない雰囲気が濃厚で、私もいつのまにかその空気に浸食されている。


「ナホちゃんは明るく話しかけてくるわ。やはり仮設住宅に住んでたらしいで。ウルサイって怒鳴られたとか、暑かったとか、話してたわ。すぐに手をつなぎたがるのは、赤ちゃん返りかなあ」

優子は言った。

「ナホちゃんはよく話しますか。アカリちゃんとはずい分違いますね」

「ナホちゃんに手紙を預かったで。前の学校の友だちに書いた手紙をね」

「お母さんにとめられてるんでしょう」

「いけないと分かってても、書きたかったんやな」

ナホは届かない手紙を書いたのだ。

「アカリちゃんはどんな様子やろ」

「自信なさそうで、遠慮がちに見えます」

「高学年やからな」

私はアカリの姿を思い浮かべた。あのほっそりとした体に、口に出せずにたくさんの思いをためているのだろうか。私が優子と話している間、神ノ池章吾は話に加わらず、パソコンのキーを打っていた。


掃除の時間、私が窓際の机の前にすわっていると、甲斐竜也が話しかけてきた。

「先生、お地蔵さんみたいにすわってて、ウットーシクないのかよ」

彼はじゃま臭そうにモップを動かしながら言った。確かにうっとうしい。いつになったら、自由に動き回れるのだろう。けれども、竜也に弱味を見せるのは癪に障る。

「お地蔵さんねえ、いいねえ。お地蔵さんって好きやなあ」

私は快活に返したが、言葉が浮いて調子っ外れになった。彼はチェッと舌打ちをした。本音を出さない担任は、子どもの目にどう映っているだろうか。仮面をかぶっていると見えているのだろうか。

甲斐竜也は周囲を見回し、床をモップで拭いている茨木花菜に声をかけた。

「茨木、しっかりやれよ」

「竜也君に言われたくないわ」

花菜があごを少し上げて返すと、彼は肩をすくめて舌打ちをし、廊下へ去った。

「花菜ちゃん、竜也君と対等だね」

私は声をかけた。

「思ったことを言っているだけです」

彼女はこともなげに言った。ショートカットの髪がつやをおびて光り、頬に散らばっているそばかすがかわいかった。

「思ったことを言うのが難しいのよ」

思ったことを言い、思ったとおりに行動するのは大人にとっても難しい。

私は椅子を立ち、雑巾で壁板を拭いているアカリの方へゆっくりと近づいた。きのう、ざらざらに荒れていたアカリの手の甲と指がましになっているようだ。

アカリが思いきったように口を開いた。

「お母さんがお勤めにいきます」

「それは、よかったね」

私が言うと、アカリはうなずいてやわらかい目もとになった。


帰宅すると、キッチンの灯がついていて、焼き魚の強い匂いが漂ってきた。キッチンのドアを開けると、進二がアジの開きを皿に移していた。私はかばんを持ったまま、カウンターの前に立った。

「今日は、その足で不自由だったか」

「足のつけ根がちょっと痛かった」

「僕の言うとおりに休まないからや」

彼の言葉に、私は黙った。

「子どもたちとは、どうだったんや」

彼がとりなすように聞いたので、私はその日を振り返った。

「子どもと一緒の時間が増えて、子どもと向き合うのが新鮮で、ケガをする前に見えていなかったことが見える。多分、目線が低くなってるせいね」

「ケガをすると、目線が低くなるか。それは、由岐にいい薬やな」

彼は偉そうに言った。いつもの上から目線だ。言い返そうとしたが、やめた。口論するエネルギーは残っていない。

「反撃しないな」

「子どもたちのことを日記に書くわ」

「毎日、よく書くことがあるな」

私は小学校五年生のときから、日記を書き続けている。

「話をする方が手っ取り早いで」

彼は言った。その考えが主流なのだろう。日記を書いているという人は周りにあまりいない。

翌日の夕刻、学校を出て車を走らせていると酒店の前の辺りで、前方にふたりの人影を見た。女性が子どもと手をつないで歩いてくる。街灯が少女の姿を照らし出した。スーパーの買いもの袋を提げているのは水沢ナホだ。

私は車をとめ、窓ガラスを下ろした。

「ナホちゃん」

声をかけると、ふたりは立ちどまった。

「先生」

ナホが叫び、ポニーテールの髪を揺らした。

「お買いものに行ってきたよ。玄米茶も買ったよね、おばちゃん」

ナホは手に持っていた買いもの袋を勢いよく上げ、傍らの女性を見上げた。

女性は母親が話していたいとこに違いないと思いながら、私は車から降りた。名前を聞いたはずだが、思い出せないまま、あいさつを交わした。

「先生もお買い物に行くの」

「先生、これからですか。遅くなりますね」

「週に一度、生協さんに宅配してもらってるんですよ。車庫の奥の棚に置いてもらって、それでまに合わせています」

そんなふうだから料理を作りかけて足りないものがあることに気づくことがある。けれども、材料が欠けても何とかなる。

「そうなんですか」

「不便なところに住んでいるので、宅配に助けられています。ところで、アカリちゃんは」

私は尋ねた。

「お姉ちゃんはお母さんとおうちにいる」

「真海も、外出して、気晴らしをしたらいいんですけどね」

街灯の光の下で、女性は眉根を寄せた。四十代だろうか。ショートカットの髪、見覚えのある顔だ。彼女のかすれた渋い声にも聞き覚えがあった。若草色のアノラックにジーンズがよく似合っている。やっと、思い出した。小栗麻だ。以前にバードウォッチングのときに会っている。

「アカリの話によると、足の指と肋骨をケガなさってるそうですね」

「そうなんですよ。ドジで困ります」

「私ね、田代先生のおつれあいに教えられて、遥か上空にオオタカを見たときのことを思い出すと、いまでもワクワクするんですよ」

彼女は夕方の空を見上げて言い、彫りの深い顔に高揚感をにじませた。

「おばちゃんは先生と知り合いなの」

ナホは聞いた。

「そう、バードウォッチング友だち」

「バードウォッチングに行ってみたいな」

「次のときは、ナホちゃんも連れてきてもらえばいいわ。お母さんとアカリちゃんも一緒に」

私はナホの円い顔を見て言った。

「行きたい」

ナホの顔が街灯の光に明るく輝いた。

「この冬、鳥たちに奇妙なことが起こりましたね」

麻が思い出したように言った。

「ほんとうに奇妙でしたね」

私がうなずくと、彼女は考え深そうな顔をした。

「小鳥が急にいなくなって、ヒガラやムクドリを見なくなって、スズメさえ見ませんでした。不可解な自然の不意打ちでしたね。どう考えたらいいのか」

　彼女は途中で言葉をきり、眉を上げた。

「うちの近くでも、鳥たちが一斉に消えました。それまで普通だったことが突然失われるって、知らない世界に放りこまれた感じで、落ち着かないものですね」

　私はあのときの、鳥のいない寒ざむとするような空間を思い出して言った。

　ナホが買いもの袋を持ったまま私の手を握って揺らし、内緒話でもするかのように声をひそめた。

「先生、あさって、いいことがあるよ」

「いいことって何なの。教えて」

「お母さんの仕事がお休みなの。だから、行ってらっしゃいとお帰りなさいを言ってくれる」

　ナホは笑顔になり、声をはずませた。それだけのことが子どもを笑顔にする。ナホの無欲さに気持ちがしんとした。

「おばちゃん、先に行くね。先生、さようなら」

　ナホはじっとしていられないのか、母親と姉が気になるのか、何か用でも思いついたのか、酒店の離れの方へ歩いていった。

「次のバードウォッチングを楽しみにしてますね」

「はい、ぜひ。水沢さんたちもご一緒に来てくださるといいですね」

「行けるといいんですが。真海は勤め以外に外出をしたがらないんですよ」

　麻は沈んだ声で答えた。

「小栗さん、私ね、事情を知らずに担任として的外れなことを言ったり、傷つけたりするのではないかと心配なんです。水沢さんにじかに事情を聴いたのですが、分からないことがたくさんあって、それ以上は聴き辛いので、小栗さん、教えていただけないでしょうか」

「おっしゃることは分かりますよ。そうですね、真海のことを書いたエッセイがありますが、送りましょうか」

「いいんですか」

「ええ、でも、お忙しいでしょう。読まれますか」

「ぜひ、読ませてください」

「前に名刺を交換して、あれにメールアドレスが書いてありましたね。メールを送りましょうか」

「お願いします」

前回のバードウォッチングのときに、彼女と名刺を交換した記憶が戻ってきた。麻は見たようだが、私はよく見ないで名刺入れにしまった。

「あの子たちをよろしくお願いしますね」

「こちらこそ、よろしくお願いします」

小栗麻と別れて、私は車をスタートさせた。しばらくして木津川沿いの国道の交差点で信号を待った。川面が街灯のナトリウム灯を映している。橙色《だいだい》の灯が川波に揺すられ、かがり火のように水の中で燃えている。

水沢真海は休日に外出せずに、借家の離れでどんな時間を過ごしているのだろうか。彼女のうつろな目が胸をよぎった。


私が帰宅したとき、進二はまだ帰っていなかった。私はもらいっ放しのまま、しまいこんでいた小栗麻の名刺を引き出しの中から取り出した。住所は橘小学校に近い住宅地になっている。職業は看護学院の専任教員とある。

パソコンを開くと、小栗麻からのメールが届いていた。

田代由岐先生、住宅地に住む当方としては、そちらの若葉はさぞ美しいだろうなと、うらやましいです。子どもが家を出たあと、私たちは夫婦ふたりだけの生活です。夫の趣味はゴルフとドライブ。私はバードウォッチングとエッセイです。あの年の夏、福島へ行きました。あの旅は辛かった。エッセイを書きかけましたが、なかなか筆が進みませんでした。一年かかって、やっと書き上げたエッセイです。添付して送ります。

小栗麻

福島のいとこ

私には真海という年下のいとこがいる。彼女は福島に住んでいる。私たちはひとりっ子どうしで、真海は私にとって妹以上の存在だ。

真海が小学生のときのことを思い出す。実の母親が重い病気になったので、真海を夏休みにうちで預かったのだ。私は高校へは行かず、つまり不登校だった。

自転車に乗って、よくふたりで図書館へ行った。木津川や名もない近くの山へも行った。買いものやライブや映画にも行った。私は熱に浮かれたかのようにひと夏を真海と一緒に過ごし、その夏の日々が私の胸に焼きついた。

真海の母は冬を越せずに、亡くなった。

真海が中学生になったとき、父親が再婚した。新しい母親は若く、真海とは十歳ほどしか違わなかった。ひと月もしないうちに、真海は家を飛び出して、私の家に来た。つまり、家出をしたのだ。私のお母さんはひとりしかいないと父親宛の置き手紙に書いてあったそうだ。

すぐに福島から両親が駆けつけたが、真海は両親と口を利かなかった。真海はいちずで思い詰める性格だった。

私は真海に入れ知恵をした。一緒にうちで暮らそうと唆《そそのか》した。私は妹がほしかった。そして、願いを実現させるためにつき進んだ。自分の欲望を満たすために、真海を巻きこんだのだ。学校へ行けない私、継母との確執を抱えた真海、私たちの結びつきは思っていたよりもずっと強かった。そして、私の大胆なたくらみは成功した。

あとで聞いた話によると、真海が私には笑顔を見せる。その顔が両親を決断させたという。真海は橘中学校に転校し、私は二回目の同じときを真海と過ごすことに恵まれた。今度は三年間だった。私たちはなかのいい姉妹、いいえ、それ以上だった。真海の両親は恨みもせずに感謝してくれたが、私には罪悪感があった。それだけにいっそう、真海を大切にしようと思った。

でも、真海は寂しそうだった。父親の願いを蹴って、継母を傷つけたことを悔やんでいたのだと思う。そのころ、私は大学の文芸部に入っていて、彼女に日記を勧めた。真海は書くことに熱中して、長い時間、机に向かっていた。

真海は高校入学のときに福島へ戻り、しだいに二度目の母を頼りにするようになった。そして、短大を卒業したあと、高校のときの先生と結婚して、アカリとナホが生まれた。

まもなく、真海の父親が病気で死んだ。父親は継母と一緒に暮らしてほしいと真海に言い遺した。真海には過去に継母を傷つけてしまった、それを償うという気持ちがあったようだ。夫とふたりの娘と二度目の母親との五人の生活は、真海にとってそれまでの分を取り返すかのように親密だったようだ。こんなに幸せでいいのだろうかと真海はよく話していた。

二〇一一年の三月初め、私は下の娘のナホに入学祝いを送った。真海からお礼のメールが届いた。二枚の写真が添えてあり、一枚はナホが赤いランドセルを背負っている写真で、もう一枚は家族五人の写真だった。五人の笑顔が明るかった。写真を見ているうちに声を聞きたくなって、私は電話をかけた。

「写真を見ていると、ナホちゃんのはしゃぐ声が聞こえてきそうやわ」

「春休みに家族五人で北海道の旭山《あさひやま》動物園に行くわ。こんなに恵まれてていいのかなあと怖いぐらい」

彼女は声をはずませた。家族五人、その言葉が私の胸に染み入ってきた。小学生のときに生母を失い、中学時代に継母とうまくいかなかった過去を、彼女たちは乗り越えたのだ。そして、着実に家庭を築いている。

「写真に和水仙の蕾《つぼみ》が写ってるね」

「陽だまりなので、もうすぐ、咲くと思うわ」

彼女たちは春を待っていた。

真海たちの生活は三月十一日の震災と原発事故によって暗転した。

真海とはなかなか、連絡が取れなかった。やっと、福島の伯母に電話が通じて、様子を聞くことができた。伯母の家族は無事だったが、真海たちは地獄につき落とされた、と伯母は声を詰まらせながら語った。

その日、真海と夫はそれぞれの勤め先に、アカリは小学校、ナホは保育園、継母は用事で出かけていた。夕方、真海は避難所で娘たちと出会った。夫と継母は還らぬ人となった。家族五人の暮らしはもぎ取られた。

その年の夏、私は夫と車で福島を訪れた。

あちこちにおびただしいものが積み重なっていた。泥まみれの家具、縫いぐるみの人形、洗面器、枕など無数のものが強い夏の陽にさらされ、日常が破壊されたことを伝えていた。ビニール袋や布切れや白い紐が木の枝に引っかかり、無秩序な光景が広がっていた。

　私は立ちすくみ、うめいた。何か言おうとした。けれども、どうして、どうしてと同じ言葉を繰り返すだけだった。これは何だ、と夫もそう言ったきり黙っていた。言葉を失ったまま、私たちは伯母の家へ向かった。

　真海がアカリとナホを連れてきた。

「除染はなかなかだねえ。孫たちが運動不足になってねえ」

　伯母は嘆き、真海はうなだれた。真海たち家族五人の写真が私の脳裏に甦った。主のいない春の庭で、水仙は花を咲かせたのだろうか。

　真海たちが二階に上ったあと、近くに住む伯母の息子があいさつにきた。彼は病院の事務局に勤めている。

「遅くなってすみません。あいつは夜勤で」

　彼の妻は看護師をしている。彼女が夜勤の日は、妻の母親がふたりの娘の世話をしてくれるという。

「忙しいんでしょう」

　夫が聞いた。

「仕事が山積みなのに、人手が足りなくて、若手が少なくなって、職員の平均年齢が上がって」

　彼は答えて、コップのビールを口に運んだ。

「親に連れ戻された若い同僚もいました。娘の将来のためだと言って、力ずくという感じでしたね。おそらく、内部被曝を恐れて」

　彼は言いかけて口をつぐんだ。そして、天井の隅に目をとめ、ため息をついた。その目がくぼんでいる。

「大変ですね」

　私はねぎらい、彼のコップにビールを注いだ。

「去った人もいますが、住み続けている人もいますよ」

　彼はビールを味わっているというより、飲まずにいられないというふうにも見えた。

「逆に、他府県から移住してきた人もいます。どこも人手不足なので、助かっています」

　彼は気を取り直すかのようにつぶやいた。

「実は放射能の影響については、僕たち夫婦も意見が違うんですよ。口争いが絶えません」

彼は苦い顔をして、またビールをあおった。

真夜中、うめき声で目を覚ました。私は起きて、隣の部屋のふすまを少し開けた。淡い橙色の常夜灯の下で、母と子が寝ている。真海がうなされていた。顔に粒の汗を浮かべている。私は傍ににじり寄って、体を揺すった。彼女は目を開けて、ぼんやりとしている。

「あまり苦しそうだったんで」

私は枕もとにあったタオルを彼女に手渡した。彼女は布団の中で半身を起こし、顔と首すじの汗をゆっくりと拭った。

「夢を見てたの」

私は声をひそめて尋ねた。

「どんな夢だったの」

彼女は答えなかった。私は枕もとにあったコップの水を手渡した。彼女はひと口だけ飲んだ。

「どんな夢だったの。話した方が少しは楽になるかも」

私が背中をさすると、彼女は身を震わせたがしばらくして口を開いた。

「海の水が鉛の板になって、かぶった海水にいっぱい針が入っていて」

私の心臓は締めつけられた。妹以上だと思っている真海の前で私は無力だった。彼女の背中をさすることしかできなかった。

翌朝、窓の外から聞こえてくる音で目を覚ました。窓を開けると、伯母が畑を鍬《くわ》で耕している。

「精が出ますね」

「ご先祖様から引き継いだ土地だからね」

彼女は目を細めた。手入れのゆき届いた畑の土の色は黒々としている。

「食べる前に放射線量を測ってもらいに行くんだよ」

「大変ですね」

「だいじょうぶだと分かると、気持ちがパアッと晴れるよ。ここで暮らせると思うんだよ」

伯母は薄紫色の花を咲かせているジャガイモの花をじっと眺めた。

「私たちは運が悪かったね」

伯母はつぶやいた。運が悪かったという伯母の言葉が胸につき刺さって、私は何も言えなかった。伯母は黙って、再び鍬を動かし始めた。

伯母に見送られて、私たちは真海たち母子を仮設住宅へ送った。車の中で会話はとだえがちではずまなかった。

「ご馳走をいっぱい食べたね。ほらッ、見て」

ナホはおなかを両手で抱えて言った。やがて、仮設住宅が見えてきた。仮設は学校の運動場を狭《せば》めていた。私たちは仮設の狭い部屋に入って、お茶を飲んだ。子どもたちは声をひそめている。

「真海ちゃん、日記を書いてるの」

「はい」

浮かない顔で真海は答えた。

「真海ちゃん、書くことを手放さないで」

彼女はうなずいた。

「真海ちゃん、困ったときはうちに来て」

私が言うと、真海は娘たちを抱き寄せた。何か言おうとしたようだった。けれども、唇を震わせただけで言葉は出てこなかった。

福島に滞在している間、夫と継母のことを話題にしなかった。しなかったというよりも、できなかったという方が当たっているのだろう。

ひとかたまりになっていた母子の姿が私の目に焼きついている。（二〇一一年　十一月）

私は麻のメールを読み終わった。混乱している頭で、事実を整理しようとした。水沢真海の夫と継母はもう還ってこない。震災から三年目になったが、真海は夫と継母のことを語らない。語らないのではなく、おそらく語れないのだ。

ふと疑問が頭をかすめた。橘小学校を訪れた水沢と名乗る男性は誰なのだろう。真海は震災後に水沢という男性と再婚したのだろうか。彼女は福島からの転校であることを隠してくれと頼んだ。水沢を恐れていて、会おうとしなかった。事情は複雑にからみ合っているようだった。

駐車場に車の入る音がして、進二がキッチンのドアを開けて入ってきた。

私は進二と遅い夕食を始めた。

「元気がないな」

彼は野菜サラダを小皿に取り分けながら聞いた。

「小栗麻さんを覚えてるかなあ」

私が言うと、彼は首をひねった。

「バードウォッチングのときに出会った人で、一緒にオオタカを見た人」

私は説明したが、彼は思い出せないようだった。

「福島から来た水沢真海さんのいとこでね」

「それで」

彼は焼いた鶏肉とネギを串から外しながら次を促した。

「小栗さんがエッセイを送ってくれて分かったことだけど、水沢真海さんは東日本の大震災でお連れ合いとお義母《かあ》さんを亡くされたらしい」

言葉にすると、改めて家族を失った母と子のことが身に迫ってきて胸を締めつけた。

「そうか」

彼は言って、宙に目をとめた。

「当事者にしか分からないことがあるやろなあ」

「そうかもな。でも、担任としては、当事者にしか分からない、そう言ってはね返されて、それですますわけにはいかないのだから。共感することなしに、担任になれないのだから」

小栗麻のエッセイのおかげでいくらか事実に近づけたが、もっと知らなければならない。彼女の現実に近づかなければならない。まだまだこれからだと私は口の中でつぶやいた。


その日も、水沢アカリは五年生の教室でおずおずとして自信なさそうに見えた。無理もない。アカリは父親と義祖母を突然奪われた。ほかにも私が予想もしない経験をしているのかも知れない。その小さい胸にたくさんのことをためている可能性がある。

放課後の職員室で子どもの計算テストの採点を終えたとき、外はすっかり暗くなっていた。ふと思いついて、私は廊下に出た。スマホをかけると、すぐにアカリの母親とつながった。

「お願いしたいことがあります」

私は言った。真海は黙っている。とっさの対応は難しいのだろうか。そんな懸念が胸をかすめたとき、低い声が返ってきた。

「何でしょうか」

「きのうの夕方、ナホちゃんと小栗麻さんに会ったんですよ」

「はい、聞きました」

私はためらったが、踏みこんだ。

「明日、お休みだそうですね。お話を聴かせていただけませんか」

思いきって頼んだが、返事はなかった。真海は仕事に出かける以外は、家にこもっていると聞いた。突然の担任との話は無理かも知れない。じゃあ、またの機会にと私が言いかけたとき、彼女の声が返ってきた。

「分かりました」

思いがけなく、彼女は了承した。

「水沢さんに学校へ来ていただくのは無理ですよね。私がお伺いすればいいのですが、あいにくケガをしてしまいまして」

私はそう言って彼女の返事を待った。けれども、彼女は黙っている。

「やはり、私が伺いましょうか」

「いいえ、私が学校へ行きます」

小声だが、揺らぎのない口調だった。

「すみませんね、よろしくお願いします」

翌日の放課後、学校の相談室で会うことになった。ほっとして職員室に戻り、私は三年生担任の若村優子に事情を説明した。

「外出はしたくないんやろ。それでも、勤めと学校のことはきちんとしたいんや。水沢さんの強い意思を感じるなあ」

私の話を聞いて、優子は感慨深そうに言った。

「若村先生、ご一緒に話を聴いていただけますか」

私は誘ったが、彼女は首を横に振った。

「田代先生だけの方がいいと思うで。学校側からふたりだと、緊張しはると思うで」

彼女は気配りを見せた。


翌朝、職員室に入ると、校務員の井戸が掃除を終えて出ていくところだった。私は自分の席にすわって、リュックの中に入れてある布製のかばんを取り出した。職員室に続く印刷室から印刷機の音がしてくる。私は放課後に予定している水沢真海との懇談のことを思った。話がちゃんとできるだろうか。規則正しい印刷機の音が忙《せわ》しなく聞こえる。

印刷機の音がやみ、若村優子が印刷室から出てきた。あいさつを交わしたあと、優子は隣の席にすわった。彼女は印刷したプリントを丸めて輪ゴムでとめたあと、教科書を広げた。そのとき、しまったと思った。相談室の予約を忘れていた。職員室の正面にある小黒板を見ると、すでに先約があった。先約は私だった。放課後、五年生田代と書いてある。誰が書いたのか、すぐに分かった。流れるように美しいチョークの文字、若村優子の筆跡だ。

「若村先生、予約してくださったんですね」

私は礼を言った。彼女は教科書から顔を上げた。

「ときどき、阪神大震災を思い出すわ。あれから二十年ほどたったけど、息子は神戸の学生アパートにいて、隣の部屋の友だちが亡くなられてなあ」

優子は自分のふっくらとした手の甲を見つめて、つぶやいた。

「そうでしたか」

「このごろ、何故か、よく死んだ人のことを思い出すわ。東北の震災と原発事故があったからかなあ」

彼女が言ったとき、天岡主幹が入ってきた。彼は小黒板を見て、顔をしかめた。

「田代先生、相談室を使うんですか」

「はい、水沢真海さんに話を聴きます」

「特別扱いにして、ほかの親の反感をかわないようにしてくださいよ」

彼は不機嫌な顔をした。

放課後、私は早めに相談室へ行った。細長い部屋は体育館に陽をさえぎられ、閉めきってあるのでかび臭かった。窓を開けたあと、椅子にすわって水沢真海を待った。

水沢たち母と子の過酷な過去を思った。私は当事者ではなく、被災した人たちとはほど遠いところにいる。そう思うと弱気になる。けれども、アカリの担任になったからには、たとえ僅かでも母と子の気持ちに近づかなければならない。

しばらくして、水沢真海が入ってきた。そのうしろにアカリとナホと茨木花菜の姿がある。

「私たちね、一輪車の練習をするんですよ。アカリちゃんは坂道発進や後進もできるって」

花菜が自分のことのように嬉しそうに大きな声で言った。

「すごいね。一輪車の先生だね」

私が言うと、アカリははにかんだ。

「さあ、行こう」

花菜は言い、アカリとナホと一緒に相談室を出ていった。私は相談室の椅子に真海と並んですわり、うつむいている彼女の横顔を見た。

学校へ来てくれた。そう思うと、感謝と敬意が胸を満たした。今、このときを大切にしよう。いつのまにか、胸に巣くっていた不安は消えている。

「アカリちゃんは、エアコンをこわがっているのではない、エアコンを聞き違えたのだと言われましたね。どういうことか、教えてくださいますか」

私が尋ねると、真海はジーンズの膝を両方の手でつかんだ。ほっそりとしてしなやかな指だった。けれども、爪の色がくすんでいる。

「アカリはエアコンを聞き違えて」

真海は語尾を濁した。片手の指を額に当て、心を漂わせているかのように見えた。彼女には片づかない過去があり、多分それを抱えているのだろう。どのぐらい待っただろう。すっきりした顔立ちの、真海の上まぶたがかすかに動いた。

「私が十歳のときに母が病気で入院したんです」

ふいに彼女が語り始めた。

私が問いかけ、彼女が答えることが多かった。けれども、そのうちに、真海が問わず語りに話し始めた。語尾が聞き取れなかったり、急に言葉がとぎれたりすることもあった。けれども、再び言葉はつながって出てきた。

福島を出て橘町へ来たときまでのことを話し終え、真海は深く息をはいた。そして、壁にかかっている四角い時計を見上げた。彼女の視線を追って時計を見ると、話し始めて一時間半ほどが過ぎていた。真海の顔に疲れが見てとれた。

まもなく、子どもたちが賑やかに話しながら、相談室に入ってきた。私はもう少し話を聴きたかった。けれども、聴き足りない思いを残して話をきり上げた。

水沢真海と子どもたちを玄関で見送ったあと、私は相談室に引き返した。椅子に腰を下ろし、窓辺に目を向けると、白っぽい体育館の壁が夕暮れの中にはっきりと見えた。真海の言葉がきれぎれに浮かび、頭痛がする。圧倒され、頭の中がかき回されている。椅子から立ち上がるのが億劫《おっくう》だった。

相談室を出て、歩いていると足が重く感じられた。事実の前で自分は無力だ。けれども、真海が学校へ出向き、話してくれたことを無駄にしてはならない。この重さに負けてはならない。

そのとき、ひとつのことがひらめいた。小栗麻は福島を訪れ、重い事実をエッセイに書いた。私も書いてみようか。けれども、日記しか書いたことのない私に、果たして書けるだろうか。その峰が途方もなく高く感じられた。


職員室へ戻ると、数人が黙々と仕事をしていた。若村優子が顔を上げ、口を開いた。

「ずい分、長かったなあ。疲れてるみたいやな」

彼女の下まぶたの優しいふくらみを見ていると、挑もうとする思いが強まった。

「とても複雑なんです。で、整理するために箇条書きにしないで、ひとまとまりの文章にしようと思います」

「時間がかかるで。箇条書きの方が早いで」

彼女は首を小さく横に振った。確かにその方が早い。けれども、文章にした方が水沢真海の気持ちに近づける気がする。

職員室では誰もが黙々と仕事をしている。私はパソコンに向かったが、一語も出てこない。指が動かない。書きあぐねて窓の外に目を移すと、楓の芽が葉を広げ始めている。紅色をおびた若い芽が目に優しい。風が立ったらしく楓の葉が揺れた。

私は窓から視線を戻した。日記や手紙を書くときのように、手書きにしてみよう。大学ノートを広げ、ペンケースから鉛筆と消しゴムを取り出す。鉛筆を片手に考えているうちに、始めの文章が書けた。その一文に呼び寄せられるように、次の文章が出てきた。初めの数行は書きにくく、時間がかかった。そのうちに、鉛筆の動きがなめらかになった。

水沢真海と交わした会話は省いて、彼女が話している書き方にした。彼女の話は時間の推移に忠実ではなく、行きつ戻りつを繰り返した。私が途中で質問をしたせいもある。が、できるだけ並べ替えて起きた順に書いた。

どのくらい時間が過ぎただろうか。私は鉛筆をとめて、ノートから顔を上げた。

「集中してたなあ。真剣な顔をしてて、途中で声をかけられなかったで」

若村優子が言った。

「鉛筆を握ったとたんに、何故か、始めの一文が出てきたんです」

「私なら箇条書きにするわ」

「まだ途中です。続きはあとで書きます」

私は答えた。


その夜、夕飯の片づけを手早く済ませた。

「水沢さんに話を聴いたわ。で、彼女が語っている形にして、その話をまとめてるんやわ」

「面倒なことを始めたなあ。僕はごめんだな」

進二は信じられないという顔をした。私はその言葉を聞き流した。早く続きを書きたかった。

机に向かい、大学ノートをめくった。書こうという気持ちがせり上がってくる。

水沢たち母と子に寄り添うための、かすかな手がかりをつかんだ気がする。けれども、それは時間がたてば消えてしまうかのようにもろいものに感じられた。絶対に逃したくない。

私は鉛筆を手に取った。

書きながら水沢真海と対話した。ときに考えこんだ。ときに胸が詰まった。ときには、涙がこぼれて書けなくなった。

最後の文章を書き、私は鉛筆を置いた。壁の時計を見上げると、午前二時を過ぎている。けれども、頭は冴《さ》えている。私は初めから読み始めた。


小学四年生のとき、母が病気で入院したので、私は親戚の家でひと夏を過ごしました。そこは福島からは遠い京都の橘町というところでした。

いとこの小栗麻さんは高校生で、私に読書の楽しみを教えてくれた人です。そのころ麻さんは不登校でほとんど学校に行っていませんでした。

その冬、母は死にました。

私が中学生になったとき、父は再婚しました。新しい母は優しい人でした。でも、私は死んだ生母のことを思い、反発ばかりしていました。

ついに私は家出をしました。行き先は橘町でした。父と継母が駆けつけました。いとこの麻さんと相談して、私はここにいたいと主張しました。そして、私の願いは実現したのです。私は橘中学へ転校しました。寂しそうな顔をしていた父と継母の顔を思い出します。

麻さんは高校のとき不登校でしたが、そのときは大学生になっていて、ちゃんと通学していました。文芸部だとかで、私も真似をして文章を書きました。そのとき以来、日記を書くようになりました。

高校入学のとき、福島へ帰りました。高校では親友ができました。根岸愛という友だちで、私たちには共通点がありました。彼女が母親を交通事故で亡くしていたこと、読書好きだという二点です。

私は短大を卒業したあと、しばらく会社に勤めました。愛は大学を卒業したあと、図書館に勤め、お父さんとふたりで暮らしていました。私たちはしょっちゅうメールでやり取りをしました。

まもなく、私は高校のときの担任と結婚してマンションに住みました。私の父は大学に勤めていて、彼は父のゼミの教え子でした。

今から七年前、父が病気になりました。私はふたりの娘を連れて見舞いました。

病室へ入ると、継母がベッドの傍にいました。父は片手を布団から出して、細い木の枝のように痩せ細った手を私たちの方に伸ばしました。私はその手を握りました。父は穏やかな顔で、アカリとナホを見つめました。くぼんだ目に、温かくて明るい色がありました。

「つないでくれたね」

父は言いました。私はその言葉の意味が分かりませんでした。しばらく考えて、分かりました。自分の命が果てても、孫たちが命をつないでくれると言いたかったのだと思います。多分、父は死を予感していたのです。傍で継母がうなずきました。

「んだね」

継母が土地の言葉を使うのを初めて聞きました。福島の言葉はいいなあと思いました。病室は静かで穏やかな空気に包まれていました。

父は、継母と一緒に住んでほしいという言葉を私たちに遺しました。父の遺志どおりに、私たちは父母の住んでいた家に引っ越し、家族五人で出発しました。

アカリとナホはよくなつき、継母は家族にとっていなくてはならない人になりました。それまでの空白を埋めるかのように、私は継母とよく話をしました。年の暮れに家族でお節料理を作ったこと、父のお墓に参ったこと、海へ行ったことなどを思い出します。

二〇一一年の三月、私はアカリとナホを連れて体育館へ避難しました。そのあと、伯母の家へ、そして、仮設住宅へ移りました。しばらくして、違う仮設住宅へ何回か移りました。

私は食料品店で働きました。お客さんの注文が理解できなかったり、お釣りを渡すのを忘れたりしました。

「大変な経験をしたんだ、無理ないよ。でも、若いんだから、時間がたてば戻るよ」

店主はゆったりした口調で言いました。そのとおりでした。しだいに注文が分かり、お釣りがすっと出せるようになりました。仕事に行く以外は家の中で過ごしました。必要なときだけしか外出しませんでした。

三回目の仮設住宅へ移ったあとのことでした。ある日、仕事を終えて自転車で仮設住宅へ帰ろうとして、震災のあとにできた食堂の前を通りかかりました。レストランを経営していた夫婦が作った食堂です。お客の多くは除染をしている人たちでした。

食堂の前に水沢が立っていました。彼は食品会社に勤めていて、仕事でよく私の勤め先へ顔を出しました。名前を呼ばれて私は自転車から降りました。

「おふくろが作ったんだ。うちの周りの線量は低くて、パスしてる」

彼はぎこちなく言いました。そして、ホウレン草の束を差し出しました。私は礼を言って受け取り、自転車の前かごに入れました。

彼は家を新しく建てたと話しました。

「仮設から引っ越したんで、ずいぶんうらやましがられている」

まるで家を新築したことを恥じているかのような口振りでした。いい人だと思いました。

「おふくろは仮設にいたときの茶飲み友だちと離れたので、寂しがってる。それも心配だが、息子が震災のときケガをして、すぐに治療を受けられなかったんで」

彼は苦い顔をしました。母親だけでなく、息子がいることを知りました。母親と息子以外の家族について、私は彼に尋ねませんでした。震災のあと、家族についての問いは禁句になっています。

「高校生で、成績はいいんだけどなあ。おふくろや僕とは全く話をしない」

私は自分の高校時代を思い出しました。

「そのころ、私も親と話をしなかったわ」

彼は黙っていました。

「聴いてくれて、ありがとう」

しばらくして、彼は言いました。その言葉が新鮮でした。震災のあと、数え切れないぐらい頭を下げました。私はありがとうと言う側でした。ところが、私にお礼を言う人がいるのです。私の気持ちは安らぎました。

「娘さんたちと三人らしいな」

どこで聞いたのか、彼は私の家族のことを知っていました。

それから何日かたったある日の夕刻、また、彼が食堂の前に立っていました。私は自転車から降りました。

「息子さんはどんな様子ですか」

私は尋ねました。

「エアガンに夢中なんで、手を焼いている」

彼は気弱な目をしました。

「初めは安いものを買っていたようだが、今では一万円以上もするものを買っている」

「一万円以上もですか」

「たくさんの人が苦しんでいる。新しい家に住んでるのに、こんな悩みはぜいたくだと分かっている」

彼はつぶやきました。でも、この世にぜいたくな悩みがあるのでしょうか。私はないと思います。

「水沢さん、大変ですね」

私は心から言いました。

「八年前に離婚して、母親と息子と三人で暮らしている」

彼は小声で言いました。震災で亡くなった人はいないが、家が流され、高校生の息子さんがケガをしたということを知りました。

二〇一三年の春先、私たちは仮設にいました。隣の部屋にいた家族が家を建てて、引っ越しました。新しい気持ちで再出発しますという言葉を残して去りました。

「いつ、私たちは引っ越すの」

ナホに聞かれました。けれども、私には答えられませんでした。

被災したあと、私は何度も住みかえました。仮設って何なのでしょうか。明るく前向きに暮らしている人もいます。でも、私はだめでした。根のない草になり、自分が借りものになっていくのです。

その日、水沢が思いがけない話を持ち出しました。私と結婚したいというのです。私は返事ができませんでした。どうして返事ができないのか、頭の回転が鈍くなっているのか、心細くなりました。鈍くなっている頭を必死に巡らせました。でも、どうしたらいいのか、分かりませんでした。いくら考えても、分かりませんでした。

思いあまって、私は友人の根岸愛に相談しました。彼女は図書館に勤めていましたが、二年ほど前に、災害対策の仕事に変わりました。私たちは震災のあとにできた簡素な食堂で会いました。彼女はひどく痩せていました。寝る時間を削り、食べる時間を惜しんで働いていたのだと思います。

「なじょしてる。あれから、人に会うと、なじょしてると聞く癖がついたわ」

彼女は福島の言葉で言いました。なじょしてるというのは、何してる、どうしてるという意味です。小さいころに、その言葉を聞いたことがあり、愛の口から久し振りに聞きました。

「だいじょうぶか」

私は彼女をいたわりました。

「殺気立っている人もいる。怒鳴られることもある。震災関連死もあるし」

「痩せたなあ」

神経をすり減らしているのだと思いました。

「真海も痩せてるよ」

彼女は言いました。

「だいじょうぶか」

「愛こそ、だいじょうぶか」

痩せた者どうしでねぎらい合いました。

私が水沢との結婚について相談すると、愛はくぼんだ上まぶたを一瞬落としました。

「真海、どうしたのよ」

彼女の言葉にハッとしました。私は今まで自分のことを自分で決めてきました。いつのまにか、それができなくなっていたのです。

「絶対にこの人しかいないと思っってても、うまくいかないことが多いのに、初めから、迷っているのに結婚するなんて」

彼女の目が不安そうに私にそそがれていました。

「よく考えてね」

「そうする」

私はつぶやきました。

「真海には幸せになってほしい」

愛はそう言って、涙をこぼしました。愛は人前ではテキパキと行動して強気に見えますが、ほんとうは泣き虫なのです。

私は伯母に相談しました。

「簡単じゃないよ。慎重に考えるんだよ」

伯母は疑い深そうな眼をして言いました。

私は子どもたちに相談しました。新しいおうちに行きたい。そう言ってナホは喜びました。お母さんの言うとおりでいいとアカリは言いました。

その夜も、私の眠りは斑《まだら》でした。そして、恐ろしい夢を見ました。寝汗をタオルで拭いていると き、ある言葉が頭をもたげました。水沢の住むあたりの線量は低いという言葉です。仮設を出たら、辛い眠りから解放されるかも知れない、水沢はいい人だ、と鈍い頭で思いました。

結局、結婚しました。いいえ、違います。私はどうかしていたのです。彼の強い気持ちに引きずられました。

高台の家で、六人が一緒に暮らし始めました。玄関先にも、縁側にも、色とりどりのパンジーやムスカリやスイートピーの鉢植えが置いてありました。年取った彼の母親は友だちと会えなくなったので、花が友だちの代わりだと話しました。何故か、私はその花々が疎《うと》ましく、目をそむけました。

アカリがエアコンを何と聞き違えたのか、話します。アカリはエアコンをエアガンと聞き違えるほど、恐怖心が体にこびりついているのです。

水沢の息子は大震災で足のケガをして好きだったサッカーができなくなった上に、仲の良かった友だちを津波で失いました。それで、エアガンに熱中していたのではないか、と思います。

「友だちと離れてしまったせいだべよ」

水沢の母親が孫をかばうと、水沢は否定しました。災害の前から木の葉や石を撃っていたというのです。

「災害のあと、カエルやヘビをねらうようになって、最近、猫を撃つようになっている」

彼は暗い目をして言いました。

私の不眠と悪い夢は相変わらずで、高台の家へ引っ越したあと、何故か中学生のときから書き続けていた日記を書けなくなりました。


ある日、私はアカリとナホの手をきつく握って、高台にある水沢の家を飛び出しました。

駅に着いたとき、橘町のいとこを思い出しました。いとこ夫婦が福島まで来てくれたのはおととしの夏でした。うちにも来てね、と別れ際に言ってくれました。私はその言葉にすがりました。

黒い瓦を載せた小さな木造の駅、川遊びをした木津川、丘陵にあるため池など、小学生の夏休み、そして中学時代の三年間を過ごした橘町の景色が目に浮かびました。懐かしさで胸が痛くなりました。そして、私はアカリとナホの手を握って電車に乗ったのです。

私たちを見て、いとこはとまどったようでした。でも、すぐに、いつもの優しい顔になりました。いとこの母親は私を見て、けげんな顔をしました。婚家を無断で出てきたことをとがめる目でした。それでも、酒店の離れを紹介してくれました。

私たちは故郷を棄てて、ここへ辿り着きました。友だちや伯母にも連絡しないで、故郷を逃げてきました。


私は大学ノートを閉じた。他者に話を聞いてこんな文章を書いたのは初めてだった。エッセイとは呼べないかも知れないが、それはどうでもいい。とに

かく最後まで書いた、
　もう一度、私はノートを読み直した。そして、重大なことに気づいた。真海が語ったのは周辺だけで、夫の死と義母の死については抜け落ちている。語らなかったのではなく、語れなかったとも考えられる。その欠落が彼女の苦しみの底知れない深さを伝えてくる。そして、それはもうひとつの事実をさらけ出していた。語られなかったことが私の非力によるという事実だ。
　私は窓辺に立ち、外の暗闇を見つめた。そして、濃い闇の中に真海の乾いた目とやせ細った姿を思い浮かべた。彼女は中学生のときからずっと日記を書いていた。被災したあとも書き続けていたのに、高台の家で書けなくなったという。そんな真海をまるで羽を失った鳥のようだと思った。

四　花のない家

出勤すると、机の上に教職員組合のビラが載っていた。橘小学校の組合員は若村優子しかいないので、彼女が配ったのだと察しがついた。

　クーラーの設置は急務だという太い見出しがビラに躍っていて、教室の温度が三十度を超える日が続いて子どもが学習に集中しにくいと書いてある。

「町議会への要望書ですね。とおるといいけど」

　私は隣の席の優子に話しかけた。

「地域にも配ったんやで」

「大変だったでしょう」

「保護者に協力してもらったんやわ」

　彼女は笑みを浮かべた。支援する保護者がいればどんなにか心強いだろうと、私は優子をうらやましく感じた。

「小栗麻さんね」

　彼女が話題を変えた。

「娘さんが小学校の高学年で不登校やったらしいで。私たちがここに転勤してくる前のことやな」

優子は情報通だ。

「それで、いま、どうなんでしょう」

私が聞くと、彼女は笑顔になった。

「フリースクールのあと、大検を受けて大学を卒業して、薬剤師さんと結婚して、ピアノを自宅で教えてて、連れ合いの勤める病院のロビーで患者さんたちのために、ピアノを弾くこともあるって」

優子は一気に言った。声が明るかった。

「小栗麻さんも、かつて不登校でしたね」

「そう、母子ともに不登校の経験があってね。ところで、きのうは水沢さんと話をして疲れたやろ」

私はベージュ色の布製のかばんを開け、中から大学ノートを取り出した。

「水沢さんに聞いたことをまとめました」

私はノートを手渡した。

「もう、書いたの」

彼女は目を見張った。

「水沢真海さんが語っているという形にしました。手記のように書いたんです」

「信じられないことをするわ。大変やったやろ」

優子はねぎらい、ノートを読み始めた。彼女はひと息に読み終わり、涙を含んだ目をしばたたいた。

「福島が田代さんに書かせたのかもなあ。花を美しいと感じられなくてね」

「水沢さんは、まだ、一部分しか語っていません。ふたりの家族が亡くなられたことについて、ほとんど触れていません」

そのあとに続く言葉は見つからなかった。優子も沈んだ顔をして息をついた。

体育の授業の時間、私は五年生の教室の窓辺に立った。イケーッ、シュートなどのきびきびした声が校庭から聞こえてくる。ケガをした私の代わりに体育の授業をしている天岡主幹の声だ。

縦笛《たて》のメロディーが隣の教室から流れてくる。ミュージカル映画の中で歌われていた「エーデルワイス」だ。国を追われて住み慣れた土地を離れた家族が雪の山道を列になって辿っていく映画のシーンが甦ってくる。

給食の準備が始まった。味噌汁の蒸気に子どもたちの汗の匂いが加わり、かん高い声がいっそう蒸し暑さを増す。このごろの気温の上がり方は並ではない。給食の時間、担任は子どもたちの席を日ごとに順に回っていく。その日は甲斐竜也の傍で食べた。

竜也にはクラス一番が二つある。それは、給食を真っ先に食べ終わることと、ずば抜けて背が高いことだ。祖父は医師、父はパソコン関連の会社員、祖母と母は家にいて、兄は進学校で有名な私立中学へ通っている。

彼はさっさと食べてしまうと、黙って立ち上がった。見上げると、彼の顔がぐっと高くにあり、私を見下ろしていた。

「竜也君、何をしてるの」

また何か見つけたらしいと思いながら聞いた。

「田代先生、白髪《しらが》があるで」

彼は目ざとい。

「いいの、気にしてないの。そのうちに、竜也君も白髪になるわ。それとも、毛がなくなるのかな」

私がきり返すと、彼はそっぽを向いたが、急に思いついたという顔で椅子にすわって地図帳を広げた。そして私に見えないように、ことさらに地図帳を立てた。

「先生、南三陸市は何県ですか」

「南三陸市じゃなくて南三陸町じゃないの」

「市でも町でも同じことやろ」

「宮城県ね」

「ピンポーン。では、シリアの首都は」

知らないだろうという期待に満ちた顔だ。

「ダマスカス」

私が答えると、竜也はがっかりした顔をした。

「チリの首都は」

「何だったっけ。思い出せない」

答えたとたんに、竜也がヤッタという顔をした。

「先生が知らないって」

彼は大声で叫んだ。

「博士、助けて」

私は日比野俊介に振った。俊介は読書量が多い。新聞もよく読んでいる。彼は酢の物の人参をよくかみ、ゆっくり飲みこんだ。

「サンチアゴ」

俊介はたんたんと答えた。

「サスガッ、博士や」

竜也は叫んだあと、言い放った。

「先生が知らないって、おかしいジャン。だから、僕は高校へ行かない」

竜也は時々、高校へ行かないと言う。理由はそのときによって違う。今日は私のせいにした。

「高校へは行かないって、結論が早いなあ」

日比野俊介が穏やかな声で言った。

「そうかなあ」

竜也はいつも俊介には素直だ。

「先生、高校へ行きたくても、行けない中学生が増えているそうですね」

俊介が大人びた口調で言った。

「マジで勉強はキライや。僕は高校へ行かない。教室は暑い、ジゴク、ジゴク」

竜也が叫んだ。


家庭訪問が始まった。初日は六軒の家を回ることになっている。

駅近くにあるマンションの四階の部屋のドアを開けると、甘い花の香りがした。数本の赤い薔薇《ばら》が玄関脇の棚のクリスタルガラスの花瓶に挿してある。

居間のソファーに向き合ってすわると、すぐに母親は受験情報について流暢《りゅうちょう》に語り始めた。姉が進学校で有名な私立高校へ通っているのだった。しだいに気おくれがしてくる。母親は担任を当てにせず、頼りにしていない。私は何のための担任なのかと思う。

日比野俊介の家は渋い緑色の屋根の洋館で、広い前庭の芝生は整然と刈りこまれている。

「息子の都合がつかなくて申し訳ありません」

祖母は詫《わ》び、革のスリッパを出してくれた。新しいのに足になじみ、はき心地がいい。彼女は暖炉のある洋室に案内し、ソファーに浅く腰をかけて背すじを伸ばした。カサブランカが黒檀《こくたん》の花台に置かれた大きな青磁の壺にたっぷりと活けてある。

俊介の母親は離婚してマンションに住んでいる。毎月一回、俊介は泊まりにいく。弁護士をしている父親か、祖母のどちらかが送り迎えをする。まだ五十代の祖母は穏やかな口調で家庭の事情をたんたんと説明した。

日比野俊介の家の次は茨木花菜の家だった。

切り通しの急な坂道を上り詰めると、視界が広がった。雑木林の手前に十軒ほどの町営住宅が軒を並べている。木造の平屋は三十年ほど前の水害のあとで建てられたもので、南側に小さい庭があった。

花菜が濡れ縁に腰をかけていた。

「田代先生、こんにちは」

花菜は縁から立って、声をはずませて駆け寄ってきた。

「おじいちゃんが植えてくれたんです」

花菜が指差した。庭の畳半分ほどの土地にネギが植えてあり、深緑色の葉を伸ばしている。

「活きがいいわね。花菜ちゃんのおじいちゃんは近くにおられるの」

「いいえ、四国です。海の近くです。去年、運動会を見にきたときに植えてくれたんです。そのときは元気だったのに、病気になってしまって」

花菜は心細そうな顔をしてうつむいた。

「それは心配ね」

「はい」

彼女は気を取り直したように明るい顔になって家の中に声をかけた。

「母さん、先生が来はったで」

公園へ行くと言って花菜は出かけ、私はその背中を見送った。

出迎えた母親の章子《あきこ》は、背中まで伸ばした髪をうしろで無造作に束ねていた。

家の中に入ると、狭い板の間とふた間続きの和室と低い天井は朽葉《くちば》色に変わり、落ち着いた空気が漂っている。きれいに片づいた勉強机の上に、桜草の鉢が置いてあった。ピンク色の花と若草色の葉が春の日射しに包まれている。

小さい座卓をはさんですわり、私は学校での花菜の様子を説明した。彼女は私の話をうなずきながら聞いた。そして、安心したような顔をした。

「親らしいことはできていませんが、よろしくお願いします」

章子はていねいに頭を下げた。

「アカリちゃんが転校してきてくれて、花菜が外で遊ぶようになったんですよ。大助かりです。きょうも公園で待ち合わせて遊んでるんです」

アカリは外遊びを好む。それが花菜に影響しているという。思いがけない存在感がアカリにあることを知った。

「お仕事は順調ですか」

「この四月から、夕方も勤めています」

章子はスーパーでレジの仕事を終えて帰宅したあと、近くの医院で受付の仕事をしているという。

「働いていると、あれこれ悩む時間が減るし、何より働くことが好きなんですよ。花菜は、ひとりで待っていますので、お隣のお独り暮らしのおばあちゃまに何かとお世話になっています」

彼女の話に、私の気持ちはやわらいだ。

「お互いに、体を大切にしましょうね」

私は働いているものどうしという気持ちをこめて言った。彼女はうなずいて笑みを浮かべたが、すぐに真剣な眼に変わった。

花菜の家を出て、切り通しの手前で振り返った。草はらにシロツメクサが生え、ススキが群生し、その向こうに高く雑木林が続いている。樹木に切り取られた狭い空の下に、小さな町営住宅が親密そうに軒を並べていた。

水沢アカリの家へ着いたとき、陽は傾いていた。母親に案内されて中に入ると、和室がふた部屋あり、陽光が広縁に斜めに入っている。これまで家庭訪問した五軒の家と雰囲気が違って感じられるのは何故だろう。すぐにそのわけに気づいた。ほかの家には、庭や玄関先や部屋に花があった。けれども、水沢真海の家にはない。花のない家の空気がひっそりとしている。

「何か、お聞きになりたいことがありますか」

私が聞くと、真海は不安そうな顔をした。

「毎月、校内学力テストがあるそうですね。アカリは勉強についていけるでしょうか。何回も転校をしたので、心配です」

「だいじょうぶですよ。分からないことは、お互いに教え合いますので」

アカリは算数の分数が苦手なので、日比野俊介と同じ班にした。彼は博士と呼ばれていてどの教科も抜群で、教え方は私より上手だ。

「橘町での生活に慣れましたか」

私は尋ねた。

「シャワーが使えるんですよ」

彼女は言葉を上ずらせた。何という無欲さだろう。私は、震災のあとの不自由な生活を想像せずにはいられなかった。

「酒屋さんのご家族が親切にしてくださいます。家具や生活用品を知り合いに頼んでくださったので、助かりました。いとこにパソコンをもらって、メールのやり取りをしています。いとこだけですけど」

「もしかして、小栗さんからエッセイが送られてくるんですか」

私が言うと、彼女はうなずいた。

「もしかして、麻さんは先生のところへもエッセイを送りましたか」

彼女は問いかけ、もしかして、という私と同じ言葉を使ったことに気づいたらしい。首をすくめている真海を見て、私は彼女との距離がいくらか縮まった気がした。

「水沢さん、ほかに気になることはありませんか」

彼女はうつむいて考えている様子だったが、顔を上げた。思い詰めた目をしている。

「避難先の学校で、放射能がうつると言われた子がいるそうですが、アカリたちが横浜からの転校ではないと気づかれないでしょうか」

彼女は苦しげに言葉を押し出した。転校は子どもの負担になりがちだが、それだけでなく彼女は福島から来たことを案じている。こんな心配をしなければならないとは、何という世の中なのだろう。

「辛い思いをされないように、気をつけますね」

私が強い口調で言うと、真海は頭を下げた。

「私は小学生の夏休みと中学生の二年間ほどを過ごしたので、町のことがだいたい分かります。でも、アカリとナホは知らないので、花菜ちゃんがあの子たちに橘町ガイドをしてくれたんですよ。花菜ちゃんのお母さんとも知り合いになりました。大家さんのご隠居さんがアカリとナホを可愛がってくださいます」

真海の顔が明るくなったので、私はホッとした。

「それはよかったですね」

答えた瞬間、彼女の眉間に縦じわがくっきりと彫りこまれ、まなざしがぼやけた。心が過去に漂い始めたのだろうか。彼女は窓の外に眼を向けた。視線を追うと、畳一枚分ほどのそば庭が見える。膝丈ほどの黒灰色の石とシダがあるだけで、そこにも花はなかった。

腕時計を見ると、予定の時間が過ぎている。私はあいさつをして玄関へ向かった。靴をはいて向き直ると、彼女が上がりがまちに膝をついて私を見上げていた。

「小栗さんのエッセイを読みましたよ」

私が言うと、彼女は何か考えにふけっているふうに見えた。

「先生」

彼女はおずおずした声で言った。

「いとこは先生にメールを送ったんですね。私からも送っていいですか」

彼女の言葉に、喜びがじんわりと胸を満たした。まさか、真海がそんなことを自分から言うとは思わなかった。

「ぜひ、送ってください」

私たちは玄関先でメールアドレスを交換した。彼女は勤めに行く以外は、家にこもっているという。外出や訪問や電話や手紙のハードルは高くても、メールならいとこ以外の人ともつながることができるかも知れない。


家庭訪問が終わった翌日の放課後、私は子どもの日記を教室で読んだ。

茨木花菜の日記に、近ごろ母さんは咳をするので心配だと書いてある。花菜の母親はダブルワークで疲れているようだ。

日比野俊介の日記を開くと、宇宙についての知識を繰り広げている。が、いつもより字が荒っぽかった。養護教諭の五十嵐彩は俊介のことを気にしていた。そのことを思い出し、私は俊介の乱れた字を見つめた。

日記を読み終わると、全校学力テストの答案用紙を机の上に広げた。採点したあと、クラスの平均点と正答率とまちがいの傾向や指導の反省をまとめて提出することになっている。

壁の時計を見上げると、学力向上委員会の時刻が迫っていた。翌日の授業の準備はあと回しだと思いながら、私はテスト用紙を片づけ、かばんを肩にかけた。

教室を出て廊下を歩いていると、若村優子が追いついて肩を並べた。何か考えごとをしているらしく黙っている。渡り廊下まで歩いたとき、ふいに彼女が口を開いた。

「校長先生は娘さんに先立たれているからねえ。二十歳のときに、難病でね」

想像もしなかった言葉に、私は足をとめた。

「そうだったんですか」

声が震えた。思いがけない話を聞き、私は離れて暮らす大学生の娘のことを思った。

「行こうか」

彼女に促され、歩き始めた。

「校長先生は息子さんのことでも頭が痛いと言ってはったで。リストラされたという息子さんね、自衛隊のパンフレットが机の上に置いてあったんやて」

優子の言葉に、独りで自衛隊のパンフレットに見入っている若者の姿が目に浮かんだ。

「校長先生のことをよくご存じなんですね」

「同じ世代やからね。教育論では対立してもね」

彼女は苦笑した。

「自衛隊員の子を持つ親は、海外派兵のことが頭から離れないやろな」

優子が言ったので、私は女性自衛官になった教え子のことを思った。彼女は音楽のセンスがよく、自衛隊の音楽隊にいる。「海ゆかば」の演奏もする、と同窓会で話していた。

「三月十一日のあと、死んだ人たちのことをよく考えるわ。本屋で、つい、死をテーマにした本に目がいくわ」

優子が言った。


学力向上委員会のメンバーの研究部長と低学年、中学年、高学年の各代表が会議室の長机を囲んですわった。山根豊子校長と天岡は正面の席にすわっている。全員が分厚いファイルを机の上に載せている。研究部長が二枚のプリントを配った。「学力向上のための改善プラン」と太字で書かれ、学力向上と家庭学習について箇条書きにまとめてあった。

天岡主幹が参加者を見回した。

「では、始めます。本番の全国学力テストにどう備えるかを念頭においた会議です」

彼は研究部長に提案を求めた。

「月に一回、家庭学習の強化週間を設けることはすでに決まっています。その徹底を前提にして、家庭学習の強化について新しい提案をします。本校の実態調査によると、一時間以上、家で勉強している児童は七割しかいません。残りの三割の子どもたちの指導をどうするかは緊急の課題です」

彼は風邪を引いているらしく鼻をすすった。

「家庭学習を強化するためには親の意識を変革する必要があります。二枚目のプリントを見てください」

プリントには、垂れ幕の作製と書かれ、「一日に一時間以上、家庭学習をがんばる橘小学校のお友だち」と書いてある。

「校舎の屋上から垂らしたら、よく目立ちます」

研究部長は熱をこめて快活な口調で言った。彼は全国学力テストに向かって直進している。直進は奇抜なアイディアを生むのだろうか。

似たものを見た記憶が甦った。


二十年ほど前、関西で開かれた道徳の研究大会に参加したことがあった。色とりどりの菊が玄関にいく鉢も並び、四メートルほどの横断幕が正面に掲げられていた。「礼儀正しい子」「きまりを守る子」「責任を果たす子」という文字。黒々とした毛筆の勢いに圧倒され、何故か、私は孤独感におそわれた。道徳の研究大会が進むにつれて、孤絶した感じはますます大きく膨らんだ。周りの人の熱気と拍手をどこか遠くに感じながら、あのとき、若かった私は、学校はどんな場所だろうと胸の中で繰り返していた。


「垂れ幕について異議はありませんね」

天岡主幹の言葉が私を現実に引き戻した。

甲斐竜也の言葉がよぎる。勉強はキライや。高校へは行かないと彼は言い放った。竜也は拒否するに違いないが、垂れ幕の文字は容赦《ようしゃ》なく近づき、からめとろうとするだろう。竜也の気持ちがいっそう学校から遠ざかることが目に見えている。

「校舎の屋上から、垂れ幕ですか」

私は思わず言った。

「地域にアピールできますからね」

天岡は返した。私は竜也のことを言おうとした。けれども、言葉が出てこなかった。

「賛成できませんね」

若村優子がきっぱり言った。

「何故ですか」

研究部長は険しい顔をして聞いた。

「このやり方は、子どもどうしや親どうしや子どもと親の間を分断して競争へ追い立てます。一日に一時間以上、家庭学習をがんばらない子どもは友だちではない。垂れ幕の字が宣言している。そういうふうに受けとめる子どもがいると思うんです。言うまでもなく、家庭の事情はそれぞれ違います。いま、必要なのは一日一時間以上の学習が困難な家庭、その子どもたちへの配慮ではありませんか。学校に分断を持ちこませないことこそが、いま、私たちに問われているのではないでしょうか」

　優子は分断という言葉の前にひと呼吸置いたので、分断という言葉が強調された。

「子どもに学力をつけるために家庭を啓発するんですよ。異論があるとは信じられませんね」

　天岡が濃い眉を上げて切り返し、指先で机を軽くたたき始めた。

　誰も何も言わない。しばらくの間、沈黙があった。天岡が沈黙をもてあましたかのように、眉をひそめた。

「若村先生は家庭学習の困難な子どもについて話されましたが、それはごく少数です。大多数の保護者は家庭学習を増やしてほしいと思っていますよ」

　彼は上からかぶせる言い方をした。

「多数者の声がまちがっていたら、どうしますか。歴史を振り返るとその例はたくさんあります」

　優子が言うと、天岡は片方の口角を上げた。

「家庭学習についての話ですよ。若村先生のように歴史にまで遡《さかのぼ》ると、問題がぼやけます。家庭学習に焦点化して話を進めるべきですよ」

「多数者がまちがっている例は、現在でもあちこちに転がっていますよ。少数意見の切り捨ては、子どもの将来に無責任ですよ」

　優子は言ったが、天岡は答えずに首を横に振った。山根豊子校長が眉をひそめて、口を開いた。

「成績のいい学校に特別の予算をつけている県もあります。いずれ、どの地域でも学校ごとの成績が公表されるでしょう。全国学力テストで上位を占めることは、私たちの使命であるとともに、多くの親が望んでいることでもあります」

　彼女が言うと、四年生の担任が大きくうなずいて同意を表した。

「しかし、それだけに社会は過敏になっています。ですからこの時期に垂れ幕はまずいでしょう。地域にはいろんな人がいますからね」

校長が言うと、天岡が机をたたいていた指をとめ、研究部長は困った顔を隠さなかった。

「垂れ幕ではなく、ほかの方法を考えましょう」

天岡は垂れ幕案を撤回した。

「家庭学習の手引を配布する方法もあるわね」

校長が言うと、天岡は咳ばらいをした。

「そうですね、そうしましょう。家庭学習の手引は家庭学習の習慣化を補強します。保護者の強い要望に応えることにもなります」

天岡は力をこめて言った。研究部長は熱を失った様子で黙っている。

再び、竜也の顔が頭に浮かんだ。学校は誰のためにあるのだろうか。そのことを言いたい。けれども、結局何も言えずに私は小さく息をついた。

「学力テストがパーフェクトで、塾も宿題も軽くこなす子が何人かいます。その子たちのことも心配です。過勉死という言葉がある社会ですからね」

優子が言い、私はうなずいて賛意を示した。天岡が顔をしかめ、指で黒縁の丸い眼鏡の中心をつまんだあと、口を開いた。

「本題に戻ります。家庭学習を徹底させるために、手引を作ることにします」

優子の意見は無視された。

「全員で一からこねくり回すと時間がかかるなあ」

それまで黙っていた研究部長が鼻をすすり、ぼそっとつぶやいた。天岡はファイルを手に取り、中から資料を抜いた。

「これをサンプルにして、作りますよ」

主幹が明るい声で言った。


日曜日の午後、進二は居間で新聞を読んでいた。私は窓辺に立って空を見上げた。黒灰色の雲が低く垂れこめている。

「むし暑いなあ。いまにも降りそうや。地球温暖化の影響かな」

彼は新聞から顔を上げずに言った。

「教室はこんなもんじゃないで。まるで蒸し風呂のようで、あせもができている子もアトピーでかぶれている子もいる。若村先生たちはクーラー設置の署名を集めて橘町議会に出すらしいわ」

「若村先生は相変わらずやな。定年退職直前とはとても思えない」

彼が新聞から顔を上げたとき、急に突風が吹いた。風は庭木を激しく揺らし、土ぼこりを巻き上げ、瞬時に空気をざらざらにした。そして、突然大粒の雨が音を立てて落ちてきて、たちまち雨脚が強くなった。

「雨が空気を洗ってくれる。放射能が混じっていないので安心やわ」

私はすっきりした気分で雨を眺めた。もっと、もっと、どんどん降ればいい。そう思いながら、私は生協から配達されたエンドウ豆をざるに入れて取ってきた。

「由岐は楽観的だな」

エンドウ豆のさやをむきかけた私に彼が言った。

「どういうことよ」

「ドイツは廃炉で、日本は再稼働の方向や」

彼はつぶやき、降りしきる雨を眺めた。いつ、この雨が放射能を含むかも知れない。そんな地球に生きているのだ。自分のうかつさを腹立たしく思いながら、私はエンドウ豆のさやをむいた。

ふと、家庭訪問のときに水沢真海とメールアドレスを交換したことを思い出した。彼女はメールを送っていいですかと聞いたのだった。あれから一週間がたっていると思いながら、私はパソコンを開いた。けれども、真海からのメールは届いていなかった。メールのハードルは手紙や電話よりも低いと思ったが、やはり外部とつながるのは真海にとってたやすくないようだ。

ふと私の方から送信してみようと思った。何を書けばいいだろう。さんざん迷った末に、さりげない日常について書いて送った。

水沢真海様

いかがお過ごしですか。私はエンドウ豆ご飯を炊き、蕗《ふき》と山椒《さんしょう》をコトコト煮て春の香りを味わいました。

田代由岐

返信はなかった。彼女は故郷、福島の親戚や友人にさえ、まだ連絡をしていないのだった。まして、なじみの薄い担任の私とつながることは難しいのかも知れない。

真海からの返信がないまま、四月末の連休初日を迎えた。その朝、この季節になって二度目のエンドウ豆ご飯を炊いた。さわやかな甘い匂いがキッチンに立ちこめ、窓の外では農家の田植え機の音が響いている。

被災地には田や畑や牧場や山の仕事を奪われた人がいるのだと思いながら、私は縁側の籐の椅子に背中を預けて新聞を広げた。二種類の新聞をざっと読み終わると椅子を立ち、掃除機を手に取った。

掃除が終わったとき、進二が畑から戻ってきた。青い野球帽に古い長袖のシャツを着ている。

「キュウリ、ナス、トマト、シシトウ、万願寺トウガラシ、オクラ。思う存分、植えたで」

「マクワウリは」

「もちろんや」

マクワウリは私と娘の好物だ。未知は山梨県の学生アパートにいる。彼女が夏休みに帰省するころには、黄色いマクワウリがたくさん実っていることだろう。

「のどが渇いたでしょう。お茶にしようか」

私は紅茶の準備をした。

「今ごろ、未知は福島やな」

彼は言い、帽子を脱いで広縁の椅子にすわった。

三年目になり、ボランティアは減っているというが、参加目標の十人を達成できたのだろうか。

タチバナ高原で有機栽培している紅茶の澄んだ香りがキッチンに漂った。

連休明けの夜、私は未知にスマホをかけた。疲れているらしく、だるそうな声をしている。

「十人の参加目標は達成できたの」

「うちからは十人の参加目標だったけど、二十五人で、他府県と合わせて六十人ね」

「大幅な超過達成や」

「ボランティアセンターから畳を運び入れて公民館や民家に分宿したわ」

未知の声がしだいに生きいきとしてくる。畳を運ぶ若者たちの様子が目に浮かぶ。

「波をかぶった民家の片づけをしたんだけど、枕や汚れた縫いぐるみやヨレヨレのバスタオルやなんかを見たとき、正直に言って腰が引けたわ。けど、やりかけたら調子が出てきて、布類を袋に入れる、割れた花瓶やガラスを箱に詰める、布団を紐《ひも》で縛る。どんどんリズムができてきて、予定してた時間より早く終わったわ」

いっそう未知の声に活気が増していく。

「お母さん。どうせ壊すのに片づける。どうしてそうするのか、意味が分かるかなあ」

未知に言われて、言葉に詰まった。分かる気もしたが、はっきりつかめなかった。私の疑問を置き去りにして、未知は話題を変えた。

「お父さんはどうしてる」

「張りきって夏野菜を植えたわ。マクワウリもね。相変わらず、地域の福祉協議会の仕事を熱心にしてる。でね、タチバナ平和まつりの実行委員になったわ。あなたの福島行きの影響かな」

「まさか。お父さんは私と真逆で他人に影響されにくい、つまり、自信がアリスギね」

進二は娘の目にそんなふうに映っている。私も確かに彼はそうだと思う。

「お母さん、もう、いいか」

未知が言ったので、私は急いで言葉を継いだ。

「片づけ以外にどんなことをしたの」

「うん、聴き取りをね」

生返事のままで黙り、しばらくして口を開いた。

「感想文集を作って、報告集会もするって」

「未知の感想だけでも、送ってね」

私は念を押した。


日曜日の朝、窓辺に立つと、見ているのが辛くなるほどの、まぶしい陽光が夏のような空から降りそそぎ、充満している。進二は植えた野菜が気になるらしく、如雨露《じょうろ》を手に畑へ出かけた。私は広縁の椅子にすわって未知から送られてきた感想を読んだ。

青年ボランテイア活動に参加して

田代未知

私が行ってもいいの。役に立つの。バスに乗ってからも　そんな迷いをふっきれなかった。

その一方で、去年、仮設を訪れたときに聞いた言葉がずっしりと胸の底にある。ずっと私たちを忘れないでくださいという言葉。電車に乗っているときや、キャンパスを歩いているときなどにふっと思い出す。これは特別の意思表示だ。普段は滅多に使わない。私たちを忘れないでくださいという言葉には、忘れ去られるという予感、悲しみ、そして警鐘がある。

　リーダーの布施田絵美はバスの前の席にすわっている。歴女と言われていて、歴史上の人物や年代は彼女に聞けば分かる。彼女はマイクを手に、上体をうしろにひねり、これまでの経過と今回の目標を説明した。説明に過不足はなく、質問は出なかった。

「時間はたっぷりあります。目的地に着くまでみんなで交流をしたいと思います。まずは、今年も、ボランティア勧誘のナンバーワンの、黒谷留《る》華《か》さん、どうぞ」

　絵美は私の横の席にいる留華を指名した。

「これまでイベントやなんかでキャンセルやドタキャンをいっぱい経験してきました。ところが、青年ボランティア活動のキャンセルはひとりもないんです。申しこんだ人全員で出発することができました。目標の人数を超過達成したので、嬉しいです」

　彼女はよくとおるアルトで話した。拍手が起こり、指笛が鳴る。

　次々にマイクが渡る。原発事故や「もんじゅ」の問題点や原爆について詳しく調べている人たちは、堂々として熱のこもった語り方をする。ユーモアのある人、話が脱線する人、長くマイクを離さない人、何か役に立ちたいという人など、それぞれにユニークだ。

　マイクが回ってきたとき、私は完全に気おくれしていて、もう一度自分の目で現地を見たいとだけ言った。

　私の次にマイクを握った男性は幾何学模様の草色のバンダナをつけていた。何となく参加した、と素っ気なく言ったあと、バンダナを引っ張って耳を隠した。私以上に煮えきらない発言だ。

　先刻からバスが速度を落としている。

「ヒドイ渋滞だ。ッタク、まいったな」

　外を見ていた男性が言った。

「カンベンして」

　イラつく女性の声。留華が口を開いた。

「二〇一一年の、あのときの渋滞はどうだったんだろう。実際に波にのみこまれた人。死ぬかもしれない、家族は無事だろうかという恐怖と不安。そのあとも渋滞は続いた。被害を受けた人、住み慣れた家を追われた人、ガソリンの調達もままならなかった」

　留華はぴしっと言った。沈黙がバスの中を包んだ。リーダーの布施田絵美が話題を変えた。

「ボランティアセンターの荘司センター長は震災のあとに京都から移り住んだ人で、七十歳ぐらいの方です。で、二十一世紀の良寛さんだと言われています」

　どんな人だろう。想像ができない。

　バスは予定よりも二時間遅れて到着した。

　噂の荘司センター長は日焼けして精悍《せいかん》な顔、鮮やかなグリーンのブルゾンと同色のしゃれたハンティング、良寛像にはほど遠かった。違う地域の人たちも到着し、センターは賑やかだった。遠く沖縄から来た人もいた。

　翌日の朝食のあと、数人がひとつのテーブルを囲んで、昼食用のおにぎりを作った。アツッ、ヤベーッ、賑やかな声が起こる。

「どうして、俵の形にならないのよ」

　黒谷留華が顔をしかめてつぶやいた。彼女は行動的で、原発についての知識を豊富に蓄えている。ところが、おにぎりに手こずっている。その姿が意外だった。

　突然、風がガラス窓をたたいた。空が鳴っている。私は原発事故を思い出し、得体の知れない恐ろしさに身震いをした。


　生まれて初めて、聴き取りをした。被災者から要望を聴き、行政に届ける活動だ。

　校庭や公園に、ズラリと仮設住宅が並んでいる。その横を過ぎて、住宅地図を頼りにふたりで組んで訪問した。

　家が無事に残っている地域もあれば、少ない地域もあった。住宅地図にある家が見つからないこともあった。被災した家をリフォームしている家もある。家があって人が生活していれば○、家はあるが人が暮らしていなければA、空き地には×をつけた。○、A、×が手もとの地図の上にしだいに増えていく。

明るい人、無口な人、大きな声の人、小さい声の人、いろいろな人と出会って聴き取りをした。年配の人が多かった。

無人の家の周辺には沈んだ空気が漂っている。この空間に包まれると、私は無力、役に立たないという気持ちが強まる。

夕方、私はシャンプーを買いにいった。歩いていくと、仮設の外れに人の姿が小さく見えた。建物と大木にさえぎられて目立たず、注意深く目をこらさなければ見えない。気になって近づいていくと、女性がパイプ椅子にすわっている。五十代だろうか。

「こんにちは」

声をかけたが、女性は私を見ない。彼女の傍に二脚の椅子が置いてある。誰が何のために置いたのか、すわる部分は色あせて金属の部分がさびついている。

「だいじょうぶですか」

彼女は答えなかった。私は立ち去りかね、椅子に腰を下ろして考えごとを始めた。

「まだ、いたんですか」

大分たってから、やっとその人の声を聞いた。か細い声は風にかき消されそうだった。

「はい」

我ながらまの抜けた返事をした。再び、長い沈黙が下りた。

「人と話したくないんです」

女性が口を開いた。もの憂げな声だった。

「はい」

「地元の人どうしだと、かえって話しにくいものですよ」

「そういうことがあるんでしょうか」

それしか言えなかった。女性は伏し目のままで、それきり口をつぐんだ。一日じゅう、陽の当たらない場所は冷えびえとして湿っていた。

「寒くないですか」

彼女は答えなかった。かまわないで、とその姿が語っている。私は心を残したまま、その場を離れた。

その夜、輪になって洋間の床にすわり、ミーティングをした。

「今日一日で二百人あまりの声が集まりました」

リーダーの布施田絵美が報告をした。

「スゲエ」

「これはまだほんの一部の声です」

絵美は冷静に応じた。

「始めにフリートーキングをします」

彼女が言うと、次々に意見が出た。

「復興が進んでるって錯覚だったのかなって、マジで思ったわ」

「初めのうちは話しにくかったのに、話し始めたら、とまらない人がいたわ。仮設が狭いとか、孫と会えないとか、いっぱい話してくれて」

「道路を隔てただけで、補償金に差がつくってヒドクないか。年齢でも違うし、ヒドスギだよ」

「仮設の部屋に三人のお年寄りが集まってて、音楽やスポーツやなんかで励ましてもらうと、ありがたい、元気が出るって。仮設でたくさん友だちができたと話してて、僕らに上がれ、上がれって、コーヒーとせんべいで歓迎してくれて、メッチャ賑やかで、楽しそうで、僕らが激励されたのかなって感じだった」

「波にのみこまれる人、校庭や体育館に並べられた遺体を見た子ども、大人も子どもも信じられないような経験をしたんやな。想像すると胸がキュンとなる」

布施田絵美が黙っている男性に意見を促した。何となく参加したと素っ気なくバスの中で言った男性だ。

「僕はついて回っただけで、特には何も」

彼はそっけなく言って草色のバンダナを下げて耳をおおった。

私は黒谷留華が気になった。いつもポジティブな留華がずっと黙っている。

「黒谷さん、何かありますか」

布施田絵美が聞いた。

「若者の声が耳にこびりついてて」

留華は答えた。彼女を沈黙させている若者の声とは、どんな声だろう。

「何しに来たと怒鳴られたんです。カッコウつけて、名前を売りたいのかって。ショックでした。もしかしたら、そんな気持ちがあったのだろうか、それで拒否ラレタのかと情けなくなって」

彼女の言葉を聞いて、リーダーが言った。

「何しに来た、カッコウつけて名前を売りたいのか。この言葉をどう思いますか」

彼女は落ち着いた声で問いかけた。

「せっかく来たのに、そんなことを言わなくてもねえ」

「いくら何でも、ソリャ、ないよ」

憤りをぶつける声。

「そう言わざるを得ないほど、追い詰められてるんじゃないか」

「笑顔の人もいる。怒鳴る人もいる。必死だということに変わりはないと思う」

「怒鳴ってストレスが発散できたのかも。それって、もしかして大事な役割だったのかも」

「ちょっと待って。何しに来た、カッコウつけて、名前を売りたいのかって、ここに特有の言葉じゃないよ。日本じゅうにある」

次々に意見が出た。意見が出尽くしたと思ったとき、北海道から参加した男子学生が疑問を投げかけた。

「津波にやられて、片づけの終わっていない部屋で、人形とか抱き上げて、ピースのポーズで写真を撮ってる若者がいるらしいけど、どう考えればいいんだろう」

私もフェイスブックで見たことがある。

「マズッ」

「拒否ラレても仕方ないよ」

「そう言えば、ボランティアの人たちが花火を打ち上げて騒いだという話も聞いたなあ」

「夜中に酒を飲んで地域の人とバトルになったとかいう話もあったな」

「マズイ、マズイ」

何人かが叫んだ。

「いいんじゃないですか」

センター長の荘司がたんたんとした声で言った。

「いいって、どうしてですか」

黒谷留華がセンター長に聞いた。

「彼らはここまで来てくれた。無関心じゃない。僕は彼らの行動に若いエネルギーを感じます。今後、どうしていくかを見守りたいと思いますよ」

センター長の声は悠ゆうとしていた。それだけでなく、私の気おくれや煮えきらなさを温かく包みこんだ。良寛さんだと言われるはずだと思った。

「私も実は悩んでいます」

リーダーの布施田絵美が言ったので私は驚いて彼女の顔を見た。彼女は論理的で迷いがなさそうに見えていたので、意外だった。

「3・11と浮かれて言ってないか。仮設の人に聞いた言葉です」

絵美が言った。思いがけなく、幾何学模様のバンダナの男性が口を開いた。

「3・11という言葉がスベッて、カタカナ言葉に変貌《へんぼう》したか」

ぶっきらぼうな口調だ。彼は手もとの紙にサンテンイチイチ、サンテンイチイチと大きくボールペンで書いて見せた。単に文脈や口調の問題ではないのだ。

「センター長、どうですか」

布施田絵美が聞いた。

「分かったと思ったら、終わりということでしょうか。笑顔の人がいる。怒鳴る人がいる。生きるために必死になっている人がいる。その人たちをひとくくりにはできない。ここには、多様な暮らしがある。そして、さまざまな思いが渦を巻いています。これからも、周りの状況や人の暮らしや考えはどんどん変わっていくでしょう。ひとつところにとまっていない」

私はセンター長の言葉を胸の中で繰り返した。

沖縄からきた男性が手を上げた。

「放射能をどう考えたらいいんでしょうか。内部被曝とか原発再稼働については禁句になっていたようですね。そのことについては僕は何も聞けなかった。考えると無力感にとらわれます」

言葉はていねいだが、ぶつけるような言い方だった。

「その問題の根幹にあるのは人間の生き方の選択ではないでしょうか。内部被曝や原発再稼働は、政治と経済と科学の問題です。儲けさえすればいい、という考えや自由に意見を言わせない力が原発を推進してきたのです」

荘司はたんたんと答えた。それぞれに考えこんでいる気配があった。

「私が気になるのは、力尽きて死んでいく人のことです。自らの命を絶った人もいます」

センター長が続けると、たちまち室内は静まって重い空気が漂った。表立って語られないことに、ひそんでいるもの、生と死のはざまで沈殿していることがある。それを明らかにすることは難しい。

ふと、昼間に出会った女性の伏し目がよぎった。私は顔を上げてすわり直した。

「田代さん、何かありそうですね」

リーダーの絵美が聞いた。

「五十歳ぐらいの女性ですが。独りで陽の当たらない片隅で椅子にポツンと腰かけてて、とても寂しそうで、地元の人にはかえって言いにくいこともあると話していました。人と話をしたくないそうなんです。それだけしか聞けませんでした」

私は答えた。

「明日、もう一度、そこへ行きましょう」

センター長は言った。迷いのない声だった。


翌朝、全員が活動を開始する前に、私はセンター長とボランティアセンターを出た。

彼女は前日と同じ場所にいた。仮設の外れの目立たない場所で古びたパイプ椅子に腰をかけている。その朝も、そこは日陰になっていて、湿っぽかった。私たちは近づいていった。女性は素早くセンター長に視線を走らせ、うなずいた。彼を知っているようだった。

「お早うございます」

私は声をかけた。彼女は私を見て思い出したという顔をした。私は小さく息を吸った。

「話を聞かせてください」

思いきって言った。けれども、彼女は答えない。私はセンター長の横顔を見た。彼は黙ってパイプ椅子に腰を下ろした。私も隣にすわった。どのぐらいの時間がたっただろうか。突然、女性が話し始めた。

「四年前に主人は病気で死にました。新しい家を建てたばかりでした。家のローンを残してすまない、母親を頼むと言い遺しました。あの日、私は買い物に出かけていて、津波に追われて高台に避難しました。私が駆けつけたとき、水の引いた庭の松の木の根もとで義母は倒れていました。親戚に言われました。私が買い物に行かなかったら、死なせずに済んだんじゃないかって」

彼女は家族を失った上に、身近な人との断絶に傷ついている。その孤独を思い、私は涙ぐんだ。

「主人も母親も生きている間、働き詰めでした」

彼女はポツンとつぶやいた。

「家の跡には行ってないんですね」

荘司が言った。女性はうなずいた。

「行きませんか」

彼は言った。女性は答えなかった。

「あなたを待っているのではありませんか」

「そうでしょうか」

彼女は顔を上げて、どうすればいいのか分からない様子で視線を泳がせた。

「一緒に行きませんか」

センター長はその女性を包みこむかのようなやわらかい声で誘った。彼女はうなだれた。

「行きたいと思っていたのかも知れません」

彼女の声は消え入るかのように細かった。

「ちょっと待ってください」

彼女は言い、仮設の部屋に入った。すぐに布製の袋を提げて戻ってきた。紺色で縦長の小さい袋だった。

センター長がスマホで連絡し、まもなく藍色のワゴン車が到着した。四人の仲間が乗っていた。

女性の案内で、彼女の家の庭にワゴン車をとめた。生い茂った草の中に板ぎれや脚をもがれた椅子が見え隠れしている。彼女は布製の小さい袋を胸に抱いて、口を少し開け、瞬きもせずに目を見開いている。

家の前に立つと、窓も戸も障子もふすまもなかった。めくれた畳、捻じ曲げられた電気スタンド、泥だらけの布団、雑誌。絡まって散乱しているものの中に白いクマの縫いぐるみの、丸くて黒い片目が見える。小さい片目がどうして置き去りなのと訴えている。全てがそのあとも続くはずだった暮らしの突然の中断を語っていた。

荘司たちがマスクと作業用のゴム手袋をつけ、玄関と土間を通れるようにしたあと、室内の片づけにかかった。けれども、私は女性に腕をつかまれていたので動けなかった。

　突然、彼女が全身を震わせ、つかんでいた私の腕を離して土間の方へ歩いた。彼女は途中で立ちどまると、棚に手を伸ばして、大きなカレンダーを拾い上げた。そして、表紙の写真のほこりと泥を指先で拭った。すると、川を遡上する鮭と岸辺の青々とした緑色の草が現れた。

「うちの人が作ったカレンダーです」

　彼女はつぶやいて、カレンダーをていねいな手つきでめくった。すると、砂浜に穏やかな波が打ち寄せている海辺の写真が現れた。彼女はめくるたびに写真をなで、ほこりと泥を指先で拭った。一面に咲き誇る桜の花、祭りのために飾られた馬にまたがる青年、屋敷林の雪景色。

　彼女は縁側にカレンダーをそっと置いた。そして、布製の小さい袋を片手で胸に抱いたまま、もう一方の手のひらをカレンダーに当てた。彼女の体温がカレンダーに移っていく。それとも逆だろうか。カレンダーにこもっているものが彼女に伝わっているのだろうか。


　風が立ち、カレンダーの端をめくった。ふいに彼女は小さい紺色の袋を縁側に置いた。

「手袋を貸してください」

　彼女が言ったので、私は彼女に手渡した。彼女はせっせと働き、私も仲間たちの中に入って片づけをした。

　掃除の仕上げに、全員で床や柱をきっちりしぼった布で拭くと、家の素顔がすっきりと現れた。

　海からの風が、がらんどうの家の中を吹き抜ける。潮の香りを含んだ風が、汗ばんだ体をなでていく。

　彼女はカレンダーを壁にかけた。鮭は身をくねらせ、光る水をほとばしらせている。岸辺の優しい緑色が目に染みる。四年前の年号がくっきりと見える。無彩色の家の中で写真の色彩だけが鮮やかに見えた。

「壊す家をこんなに、きれいにしていただいて」

　彼女は庭に目をやった。視線の先には松の木があった。彼女は意を決したような眼の色を見せた。そして、縁側に置いてあった布製の袋を胸に抱き、松の木の方へ歩いた。彼女の足がふらついたので、私は傍に寄って支えた。松の木まで辿り着くと、彼女が膝をついたので、私も一緒に膝をついた。

「主人はひとりっ子でした。母を頼むと言い遺し、私は必ずそうすると約束したんです」

彼女はつぶやき、布製の袋の中から、ハンカチにくるんだものを取り出した。万華鏡だった。手作りらしく、紺を基調にした模様の和紙が筒に貼ってある。彼女は万華鏡を指でなでた。そして、いとおしそうに胸に抱いたあと、松の木の根もとに置いた。目をつぶって手を合わせた彼女の手が激しく震えている。

彼女は不自然に顔を斜めに向けている。明らかに何かを見まいとしている。供えられた折り鶴や缶ジュースやメッセージカードから目をそらしている。彼女は生者から死者への供え物や言葉を正視できない。彼女の傷の深さと虚空をさ迷う気持ちがその姿に滲んでいる。

その夜、私は布団の中でなかなか眠りにつけなかった。昼間に見た光景が次々に頭に浮かんでくる。今まで私は原発とは無関係に生きてきた。死についても、考えないようにしてきた。福島に来て、これまでとは違う事実や考え方に触れた。いろんなことが私の中で入り混じってまとまりがつかない。

眠れないままに、実家の勉強部屋に残してきた万華鏡のことを思い出した。あれは確か、小学生のときのことで、友だちと楽しんで作った記憶がある。

私は未知の感想文を読み終わり、彼女の勉強部屋に入った。机の引き出しを開けると、見覚えのある万華鏡が入っていた。深紅と藍色を基調にした色合いの和紙が筒に貼ってある。

福島の女性も、未知と同じように楽しんで作ったのではないだろうか。けれども、大震災と原発が万華鏡の記憶を異なったものに変えた。さらに松の木の根もとに置かれたとき、万華鏡には新しい記憶が加わった。彼女の行為によって、過去の記憶は変えられた。

私は万華鏡を覗いた。鮮やかにも暗くも見える。光と闇が同居し、温かさと冷酷さが狭い空間に閉じこめられ、光と闇が互いをのみこもうとしている。

くるりと回す。温かい形を見せたかと思うと、次の瞬間には冷酷な像を結ぶ。万華鏡の中は静止しているのか、動いているのか、どちらだろう。

もう一度、万華鏡を覗く。くるりくるりと回す。人が回せば、万華鏡は動く。静寂に閉じられた異界の空間で、人間の力を加えれば、闇が光に、光が闇に変わる。

私は花のない家に住む水沢真海とアカリとナホのことを思った。

万華鏡をもとに戻し、自分の部屋に入った。パソコンを覗いたが、まだ真海からのメールの返信は届いていなかった。

五　日曜日の空

日曜日、朝食の片づけをすませたあと、私は小豆を厚手の鍋に入れて火にかけた。三週間ほど前に生協の宅配で届いていたのを、きのう水に浸しておいたのだ。厚手の鍋でコトコト薄味に煮る。炊き方と味つけを進二の母親に伝授してもらった。

進二がキッチンに入ってきた。青い野球帽、古い長袖の青いポロシャツにジーンズ、首にタオル。背中のナップサックの中身は見当がつく。多分、双眼鏡とカメラだ。

「川道の草を刈ってくる」

川へ下りる踏み分け道は草や笹竹に塞《ふさ》がれている。子どもたちが川遊びをしなくなり、ウナギやスッポン釣りをしていた人たちは老い、通る人がとだえたせいだ。

進二が出かけたあと、私は広縁で新聞を読んだ。川道の方で草刈機の音がしている。

小豆の煮えるいい匂いが漂ってきたとき、進二が帰ってきた。

「ああ、さっぱりした」

シャツの背中が汗で濡れているのにそう言ったのは、川への道が通じて気分がいいのだろう。彼は居間のテーブルにナップサックを置いた。

「シャワーをあびてくる」

「何が撮れたの」

「いいのが撮れた」

彼は満足そうな顔をして浴室へ向かった。

ナップサックを開けると、予想したとおり、双眼鏡とカメラが入っていた。カメラを取り出してスイッチを入れる。鮮やかな色合いの鳥の姿に息をのんだ。コバルト色の背、オレンジ色の腹、長いくちばし、カワセミだ。

ふと小栗麻の顔を思い浮かべて、彼女にメールを送った。カワセミと雑木林の写真を添えた。


小栗麻さん、こんにちは。カワセミと雑木林の写真を送りますね。エッセイのお礼です。

田代由岐

田代先生、ありがとうございます。カワセミがいたとは！　カワセミの姿と色、雑木林の緑、同じ町内でも、そちらは別天地！　うらやましい。バードウォッチングはずっと先ですね。待ち遠しいです。

小栗麻

小栗麻さん、次の日曜日、こちらへ来られませんか。カワセミに会えるかも。

田代由岐

誘われて、ドキッとしました。正直に言います。私は学校の先生が苦手です。ですが、森林浴で命の洗濯、カワセミの魅力には抗しきれません。お伺いしたいと思います。知り合いを誘ってもいいですか。

小栗麻

ぜひ、お知り合いの方を誘ってください。十一時ごろから、庭でバーベキューをしませんか。

田代由岐

　これから知り合いを誘いにいきます。　小栗麻

知り合いとは誰だろう。もしかしたら、いとこの水沢真海だろうか。真海は仕事以外のときは、たいてい家にこもっているという。ぜひ、彼女に来てほしい。

　私は麻からの返信を待った。なかなか、返事は来なかった。待っていると、時間のたつのが遅く感じられた。そして、やっとメールが届いた。

いとこの家へ行ってきました。予想どおり、ナホは行きたいと真っ先に言いました。やはり、真海が渋りました。アカリはたいてい、母親の言いなりです。ところが、意外にもアカリが行きたがりました。それで、真海が一大決心をしました。一緒に行かせていただきます。よろしくお願いします。　小栗麻

　麻からのメールに、気持ちがはずんでくる。私はナホの担任の若村優子に電話をかけて、そのことを伝えた。

「水沢さんが外出する気になったんやな。よかったなあ」

「麻さんのおかげです。若村先生も一緒にいかがですか。ナホちゃんが喜ぶと思いますけど」

　私は誘った。来年、彼女は定年退職を控えている。それだけに経験豊富だ。彼女がいてくれれば、何かと心強い。

「私は行かない方がいいわ。水沢さんの緊張を考えないとね」

　彼女は私の頼りたい気持ちを否定した。

「それに、作文教育の研究会に参加することになってて、司会が当たってるんやわ。資料を上げるね」

　受話器を置いたとき、進二が浴室から戻ってきた。彼はソファーにすわり、新聞を広げた。

「小栗麻さんと水沢さん一家をうちに招待したわ」

「水沢さんって福島から転校してきた子やな」

「そう」

「小栗さんって、誰だったかな」

　彼は新聞に目を落としたまま、言った。

「バードウォッチングに来ていた小柄な人。庇《ひさし》のついた茶色の帽子をかぶってて、一緒にオオタカを見

た人」

　前にも同じことを聞かれて同じように答えた。彼は顔を上げた。思い出せないという顔だ。彼は普段から服装に無頓着《むとんちゃく》、人の名前を覚えるのが苦手だ。

「小栗さんは学校の先生が苦手らしいわ」

「そんな人は珍しくないで。うちの職場にも、二度と担任の顔を見たくないって人がいる」

　彼の言葉が胸を刺した。

「由岐はわがままなところがあるから、気をつけないとな」

　私は不満を抑えて黙っていた。

「それまでにケガを治せよ」

「だいじょうぶ。でね、若村先生を誘ったけど、作文教育の研究会に行くって」

「相変わらず、研究熱心やな」

　進二は若村優子の教え子だ。

「ところで、次の日曜日は空いてますか」

　私はていねいな語調で聞いた。

「空いてるで」

「バーベキューをするから、お願いします」

　来客があると、よく庭でバーベキューをする。進二は炭のおこし役、バーベキューセットの準備役だ。焼くのも手慣れている。

　土曜日の夜、私はなかなか寝つけなかった。アカリの荒れた手、母親の真海が靴をはかずに学校へ駆けこんだときの汚れた足などが浮かんでくる。

　翌朝、目を覚ましたとき、隣の布団は空っぽだった。いつものことだが、進二は早起きだ。窓の方を見ると、カーテンの辺りがほの白かったので、私は勢いよく布団から出た。カーテンを引くと、裏山の雑木林は濃い霧に包まれていた。

　朝食の片づけが終わると、進二はうちわを手に庭に出ていった。うちわはバーベキューの炭火をおこすのに使うのだろう。

　私は、たまねぎ、しいたけ、キャベツ、とうもろこし、かぼちゃ、なすび、ピーマン、さつま芋などを次々に切った。包丁がまな板の上で軽快な音を立てる。炊飯器からご飯の炊けるいい匂いが立ち上っている。大量の野菜を二つの大きな竹ザルに山盛りにした。

　進二がキッチンに入ってきた。

「お取り皿とお箸、焼き肉のたれを運んでね。麦茶のコップもね。上に布巾をかけておいて」

「了解」

彼は快活な声で答えた。

私はおにぎりを作った。二十個の俵型のおにぎりを二つの大皿に盛り、ラップをかけた。お茶の準備が終わり、あとは四人の到着を待つだけになった。

約束の十一時きっかりに車の音を聞きつけたので、私は急いで外へ出た。水色のワゴン車が大きな欅《けやき》の木の横を通って近づいてくる。

駐車場でとまったワゴン車の運転席のドアが開いて小栗麻が降りた。ココア色のポロシャツにジーンズというラフなスタイルで、庇のついたベージュ色の帽子をかぶっている。

後部の座席のドアが開き、ナホとアカリが降りた。ふたりとも淡いピンクの半袖のTシャツ、水色のスキニーパンツをはいている。

「田代センセーイ」

ナホが駆け寄った。

「よく来たね」

私が言うと、ナホはすぐに私と手をつないだ。小栗麻に続いて、アカリと水沢真海がかばんや紙袋を両手で提げて近づいてきた。

「ケガをなさっているのに、大勢で押しかけてすみません。よろしくお願いします」

小栗麻が言い、水沢真海は黙って頭を下げた。真海はブルーグレーのブラウスに茶色の地味なスカートという服装で、まぶしそうに目を細めている。

「ナホは甘えん坊で」

麻がもち前のかすれた渋い声で言うと、ナホはいっそう強く私の手を握った。

「ケガの具合はどうですか」

麻が気遣った。

「もう、痛みはないんですよ。だいじょうぶです」

アカリが駐車場の端で草花を摘み始めた。ナホがつないでいた手を離し、アカリの傍へ駆け寄った。

「先生、このシロツメクサは赤いね」

ナホは不思議そうな顔をした。

「だから、アカツメクサというの」

私は答えた。

「福島の家に、水仙が咲いてたなあ」

麻のしんみりした声に、真海がうつむいた。

「お天気に恵まれたなあ」

麻が気分を変えるかのようにからっとした声で言ったので、私は空を見上げた。白い雲が南の方にひとつ浮かんでいるだけで、青空が広がっている。何故か、空がいつもより広く感じられる。

「日曜日の空」

私が思わずつぶやくと、真海が空を見上げた。憂いを含んだ眼だった。私は花を摘んでいるふたりの方を見た。

「アカリちゃんの手が、治ってきましたね」

私が言うと、麻が答えた。

「向こうで手を洗いたがらなかったので、荒れてしまって。最近になって、やっと洗うようになったようです」

「アカリちゃんは清潔好きですよね。手を洗いたがらなかったなんて、どうしてですか」

「水道水に放射能が混じっていると友だちに聞いたようなんです。給食のパンを手でちぎるでしょう。心配だから、手を洗わないと言い張ったらしくて。手を洗わなければ土の放射能がついているんじゃないかと真海が心配して、水道水はちゃんと調べてあると言い聞かせても、アカリは納得しなかったらしくて。そんなことやったな、真海ちゃん」

黙っている真海に代わって麻が答えた。

「そんな心配を小学生にさせるなんて」

私は憂鬱になって足もとに転がっている小石を蹴飛ばしたい気分だった。

「お風呂の中ではいつも口を閉じていました」

黙っていた真海が小声で言った。風呂の中で口を閉じているアカリの姿を想像すると、切なかった。

「麻さんに水を送ってもらって助かりました。麻さんの水と呼んで、大切に使ってて」

真海は言いよどみ、うつむいたままでつけ加えた。おそらく、心配の種が暮らしの中で次々に起きたのだろう。気の休まらない日々を過ごしたに違いない。

「大変でしたね」

私が言うと、真海は顔を上げた。けれども、何も言わずに辛そうな眼をしただけだった。

「食材に気を配ってたんでしょうね」

私が言うと、麻が柔和なまなざしをゆっくりと真海に向けた。

「そうですね、真海ちゃんは小さいころから体が弱かったし、実の母親が病気で早く亡くなったので、以前から家じゅうで気をつけていたので」

麻はかばう語調で言った。

「どちらかというと、私も気をつけてる方なんですよ。めんどうくさい人だという目で見られることもありますけど」

私は言った。

「ひとつにまとめないと気がすまない。世間は違う意見を許さない。そんな風潮かなあ」

麻は強い語調で言い、胸の前で腕組みをした。風評被害が意識にあるようだ。

「私は違いを放っておけなくて、突進してしまうんですよ。で、変わり者でとおっています」

麻はさっぱりした口調でつけ加えた。麻の言葉に、私は考えこんだ。だいじょうぶだという人、警戒している人、解決しないものを抱えている人、迷っている人。被災地を去った人、残っている人、去ったあと、また戻った人。それぞれに思いが入り混じっている。その中で、大人も子どもも決断を迫られる。真海は遠く離れたあとでさえ、大震災と原発事故の影にまとわりつかれている。

アカリを見ると、一心に花を摘んでいる。ナホが手を振ったので、私も振り返した。麻が湿った空気を変えるかのように言った。

「アカリちゃんは、思いこんだら一直線で、あの性格はおじいちゃん譲りかな。何しろ、真海ちゃんのお父さんは有名な一直線人間だったらしい」

「真海さんのお父さんって、大学に勤めておられたんでしたね」

「そうです。そのおじいちゃんの遺伝子を真海ちゃんとアカリちゃんが受け継いだのかな」

麻が言うと、真海は目を伏せた。アカリが一直線だというのはうなずける。真海もそうなのだろうか。私には分からなかった。

「そろそろ、中に入りましょうか」

私はふたりを誘い、アカリとナホに声をかけた。

「先に入ってるよ」

「ハーイ」

ナホが顔を上げずに答えた。

「さあ、どうぞ、遠かったでしょう」

居間に入ると、私は冷たい麦茶を勧めた。

「夜中にプリンを作りました。小学校の先生は苦手なんですよ。プリンでもないと、敷居が高くて」

麻が差し出した。

「食後にいただきますね」

私はプリンを冷蔵庫にしまった。そして、やはり聞かずにはいられなかった。

「小学校の先生が苦手って、どうしてですか」

私は麻に尋ねた。

「直球型の質問ですね。投げ返しますよ。理由はね、先生の作り笑い」

ふいをつかれた。そして、思い出したのは、担任していた男の子が不登校になったときのことだった。家庭訪問をすると、親も子も私に会いたくないと言った。心を通い合わせた実感はなく、迷ってばかりいた。あのころ、私はしょっちゅう作り笑いを浮かべていた気がする。

「小学校の先生が苦手なのは、娘のことで悩んだからかもしれない」

麻はつぶやいた。彼女の娘は不登校だったが、いまでは結婚していると聞いている。

「娘が学校へ行けなくなったとき、言われたんですよ。クラス全員の担任ですので、公平に対応しますって。公平って何でしょう。だいたい、子どもたちと公平に接するなんてできるのでしょうか。できるだけ何もしないということになりませんか」

彼女はきりこんだ。一瞬、私は石井伸の細い目を思い浮かべた。

「そうですね。公平に接したいと思います」

私は歯ぎれ悪く答えた。

「思うって、ただの願望ですか」

彼女は呆れた口調で聞いた。

「公平に接したいと思っています」

私はむきになって繰り返した。

「できないということですか」

できないとは言えなかった。

「公平ということと途方に暮れている子どもを放っておくこととは、次元が違いますよね」

彼女はつぶやき、私は黙った。

そのとき、アカリとナホが入ってきた。手にアカツメクサの束を握っている。

「たくさん摘んだね」

私はガラスのコップを二個、食器棚から取り出した。中に水を入れ、テーブルに置いた。アカリとナホがアカツメクサをコップに挿した。

私は麦茶のコップを子どもたちの前に置いた。ふたりはのどを鳴らして飲んだ。勢いのいいその音が耳に心地よかった。

進二が居間に入ってきて笑顔を向けた。

「いらっしゃい」

小栗麻と水沢たち母子が立ってあいさつをした。

「準備ができたで、始めようか」

進二は言った。

野菜の入った竹ざる、おにぎりの大皿、麦茶入りのポット、肉の入った皿などを手分けして運んだ。

庭にはバーベキューセットが用意してあり、丸太で作った椅子が周りに置いてある。テーブルの上に、運んできたものを次々に並べた。進二が炭火をうちわであおぐと、火花が音を立ててはぜた。

「いいなあ、炭の匂いのかぐわしさ」

麻が大きな声で歌うように言い、心もち顔を上げ、目を細めて炭の匂いを楽しんでいるかのような顔をした。

「アカリちゃん、お取り皿に焼肉のタレを入れて、みんなに配ってね。ナホちゃん、割り箸をみんなに配ってね」

私が頼むと、アカリとナホはうなずいた。

進二が次々にトングで食材を網に載せる。ナホが肉やウィンナーや鶏の串などを見てうなずいている。何があるのかと確かめ、これでいいと言いたげな顔だ。

「いっぱい食べような」

進二がナホに笑顔を向けた。肉の油が落ち、炭の上で炎が上がり、濃厚な匂いが立ちこめる。

「焼けたな」

進二が言い、トングを伸ばしてアカリとナホの皿に入れた。

「さあ、どんどん食べて。とうもろこしも、たまねぎも、焼けてるよ」

彼は勧めた。

「ナホちゃん、バーベキューが好きなの」

彼が声をかけると、ナホは大きくうなずいた。

「アカリちゃんとナホちゃんは、好き嫌いがないんやなあ」

進二が感心した声を出すと、ナホは胸をそらせ、たまねぎの輪切りを口に入れた。

「小さいころは、好き嫌いが多かったんですよ。母がこの子たちの好き嫌いを直してくれました。たとえば、たまねぎで言うと、かき揚げや天ぷらやハンバーグを娘たちと一緒に作ったんです。そのうちに、ふたりとも、たまねぎを進んで食べるようになりました」

真海が言ったので、私は思わず彼女を見つめた。真海が津波で亡くなった継母のことを話しているのだった。麻を見ると、彼女もハッとしたように箸をとめている。

「調理の仕方を工夫する、子どもに自分で作らせる。なるほどね。言葉にすると簡単だけど、実行するのは根気がいるでしょうね。粘り強さかな。子どもの心に寄り添うということかな。私は自分の子どもに、なかなか、そんなふうにできなくて」

私はひと言ずつくぎるようにして言った。

「この子たちは母のおかげで大きくなりました」

真海が遠くへ戻っていく目をして言った。

私は死んだ進二の母のことを思い出した。誰かが家の中で不機嫌になると、義母は家族のそれぞれに合うやり方で気持ちをほぐしてくれた。

進二の母と真海の継母には、共通するものがある気がした。いつも穏やかに振るまっていた人たちはもういないのだとしんみりしていると、麻が口を開いた。

「いい人やった。それは認める。だけど、真海ちゃんはお母さんを理想化してるんじゃないの。気持ちは分かる。だけどねえ」

彼女は胸の前で腕を組み、考え深げな顔をした。

「いい人でした」

真海は言った。揺るぎのない、誰が何と言っても譲らないという口調だった。

「完璧な人はいないわ。死んでしまった人を美化して、自分を責めるのはやめた方がいい」

麻は組んでいた腕をほどき、たしなめる言い方をした。

真海は首を小さく横に振り、かたくなな頰を見せた。納得していないという顔だ。やはり、父から一直線の性格を受け継いだのかも知れない。

焼きおにぎりを食べ終わると、進二が丸太の椅子から腰を上げた。

「川へ行こうか」

彼は子どもたちに声をかけた。すぐにナホが立ち上がった。

「行く、行く」

ナホが答え、真海はうつむいた。

「川ですか、私も一緒に行こうかな」

麻が言い、真海を見た。

「真海ちゃんは先生と片づけをしてて」

麻はさりげなく言い、私の顔を見た。そして、軽くうなずいた。真海とふたりになりますよ、こんな機会はめったにありませんよ。麻が無言のうちに語りかけている気がした。

進二が柄《え》のついた魚とり用の網を納屋から持ってきて、アカリとナホに手渡した。竹の棒の先に袋状の青い色の網がついている。進二は大振りのタモ網と青いポリバケツを持った。

「コイがいたら、つかまえてくるよ」

進二が言うと、アカリがはじかれたように彼を見た。魚に興味があるのだろうか。

「岩のくぼみに池ができててね。大水のあと、コイが残っていることがある。いたら、つかまえよう」

進二がアカリの顔を見て説明した。

「はい」

アカリが大きくうなずいた。

「早く、早く」

ナホが急かせた。

私は真海とともに広縁で見送った。青いポリバケツとタモ網を持った進二が先頭、そのあとにナホとアカリ、最後に麻が続いた。裏の雑木林のくねる踏み分け道を四人が進んでいく。アカリとナホの持つ青い網がはねている。やがて、四人の姿は雑木林に包みこまれた。

すでに、私の足と胸に痛みはなくなっている。急勾配の道でも歩ける。軽やかに歩いていく四人がうらやましい。が、いまは真海と話すことが優先だ。

「運びます」

真海は何回も行き来して、積み重ねた皿や紙コップなどをトレイに載せてキッチンへ運んだ。

私はザルとポットを手にキッチンへ入り、皿についた油や焼き肉のソースなどをペーパーで拭き取り始めた。

真海は運び終わると、シンクの前に立ち、ブラウスの袖をたくし上げた。彼女の白い指が水の中でしなやかに動いた。彼女は皿の糸底までていねいに洗った。

「休みましょうか」

片づけが終わると、私は真海を広縁に誘い、丸いガラスのローテーブルをはさんで籐《とう》の椅子にすわった。真海は黙って外の景色を眺めている。その視線を追うと、庭の緑がいっそう濃さを増したようだ。真海は津波にのまれた継母のことを話したが、夫のことは話さなかったと私は改めて思い返した。

「水沢さんのお名前、きれいですね」

「そうでしょうか」

「とてもきれいだわ。誰につけてもらったの」

「父です。初め、愛するの愛と海だったけど、真実の真に変えたそうです」

真海は眉にかかっているまばらな前髪を片手で払った。うつむいて口をかすかに開けている。無心に見える顔、そのおもざしが少女のように見えた。

愛海ではなく、真海が選ばれた。真実の海、海の真実、その名前にどんな思いが託されたのだろうか。あの日、海は託された親の思いをものみこんだのだろうか。

「アカリちゃんは、ほかに好き嫌いはないのに、給食のサバは食べにくそうでしたね」

私が思い出して言うと、彼女は瞬きをした。しばらくして口を開いた。

「避難所の体育館で、サバの味噌煮を差し入れてもらって。そのあと、ふたりともおなかを下してしまって。アカリとナホの体調が悪かったせいかも知れません。表ザタにはなりませんでした」

そう言ってうなだれた。あったことが、なかったことにされた。真海は避難所で身を縮めて、遠慮がちに過ごしたのだろうか。のどに小骨が刺さっている気がした。避難所についてのルポを読んだ記憶が甦ってくる。

「高齢の人や病気の人や子どもたちの願いがなかなか表面に出ない。女性であるというだけで、辛い思いをした人がいた。そんなルポを読みました。もっとも、声なき声が表に出ないのは、避難所に限らず、日本じゅうにあることだと思いますが」

私が言うと、彼女は顔を上げた。そして首を横に振って否定した。

「私のいた避難所は、恵まれていました。会長さんや係の方々の気配りがゆき届いていました。毎日、支援に来てくださる方もいました。で、そのあと仮設に引っ越して、そこの人たちも親切でした」

　話している内容は明るかった。けれども、彼女は唇をかんで、眉間にしわを寄せている。色白の肌にくっきりと刻まれたしわは、獰猛《どうもう》な鳥がつけた爪跡のように見えた。

「ナホはあせもがひどくて、首すじや腕をかき破って血が滲んで、アカリは縦笛の練習もできないし、咳をするときも遠慮してました。私は外へ出たかったんです」

　彼女はうつむいた。気配りや支援や親切では補い切れなかったのだ。うなだれている彼女の姿に、せめて傷ついた人には望む場所に住んでほしいと思った。私の願いは現実とひどくかけ離れている。そのことを知りながらも、言わずにおれなかった。

「被災者が住む場所を自由に選べたらいいのに」

　私が言うと、彼女は顔を上げた。

「自由に選ぶ」

　彼女は渇いた声でつぶやいた。その声は絶望を表しているかのようにも、希望を滲ませているかのようにも聞こえた。

「隣の部屋の家族が仮設から引っ越していった日、いつ、私たちは引っ越すのとナホに聞かれました」

　それは辛かっただろう。

「まもなく、私たちも水沢の家に引っ越しました」

　彼女は結婚したと言わずに引っ越しと言った。

「思いきり笑ってもいいんだねって、ナホはけたたましい声で笑い転げました。アカリはよく縦笛を吹きました。それで、家じゅうの洗濯物を引き受けました」

　六人家族の洗濯物は多かっただろう。洗濯物を洗って干してたたんでいるアカリの小さい手。アカリは精いっぱいの力で新しい生活を支え、生活にとけこもうとしたのだろう。

「水沢の母は、私が作るピザやシチューなんかを喜んでくれて、野菜は線量をパスしてて、県外では測られていないところが多いので、かえって安全だと思いました。でも、高校生の男の子が」

　真海は言いかけて唇をかんだ。その高校生については前に聞いたことがあった。

地震のときにケガをしたのだが、手当てが遅れたために好きだったサッカーができなくなってしまった。その上、仲のよかった同級生が津波で死んだ。高校生はエアガンで石や木の葉を撃っていたのだが、しだいにカエルやヘビや猫に変わっていった。

私は被災地に暮らす高校生のことを想像した。エアガンに熱中する若者の苦悩は複雑で底が深いのだろうと思われた。

そして、その高台の家で、中学時代からずっと続けていた日記を真海は書けなくなってしまったのだった。

「私はその子の前に出ると、言葉が出てこなくて、役に立ちませんでした」

真海は一語ずつ言葉を押し出して長い息をはき、うつろな顔を庭の方に向けた。その視線の先に、刀のようにとがった草の穂先が風に揺れている。彼女はじっと何かに耐えているかのように見えた。しばらくして、彼女は庭から視線を戻した。

「中学生のとき、私が新しい母に反抗したのと同じでした。水沢の息子も私をお母さんと呼びませんでした。ある朝、お母さんと呼べ、と言って水沢が無理じいして」

彼女は唇を震わせた。

「次の日、アカリがブラウスの袖に片手を当てているので、不審に思って袖をたくし上げると、黒ずんだ小さいあざが腕にいくつかあって、いくら聞いても、アカリは黙っていて」

真海は血の気の引いた顔をゆがめた。

「お兄ちゃんがエアガンで撃った、と言って急にナホが泣き出しました。でも、アカリはぼんやりした顔をしているばかりで」

ぼんやりしていたというアカリを想像し、私の胸はかきむしられた。そのとき、ふいに真海が両手で顔をおおった。ほっそりしてしなやかな指の間からアアという声、そのあとに深い息がもれた。

「逃げたんです」

「追い詰められてたんですね」

私は声を強めた。

「私が悪かったんです」

自分を処罰するかのような真海の声音は硬かった。その硬さを地面にたたきつけて粉々に砕きたかった。

「逃げていい、新しい生活を求めていい。誰にも責める権利はないと思いますよ」

真海は悪くない。いつでも、再出発したらいい。再出発するためには決断が必要だったに違いない。

「よく決断されましたね」

私が言うと、彼女は何かつぶやいた。顔を両手で隠しているので、その声はくぐもり、聞き取れなかった。しばらくして、彼女は顔から両手を外した。

「白い水仙の花が庭に咲いていました。小さい花で、いい匂いがしました。水仙は根づきがよくて、よく増えると母が言いました」

震災前の家族の光景を思い出しているらしい彼女の瞳に深いものがたたえられ、揺れているかのように見えた。

「昔のことです」

彼女はつぶやいた。昔という彼女の言葉が私の胸に引っかかった。彼女は昔のことにしたいと思っている。けれども、視線がぼやけ、眉間の縦じわがくっきり見える。その顔が過去のことにしたい彼女の思いを裏ぎっているかのようだった。

遠くで子どもの声がした。川へ行っていた四人の声が近づき、間もなく、雑木林に人影が現れた。麻、ナホ、アカリ、進二の順に歩いてくる。すぐに四人は広縁の外に立った。

「ほらっ、メダカ」

ナホが青いポリバケツを少し持ち上げて見せた。木津川にそそいでいる小川でとったのだろう。

「ウグイスとイカルの声を聴いてシジュウカラとカワラヒワを見たわ」

麻が浮き浮きした声で言った。アカリはワラビを片手に握っている。真海がアカリの手を自分の顔に近づけた。

「いい匂い」

真海は目を細めた。

「進二さん、メダカを入れにいこう」

ナホは川に行っている間に、進二さんと呼ぶようになっている。彼はアカリとナホを連れて、スイレン鉢のある家の裏手へ回った。

まもなく三人が戻ってきた。

「麻さんのプリンをよばれようか」

私は声をかけた。

「ヤッター」

ナホが叫んだ。

「庭で食べようか」

進二が言ったので、私はプリンをトレイに載せて庭に運んだ。ナホはさっさと進二の横の丸太にすわった。麻がアカリの背中を私の方に押したので、アカリは私の隣に腰を下ろした。

「アカリちゃん、洗濯をがんばってたんだってね」

私が言うと、アカリはうなずいた。きれ長の目が明るかった。

空《から》のプリンカップを傾けて見ていたナホが、人差し指をつけてなめた。その様子が愛らしかった。

「ナホっ」

突然、真海が激しい口調でたしなめた。

「だって」

ナホは言い、母親をにらんだ。

「分かってるでしょう」

真海は苛々した口調で言った。

「やれやれ、またか」

麻が慣れているという感じで言うと、真海はハッとした様子で、顔つきをやわらげた。

「残ったプリンをふたりで半分ずつね」

真海がとりなすと、ナホの機嫌はたちまち直った。プリンを食べ終わると、ナホは満足そうな顔をした。

「先生」

ナホが私に言い、意味ありげにアカリを見た。

「どうしたの」

私の問いに、ふたりとも答えない。

「何なのよ。はっきり、言いなさい」

麻が横から口を出した。

「先生と、川へ行きたい」

ナホが小声で言った。二度も行きたいと言うとは思わなかった。よほど川が気に入ったのか、あるいは福島にいるとき、林や川に行くのを我慢していたせいなのか。ふと気がつくと、アカリがもの問いたげに私を見ている。私は一緒に川風に吹かれたいと思い、彼女を見てうなずいた。私が返事をする前に、麻が口を開いた。

「すみません。わがままを言って」

麻が言ったとたんに、アカリの体がしぼんだように見えた。私は隣にすわっているアカリの肩に手を置いた。

「行く、行く。慣れた道だから行ける。いいリハビリになるわ」

「ゆるい坂の方から下りろよ」

進二が言った。

私は真海を見た。私が行けば、川へ行かないのは彼女だけになる。

「私はここで片づけをしています」

誰も聞いていないのに、真海が言った。

麻がアカリとナホを見た。

「ナホちゃん、先生を引っ張ったら、だめやで。アカリちゃんは、さっき、岩の上から川を覗いてたでしょう。ハラハラしたで。気をつけなさいよ」

麻が言うと、ふたりはうなずいた。

アカリが先頭、次にナホ、私の順に雑木林を川に向かって歩いた。

「待って」

背後で呼ぶ声がしたのでふり返ると、進二の姿が木の幹越しに見えた。

「進二さんや」

ナホが言い、ふたりとも足をとめた。

「忘れもの」

彼はすぐに追いつき、竹の杖を私に手渡した。進二の母が使っていた淡い黄色の布袋《ほてい》竹がつやをおびて光った。私は杖をついて試しに歩いてみた。

「いい感じやわ」

「魔女の杖みたい。いいなあ」

ナホがつぶやいて、進二を見た。彼はうなずき、林の中に入っていった。落ち葉や枯れた小枝を踏みしだく音が聞こえる。

椚《くぬぎ》の大木が傍らにそびえている。その梢で、薄紫色のフジの花が陽光をおびて咲き誇っている。アカリとナホの顔が木もれ日を受けて明るい。

まもなく彼が二本の木の棒を手にして戻ってきた。大人の親指より太目だ。彼はアカリとナホに一本ずつ渡した。

「ありがとう」

ナホがはしゃいだ声で言い、アカリはしっかり握った。進二は道を引き返し、私たちは川へ向かった。赤松の木が雑木林の木々を抜きんでて空を指しているところで、道は二つに分かれていた。

「新しい道を行くよ」

私は声をかけた。アカリとナホが立ちどまり、けげんそうな顔をした。

「さっき行った道は急だから」

私が言うと、ふたりはうなずいた。大人の丈ほどある木のくねった枝先に、薄桃色の花がまばらに咲いている。赤ん坊の手のひらほどの大きさだ。アカリが手を伸ばして花に触り、指をこすり合わせて首をかしげた。

「ねばるやろ。細い毛が花の柄《え》と葉っぱについてるの。で、モチツツジというの」

私が説明すると、ナホが葉に触った。

「ほんとうだ、ねばる」

「福島にも咲いてたのかな」

「お母さんが林の中に入ったらダメって言った。絶対にダメって言った」

ナホは不服そうに口をとがらせた。プリンを指でなめたときの母親の激しい口調が思い出された。草むらに近づいてはいけない。落ち葉やどんぐりを拾ってはいけない。そう言われても、放射能は見えず、臭いがしない。一方、アカリは水道水に鋭敏になっていたという。微妙なずれが生活の細かい場面で生まれ、人々の神経をすり減らしたのだろうか。


雑木林がとぎれて明るくなった。

「ほら、聞こえるよ」

私は言い、耳に手を当てて音を聞くしぐさをした。ふたりは立ちどまって私を見た。

「何の音」

ナホが聞き、アカリが分かったという顔をした。

「川」

アカリは小さく叫んだ。

さらに道を下っていくと、胸丈ぐらいの笹竹や草が道の両側に生え、あちこちに岩が転がっている場所へ出た。川の音が高くなり、足もとの土は湿り気をおびている。

砂地に出た。さらりとしている白っぽい砂地の向こうに川が見える。足もとには大きな黒灰色の岩が連なり、大きな岩に洗面器ぐらいの広さのくぼみが三つある。そこに水が溜まっていて青い空と白い雲を映している。

「小人さんのお池だね」

ナホが言い、木の杖を地面に置いて岩の方へ駆け寄った。そして、岩の間に咲いている赤い花を摘み始めた。地元の人がイワツツジと呼んでいる花だ。

初夏の陽光がナホの背中に降りそそいでいる。私は、花の多い季節を伸びやかに楽しんでいる少女の姿に見とれた。

アカリが木の杖を小脇に抱え、敏捷《びんしょう》な身のこなしで水際の低い岩の上に立った。そして、足もとに杖を置いて川をじっと眺めている。

私は足の指に力を入れてゆっくりと近づき、杖をアカリの杖に並べて置いた。川はよもぎ色の水をたたえ、さざ波を立てている。風が水の匂いを運んでくる。私は深く息を吸った。

ふいに水音がした。たたきつけるような大きな音だった。黒いものが川の中でうごめいている。アカリが首をかしげた。

「私ね、とても川に来たかったの。でも、なかなか、その機会がなくて。きょうはおかげで川を見られて、川の音を聞けたわ。ありがとう」

私が言うと、アカリは私を見上げた。優しい目の色をしている。瞳の奥に不思議な力がこもっている。そのとき、私は気づいた。アカリが私を川へ連れ出し、母親を私の家に連れてきたのだ。

「お父さんは海が好きでした」

アカリが川に目を戻してぽつんとつぶやいた。

「お父さんは高校生になるまでは海辺の町で育ったんです。おじいちゃんとおばあちゃんが住んでいて、家族でよく行きました」

「どこの海辺なの」

「宮城県です」

アカリの言葉に胸をつかれた。

「おじいちゃんとおばあちゃんは、無事だったの」

アカリは小さく首を横に振って唇をかんだ。悲しげな顔が重い事実を語っている。私は言葉を失い、思わずアカリの両手を取ってなでた。

「お父さんは海が好きでした」

もう一度、アカリは言った。

「私は、いまも海が好きです。でも、お母さんは嫌いになって、海や川の波が金属の板に見えて、水の中に針が見えると言って」

アカリは手を預け、訴えるまなざしをした。その言葉に、ふと疑問がわいた。母親がわが子にそんな話をするだろうか。

「アカリちゃん、いつ、聞いたの」

「福島にいるときです」

「お母さんに聞いたの」

「違います。夜中に、お母さんが麻おばさんに話してたんです」

　麻のエッセイにそのことは書かれていた。布団の中で聞き耳を立てて震えているアカリの姿が目に浮かんだ。

　また、川で水音がした。先刻よりも音は大きく、黒々としたものが水面を揺らしている。アカリが私の手を離して、川へ近づいた。

「先生、コイがたくさんいます」

「ほんとうだ」

　川と魚の色が混じりあい、激しく動いた。水はどす黒い光沢をおび、盛り上がってはくぼみ、盛り上がってはまたくぼんだ。いつのまにか、ナホが傍に来て手をつないだ。

「暴れん坊だねえ」

　ナホはあきれたような声で言った。

　コイの群れは激しく体をくねらせた。お互いに何度も体当たりを繰り返す。勢いあまって離れ、素早く向きを変える。何かに取りつかれているかのように、再び、群れに向かって突進する。頭と腹と尾ビレがぬめりをおびて異様に大きく見え、ぬらぬらした体が降りかかる陽光をはね返している。

「少し落ち着きなさい」

　ナホはコイをたしなめた。

「ナホちゃん、コイの言葉で言わないと、分からないでしょう」

　私が言うと、ナホは困った顔をしたが、すぐに元気を取り戻した。

「この川の魚は安心して食べられるって。麻おばさんが言ってた。あのコイをつかまえよう」

　ナホは私を見上げ、声をはずませた。

「網もつり竿もないね。残念だね」

　私が言うと、ナホはみるみる肩を落とした。

「次に来るときは、進二さんに貸してもらう。おじいちゃん家《ち》にもあるよ」

「おじいちゃんて」

「酒店のご隠居さん」

　ナホは人懐っこい口ぶりで言った。

「ご隠居さんね、そうなの。そろそろ帰ろうか」

「一番乗り」

　ナホは叫び、素早く岩を下りて駆け出した。

「ナホちゃん、ゆっくり」

私が声をかけた瞬間、ナホの体が傾いて倒れ、ぬかるんだ土の上に腹ばいになった。すぐにアカリが軽い身のこなしで岩を下りて駆け寄った。

「ナホ、立って」

アカリが声をかけると、ナホは泣きながら立った。胸にも腹にも膝にも泥がベットリついている。私は慎重に岩を下りてふたりの傍に寄った。

「転んでも平気。ここの泥は洗えば、すっかりきれいになるよ」

アカリは明るい声で言い、川の水で手を洗わせた。ここの泥は洗えばきれいになるというアカリの言葉を、私は声に出さずに繰り返した。洗ってもきれいにならない泥、汚染を経験した心の傷が、アカリの小さな胸の中にこびりついている。放射能のむごさに素手で触れた気がして胸がざわついた。

モチツツジが桃色の花を咲かせているところまで歩いたとき、泥だらけのナホが立ちどまった。

「木の杖を忘れた」

ナホは言ったが、引き返さなかった。


私たちが家に着いたとき、真海と麻は庭の丸太の椅子にすわっていた。泥だらけのナホを見て、ふたりは声を上げて駆け寄ってきた。

「どうしたの」

母親に聞かれ、ナホはしおれた顔でうつむいた。

「ナホちゃん、ハデに転んだなあ」

麻が大きな声で言うと、ナホが恨めしそうな顔をした。

「ナホちゃん、お風呂場でシャワーをあびようね」

私は言い、先に立った。母子三人があとに続いた。家の中へ入ると、広縁で新聞を広げていた進二がナホに声をかけた。

「ナホちゃん、はりきってたもんなあ」

「すみません。シャワーをお借りします」

真海が頭を下げた。いつのまにか、布製の袋を提げている。着替えなどが入っているのだろう。

私は三人を浴室へ案内した。

「ごゆっくりね」

私は声をかけ、引き返そうとした。

「先生」

アカリの声に、私は振り返った。アカリはためらっていたが、口を開いた。

「お母さんも、いいですか」

「もちろん、いいよ」

私が答えると、アカリは笑顔になった。

「すみません。使わせていただきます」

真海が言った。

私が居間に戻ると、進二が読んでいた新聞を置いて、椅子を立った。

「バーベキューセットを片づけてくる」

彼が部屋を出ていき、入れ替わりに麻が入ってきたので、私は彼女を居間に誘った。CDをかけ、彼女と並んでソファーにすわった。

「ショパンですね」

彼女が言ったので、私はうなずいた。

「ショパンは二度と故郷へ戻れなかったんですね。結局、父とも会えなかった。この曲は、故国の父が亡くなった直後に作られたソナタですよね」

「そうですね。ところで、宮城県のお父さんの生家のことを、さっき川べりでアカリちゃんが話してくれました」

私が言うと、麻は私をじっと見た。

「あまりに辛過ぎて、私はエッセイに書けなくて」

彼女は声を湿らせた。しばらくの間、私たちは黙っていた。

「さっきの、思いこんだら一直線という話の続きですけど。真海とアカリは小さいときからずっと、あんなふうに周りが見えなくなるので、危なっかしくてはらはらするんですよ」

麻は眉根を寄せた。確かに心配になる。けれども、それだけではない気がする。何かがある。私にない強い何かがある。

「アカリちゃんを見てると、いちずで、いい性格だと思うんです。でも、あのいちずさは単純ではない。引きつけるものがある。ずっと見ていたいような、もっと話を聞きたくなるような」

過酷な経験が加わり、何か得難いものがアカリの内に育まれたのではないだろうか。

「いい性格、そうかもしれない」

麻は言った。しばらく、黙ってピアノの音色に聴き入った。ふいに彼女が口を開いた。

「クラスの子、全員にできていますか」

彼女の皮肉っぽい眼が私に向けられていた。何のことか、とっさに意味が分からなかった。

「全員にって」

聞き返した。

「すべての子に対して、アカリと同じように親身な対応ができていますか」

麻が言い換えたので、やっと私は彼女の問いかけの意味を理解した。

「実は、男の子に悩んでいます」

「どんな子ですか」

麻は興味を覚えたようだった。

「たいてい四人で一緒に行動していて、同じ塾に行っています」

リーダー格の石井伸の細い顔が浮かんでくる。私と滅多に目を合わせようとしない。私は彼らが苦手だった。

「家ではゲーム漬けなのかな」

麻の言葉に驚いた。

「知ってるんですか」

「知りませんけど、田代先生が苦手そうな男子って想像がつきますよ。その子らの前で手も足も出なくなるんでしょう」

見ていたかのような言い方をする。その子らの前で手も足も出なくなるという指摘が当たっているだけに、いっそう腹が立った。けれども、気を取り直して言葉を続けた。

「彼らのことを理解できなくて、で、あまり気にしないことにしてて」

「気にしないことにしている、つまり自分の見たくないものを見ずにすます、という心のメカニズム、つまり、選択的非注意ですか」

「まさか」

とっさに打ち消した。子どもに対して選択的非注意などあってはならない。

「私がそうだと言うんですか」

落ち着こうとしたが、声が震えた。

「でも、気にしないことにしているんでしょう。見たくないものを見ないでいるうちに、あっても見えなくなる。あったはずなのに、なかったことになる。そんな例が社会にはゴロゴロ転がっている」

彼女は子どものことを話しているのか、それとも原発事故のことを話しているのか。私は言い返せずに黙った。

「いくらでも、理屈はつけられますよ。子どもの世界を尊重した方がいいとか、立ち入ったら、子どもの気分を害するかも知れないとか」

彼女が言ったとき、私の頭に疑問がわいた。私は今まで、このことを誰にも話したことがない。ところが、話してしまった。しかも、学校の教員が苦手だと公言している、よりによって小栗麻に話した。どうしてだろう。考えを巡らせたとき、アカリの顔が脳裡に浮かんだ。アカリは、亡くなった父のことを川で話した。父親は海が好きだったが、母親の真海が海を恐れていると打ち明けた。宮城県の海辺に住み、死んでしまった祖父母のことも話してくれた。アカリは辛い過去を見つめている。多分、私はそんなアカリに心を動かされたのだ。そして、誰にも話さなかったことを麻に打ち明けたのだ。

そのとき、元気のいい足音が聞こえた。私がほっとして小さく息をはいたとき、ナホが居間に飛びこんできた。小花模様のワンピースに着替えている。続いて、真海とアカリが入ってきた。三人のつやつやした頬がまぶしい。

「すみません。私まで」

真海は頭を下げた。ナホは進二がいないことを見てとったらしく、アカリと庭へ出ていった。私はふたりのうしろ姿を見送った。

「どうぞ、かけてください」

私が勧めると、真海はソファーの端の方に遠慮がちにすわった。

「お風呂はダメですけど、シャワーの機会があると、つい、強引になって」

彼女が言い訳をしたので、私は前に読んだルポを思い出した。

震災のあと、お風呂を恐れるようになった人がいる。風呂の水を見ると、津波を連想するためだという。裸になるので、すぐに逃げられなかったらどうしようと不安になる人もいる。パジャマで布団に入れなくなった人もいると書いてあった。

「いろんなことがありますねえ」

私は思わずしんみりした声を出した。真海を見ると、眉間に縦じわを寄せている。

「思いもかけないことが起きますね。で、水沢さんはシャワーのよさを再発見したんですね」

私は言った。

「シャワーは透きとおっていて、優しい音がして」
彼女は言葉をとぎらせ、足もとに目を落とした。

進二と家の前で水色のワゴン車を見送った。車がくねる田舎道を遠ざかっていく。アカリとナホが窓を開けて手を振っている。私も大きく振り返した。四人の乗った車は欅の木の傍を過ぎ、やがて見えなくなった。

見上げると、引きちぎられた雲が山かいの狭い上空を早い速度で西へ動いていく。

六　誇り

きのう、水沢アカリたちを家に招いたので疲れていたのか、寝過ごしてしまった。その朝は登校指導の日で、橘小学校の駐車場に車を置き、息をきらせて校門に駆けつけたが、まに合わなかった。子どもたちの姿はなく、すでに教員たちは学校の玄関近くに引きあげていた。

ひとりだけ遅れて歩いていた養護教諭の五十嵐彩がふり返り、私に気づいたらしく立ちどまった。白いブラウスと紺色の膝丈のスカート、髪をシニヨンにまとめている。ほかの教員たちが玄関の中に消えたとき、私はやっと彩に追いついた。

「ごめんなさい。遅れて」

「おはようございます。きのうはお疲れだったでしょう」

水沢アカリやナホが私の家に来たことを知っている口ぶりだ。

「さっき、ナホちゃんに聞きました。内緒って言って、とても嬉しそうでしたよ」

彼女は言った。彩の耳もとに顔を寄せ、先生のおうちに行ったと打ち明けているナホの姿が目に浮かぶ。玄関の分厚いガラスの扉を開けると、若村優子が靴箱の前で待っていた。

「おはようございます。遅れてすみません」

「で、どうだったの。水沢さんたち」

優子が聞いた。私は川へ行ったことやバーベキューの話などをした。ふたりは笑顔で聞いていたが、アカリがエアガンで傷ついたことを話すと、優子は顔色を変え、彩は目に涙を滲ませた。

「でも、田代さんに打ち明けられたんや。よかったなあ。場所が変わると、普段は話せないことを話す気になるんやな」

優子は言い、ふっくらした指を頰に当てた。

三人で職員室に向かって廊下を歩いた。

「小栗麻さんはどうやったの」

「先生の作り笑いが苦手だそうですよ」

私が言うと、彩ははっとしたようで、もの言いたげな目をした。けれども、何も言わなかった。

「世間ではもっと作り笑いが多いやろ。でも、麻さんは学校だからこそ、許せないのかもな」

優子が顔をしかめて言った。

「小栗麻さんに言われて、ドキッとしました。自分の中にもあるなあと思って」

「作り笑いの根は深いな。でも、世の中はそういうものだと諦めたくはないなあ」

彩は黙って私と優子のやり取りを聞いている。

「作文の研究会はどうでしたか」

私は優子に尋ねた。

「違う場所にいる人の話は刺激的やな。子どもの姿にもっと目を配らなければと思うわ」

優子は謙虚な言葉を返した。そして、職員室に入ると、資料集を手渡した。表紙に「被災地の子どもたちのまなざし」と書いてある。優子は席を立ち、同じ冊子を彩にも渡した。

私が授業の準備を整え、五年生の教室へ向かっていると、ふたりの女性が向こうから歩いてきた。朗読ボランティアの女性でふたりとも六十代の後半だ。絣《かすり》の上着を羽織って、大きな手提げを持っている。空き教室の前であいさつを交わした。

「今朝のお早う読書で、何を読んでくださったのですか」

　私は足をとめて尋ねた。元教員の伴ルリ子が藍色《あい》を基調にした幾何学模様のパッチワークの手提げを探り、ほっそりした手で大型の本を取り出した。

「岩手、宮城、福島の子どもたちの作文なんですよ。みんな、しっかり聞いていましたよ」

　ルリ子はいかにも朗読をしている人らしく張りのある声で言った。柳沢みどりが傍らでうなずいている。彼女は病院の食堂で働いていた人で、胸と腹周りがたっぷりあった。

「次はオリンピックの物語を読んでと言われましたよ。オリンピックのフィギュアスケートに出たいと言ってるお子さんです」

　みどりはバラの花をあしらった光沢のある手提げをもう一方の手に持ち替えながら言った。私はオリンピックを目標にしている女の子の顔を思い浮かべてうなずいた。彼女は午前中だけ授業を受け、母親の運転する車の中で昼食をとり、午後はスケートの練習だ。

「首相や都知事は招致運動を熱心に進めてるけど、汚染水のことをどう説明するつもりなんやろ。廃炉作業はどうなるんやろ。これからはどんどんオリンピック一色になっていくんやろか」

　ルリ子は気遣わしげに眉を曇らせた。

「オリンピックには夢があるわ」

　みどりはとがめる口調でさえぎり、ふっくらした顔を紅潮させた。


　給食の時間、風が窓ガラスを鳴らした。中庭のタイサンボクの分厚い葉が揺れ、雨粒が音を立てて落ちてきた。外遊びは室内遊びに変更だ。石井伸が細い顔をほころばせた。

「やったあ、トランプや」

　彼は両手を打ち合わせて叫んだ。甲斐竜也がクリームシチューをすくっていたスプーンをとめて顔をしかめた。

「チッ、雨かよ」

　竜也は言った。竜也だけではない。外遊びの警ドロを楽しみにしている子どもたちがうらめしげに外を眺めている。茨木花菜がアカリに体を寄せ、何か話している。雨の勢いはしだいに強まり、本降りになった。

掃除の時間、窓際の机の前にすわって子どもたちの漢字ノートを一冊ずつ見ていると、花菜がほうきで床をはきながら、近づいてきた。

「この次はぜったいに勝つわ。ぜったいに」

花菜は、クラス遊びの七並べで負けたことをしきりに悔しがった。

「花菜ちゃん、給食の時間にアカリちゃんと何を話してたの」

「ああ、あのときですか。アカリちゃんは向こうで外遊びをとめられてて、それで、外遊びをしたいって話してましたよ」

花菜は声をひそめた。そういえば、被災地の運動場や公園や空き地の多くは仮設住宅で占められていて、草はらや野山には線量の高いところがあるらしかった。

「うちの母さんは外で遊びなさいって言います。同じ日本で真逆だなんてビックリです」

花菜が答えたとき、甲斐竜也が近づいてきた。

「茨木ッ、サボッてんじゃネエよ」

「はい、はい、私が悪うございました。竜也君もがんばってね」

花菜は大人びた顔をして返した。その対等な感じが小気味よかった。

「チッ」

竜也はそっぽを向いて離れていった。

「はいはい、私が悪うございましたって母さんの口癖です。でも、そのあとの話が長いんですよ」

花菜の頰のそばかすが愛らしい。

「そうなの」

私は花菜にほほ笑んだ。石井伸が教室の後方でほうきを手に立ち、冷めた目つきでこちらを見ている。私は思わず目をそらせた。

放課後、職員室へ戻ると、神ノ池章吾は隣の席で教科書を広げていた。私は若村優子からもらった「被災地の子どもたちのまなざし」をかばんから取り出した。そして、宮城県の四年生の子どもが書いた「お母さん」という詩を読んだ。

六時間目に、突然、ゴオッという大きな音がした。
床が揺れて立っていられなかった。
机の下で震えていた。
水そうが落ちて、金魚が床ではねている。
昼休みにエサをあげたとき、
口をパクンと開けてエサを食べたあの金魚。
教室を出るとき、
金魚はもう動かなかった。
体育館で寝た。
段ボールをかぶって寝た。
友だちとくっついて寝た。
次の日、やっとお父さんと会えた。
お母さんは、まだ見つからない。
お父さんは必ず見つけると言っている。
お母さん、どこにいるの。
冷たいだろうなあ。
手と足を温めてあげたい。

　次に福島の五年生の「ぼくの夢」という作文をめくった。

　ぼくの家は流されませんでした。でも、避難所へ行かなければなりません。そこで、親友の勇気と出会ったときはヤッタと思いました。嬉しくて、ふたりでエイ、エイ、エーイとハイタッチしました。

　次の日、勇気は沖縄に引っ越しました。おじいちゃんとおばあちゃんとお父さんは仕事で残ったので、家族は二つに分かれたそうです。

　ぼくの家族はいっしょに暮らしています。今は、避難所から仮設住宅へ移りました。でも、入院していたおばあちゃんは死にました。

　お母さんは、
「おばあちゃん、さびしかったね、つらかったね。ごめんね。」
と言って泣きました。

　お父さんとお母さんは疲れた顔をしています。ぼくが勉強をしていると、ふたりとも笑顔になります。だから、ぼくはしっかり勉強をします。

　ぼくは、将来、警察官になりたい。そして困っている人を助けたい。

次に、「将来の夢」という岩手に住む六年生の作文を読んだ。

ぼくは仮設にいます。

前はひいばあちゃんとおじいちゃんとおばあちゃんの七人家族でしたが、ひいばあちゃんとおじいちゃんとおばあちゃんはいわき市へ引っ越したので、四人家族に減りました。

ぼくの一番の願いは新しい家を建てて、家族がいっしょに住むことです。

スクールバスの中から、立派な新しい道路が見えます。でも、途中の水道はまだダダもれのままです。

家の修理をしてほしい人や家を建ててほしい人が大勢いるので、いつ家ができるのか分からないとお父さんは言っています。将来、ぼくは大工さんになって、さっさと人の家を建てたいと思っています。

ぼくが明るく元気にしていると、家族が喜びます。テレビ局や新聞社の人もほめてくれます。ぼくは将来の夢に向かって明るく元気にがんばります。

私は資料集を手に考えを巡らせた。

行方不明のお母さんを温めたいという子、親の笑顔を見たくて勉強をする子、警察官になりたい子、大工になりたい子、身近に死を経験した子。上質の鋼《はがね》のような言葉、苛烈な体験をとおして生まれ、内面に育っているものが胸を揺さぶる。

けれども、気になることがある。明るく元気にしていれば家族が喜び、テレビ局や新聞社の人もほめてくれるのでがんばるという言葉。子どもが周りに気を遣い、背伸びをしている。

ふと水沢真海に聞いた話を思い出した。避難所でアカリとナホはサバの味噌煮を食べて体調を崩した。けれども、表ザタにならなかったと彼女は言った。被災した人たちの暮らしの中で、表に出ないことが数多くあるのではないだろうか。何故、表裏のある生活を強いられるのだろう。

私は隣の席の神ノ池章吾を見た。

「神ノ池先生、読みませんか」

資料集を見せた。

「それですか、持っています」

彼は答えた。若村優子にもらったのだろうか。


年に十回行われる校内学力テストの前日、教室で朝の会をしていると、廊下で人影が動いた。誰だろうと廊下を覗くと、天岡主幹だった。教室の入り口に縦長の紙を貼っている。

漢字博士をめざせ！　計算チャンピオンになろう！　黒光りする毛筆の文字が貼り紙の上で踊っている。はね上がった字が皮膚を逆《さか》なでする。彼は手早く貼り終えた。

「校長先生は達筆ですね」

彼は言い、私の返事を待たず、足早に隣の教室の方へ歩いていった。

一日一時間以上、がんばる橘小学校のお友だちという垂れ幕を校舎の屋上から下ろすという案は消えた。が、新しい案が水面下で進行していたらしい。

休み時間に職員室へ戻る途中で、何枚もの貼り紙を見た。ものものしい毛筆の文字が教室の前や掲示板や昇降口などで目立っている。

その時、私は自分の矛盾を意識し、苦い思いで頭を横に振った。過度なテスト競争に子どもたちを追いこみたくない、伸びやかに学校生活を送ってほしい、というのはたてまえだけのことで、本音は違う。成績が上がれば、担任の評価は上がる。私は貼り紙の傍を歩きながら、自分のクラスにいい成績を望む気持ちを抑えられなかった。

翌朝、校内学力テストの束を抱えて子どもたちの前に立った。子どもたちは緊張しているようだ。突然、石井伸が筆箱を床に落とした。

「先生、トイレに行ってきます」

彼は手を伸ばして筆箱を拾うと、椅子を立って宣言するように言った。三人の仲間が彼のあとに続いた。甲斐竜也が椅子を立ち、彼らに加わった。ものを床に落とす、何人かでトイレに行く、学級が崩れ始める悪い前兆ではないだろうか。一瞬不安になったが、否定した。弱気になったら、いい方向へは進まない。

まもなく石井伸たちが戻ってきた。質問をする声もなく、子どもたちが書く鉛筆の音だけの静寂の中で、私は不安を押し殺した。

その日の放課後、私は教室の机の前にすわって校内学力テストの採点をした。漢字と計算がそれぞれ百問ずつある。

甲斐竜也の字はバランスが悪く不格好な字だ。つぶれた鉛筆のたどたどしい字。石井伸の字は薄くフワフワして頼りない。伸の仲間の字は四人とも申し合わせたように力がない。

やっと全員の採点を終えた。肩がひどくこっている。私は首を回し、肩を上げたり下げたりした。赤とんぼのメロディーがスピーカーから流れ、放送委員の声が聞こえてくる。

みなさん、下校の時刻となりました。今日、一日、楽しく学校生活を送れましたか。どんな思い出が作れましたか。明日も元気に登校しましょう。

楽しく学校生活を送ったよ。いっぱい思い出が作れたよ。明日も元気に登校するよ。そう答える子どもが果たして何人いるだろう。

私は「被災地の子どもたちのまなざし」という資料集をもう一度めくった。明るく元気にしていれば家族が喜び、テレビ局や新聞社の人もほめてくれるのでがんばるという文章がやはり気になる。今も、その子は仮設住宅で周りに気を遣って暮らしているのだろうか。

私はクラスの子どもたちを思い浮かべた。校内学力テストにけんめいに向き合う子どもたちの姿。

被災地の子どもたちも、クラスの子どもたちも、大人を信じてその期待に応えようとしている。

そして、私にも子どもたちと同じ気持ちがある。学力テストの成績は学校と教員の評価に直結する。学力テストの成績を上げれば、教員の評価が上がる。私はいい評価を得たい。あるべき道から外れているのだろうか。疑念が兆し、胸がざわついた。椅子を立ち、教室の入り口まで歩いた。そして、手を伸ばして貼り紙を外した。急いでしまったせいで端の方がちぎれた。考えても仕方がない。私は疑念を振り払った。

職員室へ向かって渡り廊下を歩いているとき、足の自然な動きに気づいた。いつのまにか、ケガをする以前の足の動きに戻っている。

職員室に入ると、ほとんどの職員が机に向かって黙もくと仕事をしていた。山根豊子校長が天岡主幹と並んで正面の席にすわっている。私はふたりの前に立った。

「天岡先生、今までありがとうございました。もうだいじょうぶです。自分で体育の授業をします」

私が言うと、校長が顔を向けた。いつものように薄く化粧をして、唇は念入りに渋い色の口紅で縁どられている。

「よかったわね」

私は校長の言葉にいたわりを感じ、頭を下げた。天岡主幹がパソコンのキーを打つ指をとめ、濃い眉を上げた。

「五年生のクラスには何人か、反抗的な男子がいますね。指導がとおりにくいので、気をつけてくださ い。悪い芽は早いうちに摘み取らなければなりませんよ」

彼は言った。その言葉が胸に重く沈んだ。

その日の夜、進二はいつもより遅く帰宅した。タチバナ平和まつりの実行委員会が役場で開かれたのだ。彼はキッチンのドアを開け、私の顔を見るなり言った。

「いいことが、あったか」

「ケガをしたところの違和感が消えたわ」

「そうか」

彼は手を洗うとすぐに、キッチンに戻ってきた。ちらし寿司、鰤《ぶり》の煮つけ、ほうれん草の白和《しらあ》え、豆腐とネギの澄まし汁をふたりで並べて、早速食べ始めた。

「勤めがあるのに、組合の仕事や平和まつりのことをよく続けられますねって若村先生に聞いたんや」

彼はちらし寿司の皿を片手に言った。

「で、先生の答えは」

「学校と家の往復だけではどうしても視野が狭くなる。いろんな場に出ると、見落としていたことに気づく。憎たらしいと思っていた子が可愛くなったりする、子どもの気持ちに近づける。そんな話だった。由岐も参加したら、子どもの理解が深くなるということやな」

彼の言葉に、学校で天岡主幹に言われたことが胸をかすめた。反抗的な男子がいる。指導がとおりにくいので気をつけるようにと彼は言った。何とかなる、何とかしてみせる。私は懸念を振り払った。

「ところで、由岐も実行委員にならないか」

「えっ、実行委員って、タチバナ平和まつりの」

私は白和えに伸ばしかけた箸をとめた。

「そうや。来年、若村先生が退職すると、橘小学校の実行委員はゼロになる。で、由岐に白羽の矢が立った」

「いきなり、言われても」

想像しただけで億劫だった。

「年々忙しくなってて、全然余裕がないわ。まつりに参加するだけで手いっぱいで、実行委員はとても無理やわ。私に勧めるなんて、信じられないわ」

まったく気が進まなかった。

「僕も、由岐は余裕がなさそうやと言った。けど、余裕のある人がするんじゃない、平和の問題は多くの人が担うものだと若村先生は言ってた」

そう言われても、学校は忙しい。

「引き受けろよ。僕でだめなら、若村先生が説得に来るって言ってた」

「分かった。進二は私を説得できないことがいやなんでしょう」

「何を言ってる。すぐに由岐は決めつける。自分の基準でふるいにかけるな」

「いつ、そうしましたか」

「それそれ、キッとして、きり返す。さっきも、信じられないと言ったやろ。簡単に言うな」

「もう、信じられないわ」

「そんなことを言ってたら、古い時代に取り残されてしまう。信じられないなんて軽く言うな」

私は驚いて彼の顔を見た。進二はこれまでこんなことを言わなかった。

「原発訴訟が起きるはずや。福島を取り戻そうとしていると思うで」

この言葉も思いがけなかった。

進二は訴訟や裁判に対して否定的で、これまでしばしば嫌悪感を示してきた。彼が裁判を毛嫌いするのには理由がある。昔、進二の父親は事業をしていた親戚の連帯保証人になったらしいが、事業が失敗したためになけなしの貯金や田んぼを失った。裁判になったが、失ったものは戻らなかった。父親は酒浸りになり、進二は散髪代や修学旅行の費用にもこと欠く貧しい生活を送った。父親だけでなく、進二も相当荒れたらしい。小学生のとき、担任の若村優子を手こずらせたのはそのころのことだ。以来、裁判と聞いただけで顔をしかめるようになった。

しかし、いま、彼は原発訴訟が起きるはずだと言って訴訟を肯定した。少年のときの体験が進二の体に信じられないという言葉を刻んだ。けれども、その言葉が人間を古い時代に取り残すということを彼は知ったらしい。

食事の片づけをしたあと、進二は居間のソファーで新聞を広げた。いつものことだが、彼はすぐにけんかを忘れ、私は引きずる。

私は浮かない気分で、教科書を広げた。けれども、集中できなかった。こんなときは体を動かすのがいい。私は雑巾で床を拭き始めた。せっせと手を動かす。磨いた床が暖色の照明を受けて光る。

私は汚れた雑巾を手に洗面所へ行った。雑巾《ぞうきん》のもみ洗いをしていると、冷水が指先に心地よかった。薄く黒ずんだ水が流れていく。気持ちが澄んでいく。雑巾をしぼる手に力をこめたとき、ようやく私は平和まつりの実行委員になるという結論に辿り着いた。

私は平和まつりの実行委員になると決めたことを娘の未知にメールで伝えた。まもなく、未知から返信が届いた。

父のときも驚いたけど、母までなるとは‼　世の中は何が起こるのか、予測が不可能です。『夜と霧』を読み終わりました。身の周りのものを人の皮で造ったとは。人間は残酷、はき気がします。ナチスの強制収容所には、身体を打ちこわせ、精神を打ち破れという標語が存在した。人間は信じられるか？　その問いは自分に向けるもの。『夜と霧』の作者は強制収容所でも、そのあとに続く生き方でも、自分を信じ、人間を信じた。

人間は信じられるかという問いは自分に向けるものという文章を私は読み返した。

「未知からメールやで」

私が言うと、進二は新聞をテーブルに置いた。そしてソファーを立ってパソコンの画面を見た。

「どんどん先へ行く。若いということかな」

彼は言った。


日曜日の朝、進二は畑へ行った。春の連休中に野菜を植えたのだった。彼はまもなく満足そうな顔をして戻ってきた。

「キュウリの花が咲いてたで。トマトもシシトウもナスビも順調や」

キッチンに入ってくるなり言った。

「マクワウリは」

「いい感じに蔓《つる》を伸ばしてる。畑の作物がぐんぐん成長すると、風の色が違って見える。まだ、ここの土には触ることができて、野菜を作れる」

進二の言葉に、私は故郷のミカン畑を思い出した。そういえば、生まれつき耳が聞こえない中学時代の友人が故郷で有機栽培の農業をしている。

水沢真海はどんな故郷を思い浮かべるのだろう。海や空や、福島の再生のために力を尽くしている人たちだろうか。あるいは、地面をはがす人、廃炉作業をする人、生業《なりわい》から身を引きはがされた人、生と死の淵を覗いた人、実際に死の淵に沈んでしまった人、訴訟に踏み切った人、そんな人たちだろうか。それとも、真海は故郷を封印して考えないことにしているのだろうか。

「大嶽《おおたけ》さんはあの年齢で、二年間に四回も福島へ行ったんや。頭が下がるなあ。大嶽さんの話によると、フレコンバッグがどんどん増えて刑務所の跡地とか道端とか畑とかに並んでて、その数は半端じゃないらしい」

彼は実行委員会代表の大嶽靖夫のことを話した。

「外へ出ると、フレコンバッグが目について気持ちが暗くなる、外へ出られなくなった、と大嶽さんに訴えた人がいたらしい。フレコンバッグと一緒に住まわされるなんてな」

「原子炉の中はどうなってるんかな」

「被曝通りの写真も見たな」

「そういえば見たわ」

あのとき、無機質で凍っている空間を見た気がした。多くの人が生身をさらして、何ものかにつかみかかられるかのような思いをしているのだろうか。

「オリンピックのことも話題になったで。原発をどう説明するのか、廃炉をどうするのか、さっぱり目途がつかない。政府はオリンピックを招致するために嘘をつくんじゃないかって若村先生は言ってた。人は小さい嘘を信じないが、大きな嘘には騙されるって。まったく、原子炉の中はどうなってるんや」

　スポーツをするのも観るのも好きで、これまでオリンピックを楽しみにしていた進二がいまいましそうな口調で言った。

　翌日の朝、私はいつものように学校の駐車場に車をとめた。玄関の方へ歩きながら、タチバナ平和まつりの実行委員を引き受けたことを思った。そのことを知ったら若村優子はどんな顔をするだろう。優子の依頼を引き受けた満足感がわき、自然に足どりが軽くなった。

　職員室に入ると、校務員の井戸が床にモップをかけていた。剃っていた頭髪が二、三ミリ伸びていた。毎日のように会っているのに、いままで気づかなかった。何か、心境の変化があったのだろうかと思ったが、聞くのははばかられた。

　まもなく、優子が漢字プリントと計算プリントの束を持って印刷室から出てきた。グレーのチュニック、小花模様のニットパンツが活動的に見え、若々しくてとても定年前とは思えない。

「平和まつりの実行委員ですけど」

　私は隣の椅子にすわった優子に話しかけた。彼女は鼻すじのとおった顔を私に向けた。

「平和のことは余裕のある人がするんじゃない、みんなが担うべきものだと言われたそうですね。実行委員を引き受けることに決めました」

「よかった。みんなも喜ぶわ」

「喜んでもらえるといいんですけど」

「喜ぶに決まってる。若い人につながるもの」

「若いって、もう何年も前に四十歳を超えましたよ」

「四十代は若い、若い。ねえ、井戸さん」

　彼女は井戸に問いかけた。

「そうですね」

　彼はモップを動かしながら答えた。

「自分の色を決めつけないで生きたいなあ」

　優子が言うと、彼は手をとめた。

「何歳になってもですね」

井戸は落ち着いた声で答えた。

彼は大企業の技術畑にいたが、リストラされて離婚したあと、橘小学校の校務員になった。子どもが好きなので、今の仕事が合っていると話していた。


夜、私は居間で教科書を広げた。

「明日は、実行委員会やな」

向かいにすわっていた進二が手帳を繰った。

「場違いなようで緊張するわ」

私が言うと、彼は笑った。

「いつもの弱気が出たな」

私は新しい場所へ顔を出すのが苦手だ。

「役場の会議室でしょう。平和まつりみたいな会合を役場でできるなんて珍しいわねえ」

「公民館を使用すると、会場費が要る。で、役場の使用を申し入れた。役場の会議室は無料だからな」

「で、すんなりいったの」

「もめたらしいで。民間の私的な団体なのでだめだと町長は答えたらしい。けど、大嶽さんは三つの理由を言って押し返した」

「三つって、どんな」

「戦没者が町内に多いこと、橘町は非核宣言をしていること、平和は全町民の課題だという理由だそうだ。そう言って説得したらしい」

そういえば、非核宣言の町という垂れ幕が役場の屋上から下がっている。

「由岐に言っておくことがある。大嶽さんは時間厳守の人や」

彼は言い聞かせる口調で念を押した。

「時間厳守ね、進二と一緒やな。じゃあ、学校から役場へ直行するわ」

「もの分かりがよくなったな」

進二はくどくなったという言葉をのみこんで、私は話題を変えた。

「若村先生がね、何歳になっても、自分の色を決めつけないで生きたいって」

「色を決めつけない生き方か。そういえば、畑の色はどんどん変わるで。雨の日、晴れの日、曇りの日、天候によって違う。風の強い日、弱い日でも違う。野菜が成長すると、また色が違ってくる」

彼はつぶやいた。

今の自分は何色なのだろう。好きな色は水色だが、いまの自分は違う色をしているのかもしれないとも思った。

次の日の夕刻、私は余裕をもって学校を出ると、そのまま役場へ向かった。

階段を上って会議室のドアを開けると、すでに十人ほどが集まっていて雑談をしている。進二の顔もある。まもなく、若村優子が声を張り上げた。

「みなさん、お揃いですので始めます。事務局の私が司会をさせていただきます。まず、実行委員会の代表の大嶽さんにあいさつをお願いします」

彼女が言うと、代表の大嶽靖夫が立った。半白の髪をきちんと整えている。

「みなさん、夜分にお忙しい中をお疲れさまです。早いもので、タチバナ平和まつりは二十九年目を迎えました。ご存じのように橘町の人口は三千人ほどに減っています。私たちはこの小さな町で平和まつりを続けてきましたが、今回、ママ友の会や田代進二さんに続いて田代由岐さんを実行委員会に迎えることができました」

彼が言うと、拍手が起こった。大嶽は一瞬机に目を落としたあと、話を続けた。

「原発事故から二年あまりがたちましたが、原発は金持ちのさらなる金儲けになっていて、国は原発を輸出しようとしています。原発によって大量の放射性廃棄物ができて、これはすぐに核兵器に転用できるのです。実に恐ろしいことです。このように、原発は平和を脅かしています。というわけで、平和の取り組みはますます重要になっています。みなさんの積極的なご意見で、実りある会議になりますようによろしくお願いします」

あいさつが終わり、大嶽はすわった。

「原発事故が起きて三年目ですね。大嶽靖夫さんはこれまでに何回も、被災地へ行かれました。私は一回も行っていないので、ほんとうに頭が下がります。ところで、田代由岐さんが初参加ですので、みなさん、自己紹介をしてください」

司会の優子がつやのある声で言った。それぞれ簡単に名前と勤め先などを話した。語りたいことがたまっているのか、話し好きなのか、タチバナ・ママ友の会の女性の話だけは長かった。彼女は話の最後につけ加えた。

「福島では無人の家の家具や調度が消えたり、火事が起きたりしてるそうですね。ペットが取り残されてるなんて、かわいそうです」

彼女の黄色いTシャツの胸には二匹の猫が描いてあった。

集いの内容について話し合いが始まった。学童保育をしているという中年の女性が肩の高さに手を上げた。黒いTシャツにベージュ色のロングパーカーを重ねている。

「実行委員会も若返りましたが、参加者の若返りを考える必要があると思うんです。思いきって、子どもが参加できる企画を考えたらどうでしょう」

何人かが彼女の提案にうなずき、意見を言った。コーラスを聴く、戦争のころの食事体験、子どもも見られる映画、三つの案が出た。

紺地に灰色のストライプの地味なネクタイをした男性が首をかしげた。会計係をしていると自己紹介で言っていた男性で、参加者の中でネクタイをしているのは彼だけだ。

「コーラスと戦争のころの食事体験はいいとして、映画は無謀だと思いますね。まつりを支えている六団体の割当て金では不足して赤字ですね」

実直そうな彼の言葉に、緊張した空気が流れた。やめた方がいい。やるべきだ。両方の意見が出て一致しない。

「財政は基本ですよ。基本がぐらついてたら、運動は続きません」

ネクタイの男性が言うと、沈黙が下りた。

「もっともだけど、それではジリ貧になるんじゃないですか。打って出ないとね」

学童保育の女性が沈黙を破った。

「うちの近所のご老人は映画を楽しみにしてはるわ。映画館が遠くてなかなか行けないもんなあ」

「大事なことはタチバナ平和まつりの継続だと思う。無理に上映して赤字を出さない方がいい」

「後退は敗退への道だと思うで。そのスタンスで平和が守れるだろうか」

話し合いが続いた。実行委員の意見は多様だった。ああでもない、こうでもないと行ったり来たりして結論が出ない。突然、大嶽が思い出したという顔をして背すじを立てた。

「以前、カンパをもらっていたところがあるやろ。

最近は忙しくて行ってないな」

大嶽が言うと、会計係の男性が会計ノートをめくった。

「歯科と内科の先生が高額カンパです。あとは有志の方で、この年は十万三千円です」

彼はネクタイの端に軽く指を当てて、カンパの金額を読み上げた。

「参加者が増えれば、参加費で賄《まかな》えますけどね」

若村優子が言い、まだ発言をしていない男性に発言を促した。彫りの深い顔でひげもじゃの五十代ぐらいの男性だ。

「人集めはチョー苦手なんで」

彼はにべもなかった。その顔に見覚えがある。大阪からタチバナ高原に移り住んで陶器を作っている人だ。町の広報で紹介されていた。

「チョー苦手な人も、得意な人も、それぞれのやり方で協力して宣伝に力を入れましょうか」

司会の優子はひげの男性の意見を前向きに汲み上げた。

「若い人はどんな意見かな」

大嶽がタチバナ・ママ友の会の女性を見た。自己紹介のときにたっぷりしゃべった女性だ。参加者の中で一番若く、二十代のシングルマザーで、背中まで赤茶っぽい髪を垂らし、片手に光沢のあるスマホを持っている。

「映画ですか、いいんじゃないですか」

彼女はさらっと言い、スマホをもう片方の手に持ち替えた。そのひと言で室内の空気が軽くなった。

「みんな、やる気ですね」

渋っていたネクタイの男性が言うと、場の雰囲気は映画上映の方向に一気に傾いた。

「ＰＴＡと保育園の保護者会にもチラシを配りましょう。今年も、チラシの作成をお願いできますか」

優子が郵便局に勤めている女性を見た。彼女はグレーのＴシャツ、抜けたジーンズの膝から硬い肌を見せ、全体の印象が敏捷そうに見えた。

「いいですよ」

彼女は答えた。

「コーラス、戦争のころの食事体験、子どもも見られる映画の上映ですね。参加者を増やすことに力を入れてカンパに取り組む必要があります。次に、当日の役割を決めたいと思います」

若村優子が歯ぎれよく言い、次々に役割が決まっていった。

「前回の司会は僕だったんですが、今回は田代進二さんにお願いしたらどうですか」

ネクタイの男性が言った。司会役を推薦され、進二はまんざらでもなさそうな顔をしたが、引き受けるとは言わなかった。

「新参者ですので」

進二が謙遜すると、ネクタイの男性が言った。

「新しい人を前面に立てる方針らしくて、僕も初めての参加で司会を引き受けました。タイムテーブルを用意してくれるんで、だいじょうぶですよ」

「新風を吹きこんでください」

大嶽が笑顔で言った。

「橘生まれの橘育ちや、できる、できる」

若村優子がけしかける言い方をすると、進二は背すじを伸ばした。優子は進二の小学生時代の担任だった。

「では、させていただきます」

進二が緊張した声で言い、それで決まりだった。

机の上を片づける実行委員もあり、室内の雰囲気がほどけた。私は緊張から解放され、急に空腹を感じて夕飯を何にしようかと思った。

「ところで、田代由岐さん」

突然、司会の優子に名前を呼ばれたので、頭の中に描いていた夕飯のピラフが消えた。

「自己紹介だけで、一回も発言をされませんでしたので、初参加の感想をお願いしますね」

「私は橘小学校で五年生を担任していて、クラスに東北の被災地からの転校生を迎えて悩んでいます。何を言えばいいのか、実行委員会の感想ですね。初めて参加してみて、こんな話し合いの場があるのかと新鮮でした」

つかえながら言い、拍手を受けた。優子が腕時計を見て閉会を告げた。実行委員のメンバーが次々に部屋を出ていく。机の上の書類を揃えていた大嶽靖夫が進二に声をかけた。

「田代君、庭の草が伸びてるやろ」

「えっ、分かりますか」

「見なくても分かる。このところ、雨をたくさんもらったからな」

雨が降ったとは言わない。雨をもらったという言葉に敬虔《けいけん》さを感じた。

「明日は草刈りをするつもりや。草刈りをできるのはありがたいことやで。刈りたくても立ち入れない人のことを思うとな。ドイツは原発廃止の方向だが、日本は原発の再稼働をして、その上信じられないことやが、輸出を強める方向や。原発産業の儲けのために、福島がなかったことにされる。決着のつかない人たちがたくさんいるのになあ」

大嶽は強い口調で言った。彼の胸の中で福島への思いが沸騰しているようだった。自分の思いをぶちまける大嶽の言葉を聞いていると、寂しそうな水沢真海の顔が思い出された。真海は憤ることなく自分を責めている。

朝、教室へ向かって廊下を歩いていると、向こうから朗読ボランティアの女性が歩いてきた。体格が対照的だ。元教員の伴ルリ子は小柄で、病院食堂の従業員だった柳沢みどりはふっくらとしている。ふたりとも重そうな手提げを持っている。伴ルリ子のは幾何学模様のパッチワーク、柳沢みどりのは光沢のあるバラの花模様だ。

ふたりは何か熱心に相談している様子だった。

「前回は、被災地の子どもが書いた作文を読んでくださったんでしたね」

私は声をかけた。

「そうです。『友だちと会った最後の日』という作文です。涙ぐんでいる子がいました」

顎《あご》のふっくらしたみどりが答えた。

「教頭先生はまだですか」

細身のルリ子が案じた。病気で休む前、教頭が中心になってお早う読書を組み入れたのだった。

「そうですね、長引いていますね」

私が答えると、伴ルリ子が眉をひそめた。

「田代先生、話を聞いてくださいませんか」

ルリ子は言った。

「何でしょうか」

「実は、隣の小学校で朝の読書をやめたそうなんです。ほかにもやめた学校があると聞きました」

彼女たちには、仲間どうしのつながりがあるのだろう。

「やめて、何をするんですか」

「漢字や計算のドリルに変わったそうです。学力テストの成績を上げるためではないでしょうか。学力テストが上位の府とか県とかは鼻が高くて、下位は小さくなってるって感じですよね。そのうちに、成績が良ければ、奨励金を出すようになるんじゃないですか」

みどりが答えた。まさか、奨励金はないだろうと思ったが、世の中の流れを見ると、全くの否定はできない。

「朝の読書を続けたいんです。教頭先生がいつまでも復帰されないので心細くって。いま、田代先生を見て相談しようということになって」

伴ルリ子の説明を聞きながら、私は当惑を隠せなかった。困ったことになった。

「若村先生に相談してみますね」

あいまいに答えた。

「お願いします」

ルリ子が私を励ます口調で言い、みどりが期待しているような顔でうなずいた。

私はふたりと別れて教室へ向かった。頼られて気が重かった。この役は若村優子に引き受けてもらうしかない。

放課後、私が三年生の教室へ行くと、優子は窓際の机で子どものノートを見ていた。傍に行き、朗読ボランティアのふたりに頼まれたことを説明して、発言を頼んだ。

「相談を受けたということは田代さんへの信頼やと思うで。考えるより行動することかな。地域の人とつながる大切な一歩や」

彼女は言った。

職員会議が会議室で開かれた。主幹や担当者の説明がほとんどで、上から下への伝達だった。職員会議をしない学校も増えているというが、橘小学校でもパソコンによる指示とやり取りが増えている。質問や意見が出ないまま、そのほかの項目に移ったとき、若村優子が手を上げた。

「校内学力テストのとき、教室や掲示板や昇降口などに突然貼り紙がされました」

彼女はきり出した。ほら来た、と言いたげな顔つきで、天岡主幹が濃い眉を上げた。

「校長先生が達筆をふるってくださいました」

彼は応じた。

「いきなりは困ります。事前に知らせてください」

優子が言うと、彼は指先で二回軽く机を打った。

「あらゆる手立てを尽くさなければなりません。学力テストの好成績は我々の重要な課題ですのでね」

彼の高い声が額を打ち、私は思わずうつむいた。

「教科書検定で教える内容を決める。学力テストでチェックをする。学力テストの都道府県ごとの順位を公表する。こんなやり方で、真の学力がつくでしょうか。学習意欲や友だち関係などを損なうのではありませんか」

優子が言うと、職員室の中は静まり返った。誰も意見を言わなかった。私はうつむいていたので見えなかったが、ほとんどの者がうつむいている気配を感じた。天岡主幹が咳ばらいをした。

「抽象論になってしまいました。それはさて置いて、緊急で身近な問題が起きています。最近、空き教室がひどく荒れて黒板の落書き、小黒板や地球儀が乱雑に倒れていて暗幕が引っ張り出されています。見苦しい状態です。これは一刻の猶予も許されない課題です。室内で遊ばせないように指導を徹底してください」

彼は言った。私もそのことは気になっていた。きのうはＡＫＢと嵐の落書きがしてあった。古い暗幕が段ボール箱の外に引っ張り出してあったので、中に入れておいた。それまで黙っていた山根豊子校長が口を開いた。

「これは外遊びを奨励すればいいという単純なことではありません。重大な問題ですよ」

彼女が重大な問題だと言ったので、思わず私は顔を上げた。

「重大な問題ですか」

天岡主幹が校長の言葉を繰り返すと、彼女は大きくうなずいて続けた。

「よく聞いてください。いいですか。これは愛校心が育っていない証拠ですよ。愛校心の育っていない子どもに、郷土愛や愛国心が育ちますか」

校長はいつに似ず強い口調で言った。そして、そのことに気づいたのか、ふいに声を落とした。

「国語や算数の学力はむろん重要ですが、それだけでは不十分です。子どもたちに道徳性を身につけなければなりません。公共心が大変重要です。文科省は自分らしさを発揮することを強調していますよ。で、まもなく道徳は正式の教科になります」

　校長は流暢に話した。このところ、愛校心、郷土愛、愛国心という言葉をよく聞く。それらの言葉が学力競争とともに際限なく押し寄せてくる。若村優子が手を上げ、天岡がいやな顔をした。

「時間が押していますので、この件はうちきりたいと思います」

　彼は牽制したが、優子は指名を待たずに話し始めた。

「最近、トップダウンが多くなっています。全員の知恵と力を集めなければ、いい方向は見えてこないでしょう」

　優子はきっぱりと言いきった。けれども、誰も意見を言わない。

「教育内容については十分検討した上で、提示されています。質問や意見はメールでお願いします」

　天岡は強い視線を全体に投げ、つけ加えた。

「若村先生、今、必ず言わなければなりませんか。年配の先生に、今さらこんなことを言いたくありませんが、疑問や意見はあとでメールしてください。そうすれば、ほかの先生の迷惑になりませんよ。先生方は忙しいですのでね」

　天岡は抑揚のない声で言った。そのつき放した声に、たちまち重苦しい空気が立ちこめた。彼の言葉が会議室を占めていく。学校が荒々しい色に染められていくのを感じ、私が身動きできない気持ちになったとき、優子が口を開いた。

「天岡先生は十分検討して提示したと言われる。そのことについての意見です。愛校心、郷土愛、愛国心の強調は戦前へのあと戻りではありませんか。復古調の背後に何があるのかを見極めるのは大人の責任ではないでしょうか。政府は教育を大変重視していて、海外派兵や徴兵制を復活させたいと考えています。憲法を変えようと躍起になっていますよ。教え子を再び戦場に送らない。最近この言葉をよく思い出します」

　彼女は落ち着いた声で言った。優子が復古調と言ったとおり、古典が教科書には満載だ。復古調の背後に何があるのか、見極めるのは大人の責任だと優子は言った。ほんとうに戦争になるのだろうか。私は自分の手を見つめた。この手で子どもたちを戦場へ送る。そんなことが現実に起こるのだろうか。

顔を上げると、一年生担任の木村早苗と目が合った。彼女は私より二つ年上だ。テニスが趣味、白に赤いラインの入った体操服の半袖から日に焼けた腕が見える。

「戦場へ送る、送らない。どうして、今、政治的なことを持ち出すんですか。ここは学校です。具体的に学校教育の話をしましょう」

天岡は話の方向をきりかえようとした。

「戦場へ送る、送らないということは、今や具体的な学校教育の現実味をおびた話です」

優子は反論した。

「若村先生は反対と言われましたが、ほかの先生からは、子どもたちが貼り紙に刺激されて学力テストをがんばったと聞いていますよ」

天岡は言いきり、再び指先で机を二回打った。

学力テストについて矛盾した考えが私の中には同居している。競争中心でなく伸びのびとした学校生活を子どもに送らせたい。そう願いながらも、学力テストでいい成績を取ってほしいと望む気持ちがある。成績は教員の評価に直結している。

子どもが評価される。担任と親も評価される。校長と教育委員会も評価される。あるときは評価する側になり、あるときは評価される側になる。勝ち抜けという声、子どもや大人たちを鼓舞する言葉が鳴り響いている。私の考えは定まらずに振り子のように揺れ、不安と虚しさで息が詰まった。

「自分らしさを発揮すると言われましたが、テストで負け組という烙印《らくいん》を押された子どもの自分らしさって何ですか。何を、どう、発揮すればいいのですか」

優子がなおも問いかけると、職員室はいっそう重苦しい沈黙におおわれた。

「先生のご意見は拝聴しておきます。話が飛躍しましたね。本筋に戻してください」

校長が答え、天岡が大きくうなずいた。

「話がズレました。本題に戻します」

天岡が硬い声で言った。あとに続く発言はなく、気まずい空気が濃くなって居心地が悪かった。

「先ほどの空き教室が荒れているという件ですが、入り口に鍵をかけることにします」

天岡主幹は言い放った。開けたあとで鍵をかけて戻しにいく。そんな余裕はない。私は不満を覚えたが、黙っていた。木村早苗が手を上げた。滅多に意見を言わない彼女が手を上げたので、室内の空気が揺れた。

「鍵を開けて鍵を返しにいくんですか。もし、ほかの人が鍵を持っているときは探し回ることになって、考えただけでうっとうしいですね」

彼女はうんざりした顔をした。本音のこもった言い方が、よどんでいた空気をかき混ぜ、職員室の中にとまどいを生んだようだ。そっと周りをうかがうと、養護教諭の五十嵐彩がシニヨンの頭を一回だけうなずかせた。

「時間が過ぎていますね」

校長が天岡を見て苛ついた声で言い、早くきり上げるようにと言外に匂わせた。

「当分、施錠を見合わせますが、絶対に空き教室を荒らさないように、指導を徹底してください」

天岡主幹は絶対という言葉に力をこめ、片方の口角を上げた。

職員会議がやっと終わり、自分の仕事にかかれるというゆるんだ空気が広がった。机の上を片付けている音がする。たまっている仕事にかかりたい気持ちがかすかなざわめきとなり、その切実な気持ちの強さが私の胸に迫ってきた。言わずにすむものなら、黙っていたい。けれども、隣の席で優子が待っている気配を感じる。迷っていると、天岡が口を開いた。

「では、これで」

「田代さん」

若村優子がささやいた。逃げ出すわけにはいかない。地域の人の信頼がかかっている。私は息をはいた。そして、手を上げた。

「緊急ですか」

天岡が辟易《へきえき》した顔をして牽制した。

「はい、緊急です。朝の読書をやめた学校があるそうですが、子どもたちはお早う読書を楽しみに待っています。ボランティアの方も一生けんめいなので、橘小学校の朝の読書をずっと続けてほしいと思います」

気持ちが先走って早口になった。誰も意見を言わない。校長と天岡も黙っている。その沈黙を耐えがたく感じながら私は周りを見た。そのとき、木村早苗が背中まである髪を片手で振り払った。一瞬彼女の目が光った。

「本離れやゲーム漬けの子どもが増えているので、お早う読書の時間はとても貴重です。続けてほしいですね」

早苗は日に焼けた顔をまっすぐ前に向けてあっさりした感じで言った。見回すと、大きくうなずいて賛意を示している人がいる。

「では、当分、そのままにします。遅くなりましたが、職員会議を終わります」

天岡は当分という言葉に含みをもたせて不機嫌な声で言った。私は隣の若村優子を見た。彼女の下まぶたのふくらみがいつもより優しく感じられた。

七　まつり

その朝、私はいつもより早く家を出た。出勤前に隣の家へ回覧板を持っていくためだ。回覧板には駐在所からの知らせが一枚はさんである。オレオレ詐欺にご注意というチラシだ。

隣家の老女は八十代半ば、百年以上も昔に建ったという和風の家で独り暮らしをしている。江戸時代には家老職だった家で、彼女は婿養子を迎えた。しかし、養子であるが故に夫は軽んじられ、自分も男の子を生めずに肩身が狭かったと聞いている。

石の門を入って、飛び石づたいに玄関へ近づいた。こんもりしたツツジの、淡いひわ色の細いつぼみに力がこもっている。

「お早うございます。回覧板を持ってきました」

開いている玄関の前に立って声をかけると、奥の方でまのびしたしゃがれ声が返ってきた。棚に鶴首の花瓶が置いてある。小振りで重厚な色合いの備前焼だ。
染井勝代が奥から出てきた。細長い顔をしてい
て、絣の上下を着て背すじを伸ばしている。
「お早うございます。回覧板ですよ」
私が中に入って回覧板を手渡すと、彼女はさっと
目を走らせた。
「サギやなんて騒がしい世の中ですなあ。心静かに
あの世に行かせてほしいのに」
勝代は不満げに言った。彼女には娘がふたりい
る。下の娘は福島の隣の県に住んでいて、放射能の
ホットスポットがあり、高校生の孫が長期休みのた
びに勝代の家に来ていた。
「また、お孫さんが夏休みに来られますか」
私は尋ねた。彼女は首を横に振った。
「アメリカへ行きましたよ。向こうで戯曲の勉強を
すると言いましてな」
「で、娘さんたちは」
「そのままですなあ。仕事もあるし、向こうの親と
一緒に住んでますんで」
勝代は語尾を濁した。
「上の娘さんは、ドイツでしたね。何度か帰国され
ましたね。お子さんを連れて」
私が言うと、彼女はうなずいた。
「原発の事故以来、帰ってきませんのやわ」
彼女は不機嫌な声で答えた。返す言葉が見つから
ず、私は彼女のこめかみにうねる静脈を見つめた。
「私に来いと言いますのや」
「じゃあ、ドイツへご旅行ですか」
私の問いに、彼女は行くとも行かないとも答え
ず、薄い唇を勝気そうに結んでいる。
「旅行は好きでしてな。七十を超えてから、妹と一
緒にいろんなところへ行きましたで。北海道、沖
縄、沖ノ島、フランス、イタリア、ロシア、ポーラ
ンド、カナダ」
彼女はドイツ行きの話を避け、旅行先を指を使っ
て数え上げた。その様子が得意げに見えた。
「いいですね。私は外国へ行ってないんですよ」
「そのうちに行けますよ」
「そうでしょうか。じゃあ、染井さんは、今年は妹
さんとドイツですか」
私は尋ねた。彼女は答えずに横を向き、急に背中
を見せた。私は奥へ入っていく彼女の背中に声をか

けようとしたが、彼女は振り向かずに奥へ入ってしまった。

　何か、まずいことを言っただろうか。思い当たることはなかった。染井勝代と近所づき合いでこんなことは初めてだった。ついていけないと思い、私は玄関を出た。


　週末の午後、またしても駐在所からのチラシをはさんだ回覧板が回ってきた。前回はオレオレ詐欺だったが、今回は盗難多発という見出しだった。私は見出しだけを読んで、回覧板を進二に手渡した。居間のソファーで野鳥のフィールドブックを見ていた進二は、回覧板のチラシにざっと目をとおした。

「車庫からオートバイや耕運機が持ち去られて、車の中のかばんが盗まれて、道路の溝ブタが消えたらしいで」

「溝ブタを何に使うの」

「売るんだろう。鉄が値上がりしてるらしいで」

「値上がりしてるにしても、しれてるでしょう。金の延べ棒じゃあるまいし」

「よほど困ってるんやろな」

　暗闇の中で溝ブタを持ち去る人の姿を思い浮かべると、侘《わ》びしくて切なくなる。

「被災地でもあるらしいで。無人の家の戸を壊して、家具や調度品を運び出すそうやで。日本じゅうに小悪をしでかす人がいる」

　ふと道徳教育の「こころのノート」の文章が頭をかすめた。文部科学省が発行した百ページを超える冊子だ。「こころのノート」の外見は教科書に似ていて、絵と写真がふんだんに入っている。

「一生けんめいしごとをすると気もちがいいね。はたらく人の顔はかがやいているよ」と書いてある。そのとおりだ。けれども、顔を輝かせて働けない人がいる。多くの人が職を失い、生業を奪われている。重い溝ブタを持ち去る人がいる。そんな時代に生きているのだと思いながら、私は回覧板を手に取った。

「お隣へ持っていってくるわ」

「平和まつりのビラも入れといて」

　昨夜、タチバナ平和まつりの代表の大嶽靖夫が家に届けてくれたビラだ。私はビラと回覧板を手に、田んぼ沿いの道を歩いた。前に回覧板を持っていったとき、染井勝代はドイツ旅行の話をした。行くのかと私が尋ねると、返事をせずに奥へ入ってしまった。きょうは機嫌が直っているといいのだがと思いながら田んぼを眺めると、風が渡り、黄緑色の稲が波打っている。

門を入り、踏み石をつたって進んだ。花ショウブがひとかたまりになって傍らに植えてあり、先のとがった黄緑色の葉が勢いよく伸びている。

勝代は庭にいた。低い木の椅子に腰を下ろし、麦わら帽子をかぶり、肘《ひじ》まである乳白色のゴム手袋をして草を抜いている。

「染井さん、こんにちは。回覧板とタチバナ平和まつりのチラシをお持ちしました」

「こんにちは」

初夏の強い陽射しが、彼女の額や口の周りや頬の深いしわを照らしている。

「精が出ますね」

「雨をもらって、土がやわらこうて、よろしいわ」

機嫌は悪くないようだ。彼女はゴム手袋をはずし、眼鏡なしで回覧板を読んだ。

「今度は盗人《ぬすっと》ですか」

彼女は庭石の上に回覧板を置いた。手入れのゆき届いた楓に目を移すと、若緑色の葉が陽光にきらめいている。だが、枝や葉裏に体長二センチメートルほどの茶色の毛虫がいる。

「毛虫がいますね」

そう言って私は枝を揺すったが、いくら揺すっても縞模様の毛虫はしぶとく吸いついている。ふいに勝代が立って手を伸ばして枝を引き寄せ、葉をつまんで足元に落とした。彼女は次々に葉をちぎって落とし、土の上で全身をくねらせている毛虫を靴の底で無造作に踏みつけた。

「今年は毛虫が異常発生してますなあ」

「そういえば、茶色い毛虫が道路をゾロゾロ渡っていましたよ。数えきれないくらいの数でしたよ」

何故、毛虫が異常発生したのだろうか。冬のころ、鳥たちの姿が消えたことを思い出した。毛虫の異常発生と、鳥たちが姿を消したこととは関連しているのだろうか。自然界には予想外のことが起こる。そう思うと、胸がざわついた。

「染井さん、どうして毛虫が多いんですか」

「お天道《てんとう》さんが何かを言ってはりますかな」

彼女は首をかしげたあと、不愛想に答えた。

「何を言ってはるんですか」

私の問いに彼女は答えず、再び首をかしげた。

「もうひとがんばり、しましょうかな」

勝代はゴム手袋をはめ、草を抜き始めた。風が吹き、回覧板とチラシが庭石の上で動いた。

「風が出ましたね。玄関の中に回覧板とチラシを入れときましょうか」

私は勝代に声をかけた。

「そうしてもらいましょうかな」

彼女が草を抜きながら答えたので、私は庭石の上の回覧板とタチバナ平和まつりのチラシを手に取った。そして、落ち着いた雰囲気の和風の玄関に入り、回覧板とチラシを上がりがまちに置いた。

そのとき、いつもと違う雰囲気を感じた。すぐにそのわけが分かった。正面の棚にある鶴首の備前焼の横に見慣れないものが置いてあるせいだ。三十センチほどの丈の人形が足を前に出してすわっている。私はひと目でその人形に目を奪われ、こんにちは、と人形に向かって思わず声をかけた。大きな青い目、小さな口、つんと上を向いた鼻、明るいオレンジ色の短めの髪。白地に青いチェック模様のコットンの服を着ている。人形作家の手によるものらしく、不思議な存在感を和風の玄関で示している。

玄関の外へ出ると、勝代は相変わらず草むしりを続けていた。

「人形を飾られましたね」

私は彼女の方へゆっくり近づきながら、玄関の方を指差した。

「四年前に、娘がドイツから持ち帰ったんですよ」

勝代は背をかがめたままで素っ気なく返した。私は顔を上げない彼女を見た。そして、何故急に人形を飾ったのだろうといぶかった。

「染井さんにお聞きしたいことがあるんですけど」

私が言うと、彼女は用心深そうな目をした。私はためらったが、好奇心を抑えられなかった。

「ドイツへの旅行はどうなりましたか」

彼女は答えずに、庭の隅に目をやった。引っこみがつかなくなり、私はさらに尋ねた。

「外国旅行には慣れてらっしゃるんでしょう」

「旅行は好きなんですけどな」

勝代は小さく首を横に振った。またしても沈黙が下り、私をとまどわせた。

不意に勝代が口を開いた。

「娘はね、私にドイツにずっと住むようにって言うんですよ」

私は驚いて彼女の顔を見た。ゆがめた彼女の薄い唇が微かに震えている。

「永住ですか」

娘は老いていく母親を遥かな海の向こうで気遣っているのだろうと思っていると、考えもしなかった言葉が彼女の唇から出た。

「日本で再び原発事故が起きるかも知れない。そうなったら、立ち入れなくなる場所が日本じゅうにできる。ドイツの方が安全だと娘は言いますのや」

思いきり頬を引っぱたかれた気がした。

「そうでしたか」

原発事故のあと、外国人のみならず日本人の中にもこの国を離れた人がいることを聞いていたが、隣人に聞くと、事故の深刻さが迫ってきた。

「この年になって家を離れるなんてねえ。旅行へ行くのは楽しいものですけどなあ。帰ってくる家があってこそですよ。いくら年を取ったからって、いくら原発があるからって、ずっと外国暮らしだなんて途方もなくて」

彼女の目は何も見ていないかのように力がなかった。勝代の心と体がここに住むことを望んでいるのだろうと思われた。先日、ドイツの話をしたとき、不機嫌になった原因はここにあったのだろうか。彼女はどんな思いで人形を玄関に飾ったのだろうか。

「被災地では、たくさんの人が途方もないことをさせられてますよねえ」

私は言ったが、彼女は答えなかった。傍の楓を見上げると、若葉が陽光に包まれ、微風にきらめいている。先端の葉がほのかに赤みをおび、葉柄はさらに濃い色をしている。

私たちはしばらく黙っていた。玄関の人形が私の脳裡をよぎった。勝代の眉間の深い縦じわを見ているうちに、やりきれなくなった。そして、彼女のしわを消したい思いに駆られた。

「タチバナ平和まつりに来てくださいね」

彼女の気持ちを引き立てようとして言った。

「出かける気になれませんのや。頭の中を引っかき回されてましてなあ」

日本を離れてほしいという娘の言葉が彼女の頭を占領しているらしい。私は素早く考えを巡らせた。この状態で家の中にこもるのはよくないだろう。何より、タチバナ平和まつりにひとりでも多く参加してほしかった。

「そんなことを言わないで、来てくださいよ。気分が変わると思いますよ」

　私は勧めたが、彼女は薄い唇を結んだまま、静脈の目立つこめかみを指先でもんだ。

「出かける気になれないなんて、人生が終わったようなことを言わないでください」

　思わず私が言うと、彼女は私をぐっとにらみつけた。しまった。そう思ったときは、すでに言ってしまったあとだった。うろたえて勝代から目をそらした先に、深い庇の垂木《たるき》が整然と並び、薄暗い空気が静まっているのが見えた。

「また来ます」

　小声で言ったが、彼女は返事をしなかった。無言の彼女に追い立てられるかのように、私は門の方へ歩いた。すぐに自分の失言に対する反省は失せて、彼女への腹立たしさがこみ上げてきた。いくら何でも、返事ぐらいしてもいいではないか。私は田んぼ沿いの道を蹴るようにして家へ帰った。

　自宅の玄関の前に立ったとき、ちょうど進二が中から出てきた。片手に剪定《せんてい》ばさみを持っている。

「アケビが伸び放題や。枝払いをしてくるよ」

　進二ははさみを持った手を軽く上げ、家の裏へ歩いていった。

「紅茶をいれとくね」

　私は彼の背中に声をかけた。紅茶の準備をしながら、勝代の不機嫌さについてグズグズと考えた。柄にもなく説得しようとしたのがいけなかったのだろうか。けれども、返事ぐらいしてもいいではないか。もう彼女には会いたくない。次に用事があるときは、進二に行ってもらおう。

　紅茶の香りが濃厚に漂い始めたとき、進二がキッチンに入ってきた。

「よく伸びるもんやな。アケビの勢いには圧倒されるよ。負けてられない」

「アケビと張り合わなくても」

「張り合ってるんじゃない。自然に学んでるんだ」

私は広縁に紅茶を運んだ。そしてガラスのローテーブルをはさんで籐の椅子に進二と向かい合ってすわった。

「染井さんとこで長かったな」

「こみ入った話をしたものだから」

私は、勝代が娘にドイツへの移住を勧められていることを説明した。

「そうか。娘さんは日本のエネルギー政策を信用してないんやな」

庭の向こうの草はらに目を移すと、ニワゼキショウが桃色の小さい花をつけている。のどかな景色を見ながら、海の向こうにある異様なものを思い浮かべた。写真で見たコンクリートをガチガチに固めた石棺と呼ばれる巨大な異物だ。けれども、日本の原発はむき出しのままだ。

「日本には住めないと思ってる人がいるんやな。頬を平手打ちされた気がしたわ。でも、それが現実かもね。日本は原発だらけで原発再稼働の方向だけど、ドイツは廃炉をめざしてる」

「放射能に国境はない。地球に住む一員として責任がある、ボヤボヤするなよということかな」

「染井さんの娘さんには優位性があるんじゃないかな。住んでいるドイツに対する誇りかな。でも、私には薄弱だわ。郷土愛って何だろう」

「郷土愛か、現実離れした言葉かもな」

「道徳の時間に、郷土愛を教えることになってるんやわ」

彼は考えこんでいるようだった。

「進二は自分の国をどう思ってるの」

「紅茶が飲めていい国だよ」

彼は紅茶碗を手に取った。

「苦いな」

彼が言ったので、あわてて口をつけるとひどく渋かった。

「もったいない、薄めるわ」

私はやかんを取ってきて、それぞれの紅茶碗にお湯をつぎ足した。

「日本を誇りにするって、どういうことかなあ」

「それぞれ違うにきまってる。由岐はすぐ決めつけて極端になる。決めつけるなよ」

「そうやな」

「今日は反論しないな」

私は薄めた紅茶を手に取った。

「タチバナ高原の人たちは長い年月をかけて、無農薬で有機栽培の土を作ってきたんやな」

彼の言葉に、私は紅茶栽培の営みを思った。タチバナ高原は、橘町の北側に連なる山なみの中腹にある。高原の冬は厳しい。道路が凍結して行き来がままならないこともある。寒冷地の紅茶栽培は困難をきわめたと聞く。

「紅茶を育てるのには土づくりが肝心だ。タチバナ平和まつりも同じで長い年月の積み重ねがある。まつりはひとつの結節点やな。僕らはその実行委員に加わることができたんや」

「そうやな」

「そういえば、被災地でもまつりの復活に取り組んでるらしいな。人が減って、まつりに必要なものが失われている中で、困難を乗り越えようとしているそうやで」

「そうやな」

私は庭に群れて咲く星型の小さいニワゼキショウの花を見つめ、改めて自分の失敗を思い返した。染井勝代のことが胸に引っかかってどうしても離れなかった。

「さっきから、そうやなばかりやで」

彼が言ったので、私はうつむいた。

「タチバナ平和まつりに行く気になれないという染井さんに、人生が終わったようなことを言わないでくださいと言って怒らせてしまった。しまったと思ったときは、もう遅かった」

「思いきったことを言ったなあ」

彼は呆れた顔をした。

「でも、染井さんも染井さんやわ。返事ぐらいしてもいいと思うけど」

「染井さんも追い詰められてるなあ。染井さんを混乱させているおおもとは何や」

彼は言ったが、私はおおもとについては考えられず、彼女のこめかみにうねる静脈を目に浮かべた。

「ああ、もう嫌になる」

「で、この世は地獄って顔をしてるわけか。けど、僕らは本当の地獄を知らない」

本当の地獄を知らないという彼の言葉がこたえ、ふと勝代の家の庇に溜まっていた薄暗い静寂と百年以上の暮らしを支えてきた垂木を思い出した。

タチバナ平和まつりが翌日に迫った土曜日の朝、私はキッチンで洗いものをしながら、できるだけたくさんの人に来てほしいと思った。これまでまつりの参加者数のことを考えたこともなかったが、気になるのは実行委員になったせいだろう。それなのに大失敗をしてしまった。染井勝代は原発のある日本を離れてドイツに住むようにと娘に勧められていた。悩んでいる彼女に、人生が終わったようなことを言わないで、と言って怒らせてしまった。おそらく勝代は私のせいで来ないだろう。

テーブルに新聞を広げていた進二が、私の思いを見透かしたかのように言った。

「もう一度、染井さんを誘ってみろよ」

不機嫌な顔で返事もしなかった勝代を思い出すと、気が進まなかった。

「でも」

「行ってこいよ。由岐がまいた種やろ」

「行けばいいんでしょう」

私は渋い顔をした。

「せっつくなよ」

彼は言った。ことさらに念を押さなくてもいいのにと彼の言葉がうっとうしかった。

田んぼに沿って歩いていると、足もとから太陽の熱をはらんだ空気が立ち上ってくる。カエルの鳴き声がする。職場と違って時間がゆっくりと流れている。けれども、私の胸の中には染井勝代の細長い不機嫌な顔が巣くっている。隣家に近づくにつれていっそう足どりが重くなった。

石の門を入ると、庭石の傍らに花ショウブが花を咲かせ、まだつぼみもあって開花を待っている。踏み石伝いに玄関の前に立つと、引き戸は開いていた。私は恐るおそる声をかけた。

「こんにちは、田代です」

「どうぞ、入ってくださいや」

奥の方で声がして、すぐに勝代が現れた。私はたたきに足を踏み入れ、タチバナ平和まつりのビラを差し出した。

「お誘いに上がりました」

「おおきに」

彼女はビラに目を落としたまま、行くとも行かないとも言わない。額にも頰にも深いしわが刻まれている。彼女は興味なさそうに口を結んでいたが、しばらくするとビラから棚に目を移した。視線の先に、鶴首の備前焼とドイツ製の人形が並んでいる。備前焼は硬く、人形はやわらかく、棚の上には塵ひとつない。何故か、その清潔さが私の胸を打った。人形を見つめると、その小さな目に吸いこまれそうな気がしてくる。

「染井さん、人形の目は空の色ですね」

「はい」

「人形は新しい空気を吸ってるんですね。新しい場になじむんですねえ」

「人は生身で、人形のようにはいきませんよ」

彼女はしわの多い手を横に振った。腕にも手の甲にも静脈がうねっている。

「出かけるとき、行ってきます。帰ったとき、ただいまとあいさつしますんや」

彼女がつぶやいた。私は人形にあいさつする勝代の姿を目に浮かべた。

彼女は手を伸ばし、端の方に置いてあったゴブラン織りの座布団を二枚引き寄せた。

「どうぞ」

勧められて私が上がり口に腰を下ろすと、彼女も座布団にすわった。そして、再び平和まつりのビラを見たが、行くとは言わない。

「高校生の孫は戯曲の勉強をするために、アメリカへ行きました」

彼女は前回と同じ話を繰り返した。勝代の孫は福島の隣の県に住んでいたが、そこはホットスポットで放射線量が高く、長期休みのたびに勝代の家に滞在していたのだった。その高校生はアメリカへ行ってしまったのだ。

沈黙が下り、私は無言のときをもてあまし、居心地が悪かった。せっつくなよという進二の言葉を思い出したが、やはり聞いてしまった。

「ドイツへは、どうなさるんですか」

「どうって、行きますよ」

私は息をのんだ。勝代がドイツに永住すればこの家は無人になるのだろうか。さっきまでのもやもやした気持ちが瞬時に消え、胸にがらんとした空洞を感じた。

「家をたたまれるんですか」

彼女はジロリと私を見た。

「そんなことはしませんよ」

「ドイツに永住されるんでしょう」

「まさか。孫が出産するんで、お祝いに二週間だけ行くんですよ」

「ひ孫さんの誕生ですか、いいですね。ドイツに行ってしまわれるのかと勘違いしました。そうじゃないんですね。ああ、よかった」

私が拍子抜けした声を出すと、勝代の細い目が光った。何かを求めている顔に見えた。

「前に言われましたな。人生が終わったような言い方だって。あんなもの言いをされたのは初めてでしたよ」

「すみません」

私は身を縮めた。

「平和まつりに行きますよ」

勝代の頰のしわがさざ波のように揺れた。笑っているのだった。


タチバナ平和まつりの日を迎えた。集合時刻の一時間前、進二がキッチンの椅子から腰を浮かせた。

「先に行くよ」

彼は司会を引き受けて張りきっているらしい。玄関へ向かう足音が軽かった。

私は進二の三十分ほどあとに家を出た。隣の家の前まで歩くと、染井勝代が白や青や紫色の花ショウブを抱えて門の傍に立っていた。彼女のしかめ顔と花の瑞みずしさが対照的だった。私は顔を近づけて花に見入った。

「見ごろですね。つぼみもたくさんありますね」

「会場に飾ってもらおうと思いましてな」

花を受け取り、両手で胸に抱えた。たちまち優しい香りに包まれた。

「染井さん、待ってますね」

私は声をかけ、花を抱えて歩き始めた。

公民館に入ると、東北大震災の募金箱が忘れられたように棚の上に置かれていた。

調理室を覗くと、女性が三人いる。大鍋がガスコンロにかけてあり、炊飯器からは蒸気が上がっていた。若村優子と学童クラブの女性が芋の蔓を切っていて、郵便局勤めの女性は洗いものをしている。

「こんにちは」

私は声をかけた。

「きれいやな」

学童クラブの女性が花を見て声を上げた。

「田代さんとこに咲いてるんか」

若村優子が聞いた。

「いいえ、私とこのではなくて、隣の染井さんにいただいたんです。活けてきますね」

私は言って、ホールに向かった。ホールに入ると、オカリナサークル「南風」の、十人ほどの人たちがお揃いの緑色のTシャツを着て音を合わせている。大きな壺がステージの脇に置かれた花台に載っていたので、私は花ショウブを活けた。

そのあと、ロビーに引き返し、調理室から出てきた若村優子と並んで、受付の机の前に立った。

会食をする部屋のドアは開け放たれていて、室内の様子がよく見えた。八つの長机と三十脚ほどのパイプ椅子があり、紙皿や茶わんや割り箸が長机の上に重ねて置いてある。

学童クラブの女性が炒めた芋の蔓を入れた大皿を両手で持ち、頬を紅潮させて調理室から出てきた。続いて、郵便局勤めの女性が大根飯を入れた半切《はんぎり》を、進二が運び役を頼まれたらしく雑炊の大鍋を隣の部屋に運んでいった。進二たちは何回か往復して戦時食やお茶などを隣の部屋に運び入れた。

年配の人や子ども連れの若い人が受付の前に並び始めた。私は優子と、プログラムや戦時食や映画の説明のプリントや歌詞カードなどをセットにして手渡した。

「耳が遠くなりましたけど、来ましたで」

老婦人が前に立った。小花をあしらったすみれ色の杖を持っている。

「昔から歌が好きでな」

耳の上にだけ髪の残っている老人が陽気な声で言った。頬骨が高く、血色がよかった。

「歌うと気分がよろしいな」

青いポロシャツの老人が相づちを打った。

「家にすっこんでたら、一日じゅう、誰とも、しゃべらん日がありましてなあ」

背中の丸まった九十代の女性が言うと、何人かがうなずいた。次々に人が受付の前に立ち、受付をすませて隣の部屋へ入っていく。

「田代さん、私たちも交替で食べにいこう」

「そうですね。若村先生、どうぞ」

「じゃあ、お先に」

優子と入れ替わりに、親子連れが部屋からロビーに出てきた。

「お父さん、早く」

英会話教室の青いかばんを提げた女の子が言った。まだ小学校の低学年に見える。

「食い逃げですみません」

父親がくだけた感じで詫びた。

「戦時中の食事体験は平和まつりの大切な目的なので、部分参加も歓迎ですよ」

「ありがとうございました」

父親は礼を言い、娘と出口へ向かった。

まもなく、優子が食事をすませて戻ってきた。

「これまでで何人ぐらいになったやろ」

「百人ほどですね」

「前回より多いな。田代さん、食べてきて」

私は隣の部屋に入り、空いた椅子を見つけて腰を下ろして食べ始めた。だしも砂糖もみりんも使わない、塩と醤油だけの味つけは舌になじまなかった。

室内は話し声で賑やかだった。

黒と黄色の縞模様のTシャツを着た少年が向かいにすわっている。小学校の中学年だろうか、腕も足も筋肉質で健康そうだ。彼は大根飯を口に入れた。

「ムリ」

少年はひと口で箸をとめ、芋の蔓の炒めものをチラッと見て目をそらした。すみれ色の杖を椅子にもたせ掛けた老婦人が箸をとめた。

「戦時中はいつもおなかを空かせてて、あるだけで、ましやったで」

老婦人は少年に言い聞かせた。

「大地震のときは、ひもじい経験をした人が大勢いたんやで。いまも、飢え死にする人が世界じゅうにいるんやで」

青いポロシャツの老人が紙皿を片手にたしなめると、少年はそっぽを向いた。そして、老人たちの声が聞こえなかったかのように大根飯の入った器をテーブルに置き、紙コップの冷茶を飲んだ。

「すみません」

Tシャツを着た少年の母親が小声で詫びた。

「いいんですよ。ひと口食べただけでも、戦時食について分かってもらったと思いますよ」

私はとりなし、縞模様のTシャツの少年に笑顔を向けたが、少年は私と目を合わせなかった。母と子はそそくさと席を立ち、ホールへ向かった。

私は食事を終えて受付に戻った。

「あれから、四人だけ受付をしたで」

「もう終わりのようですね」

「そうやな。戦時食は賑やかやったな」

「学校みたいにせかせかしないで、おしゃべりを楽しめますね」

「そうやな。ちょっとホールを見てくるわ」

優子は言い、急ぎ足でホールの方へ行った。

終わりだと思っていた受付に男の子が立った。

「俊介くん」

私は声を上げた。彼のうしろから日比野俊介の祖母が入ってきた。薄緑色のシルクのブラウスにアイボリー系のメッシュベストを重ね着し、角型の白いかばんと黒いレースの日傘を手に持っている。

「ビラを見て、俊介が行きたいと申しますので」

「映画を見たいって言ったのは梅乃さんですよ」

祖母を梅乃さんという俊介の呼び方がスマートで好ましく感じられた。

「映画はのどが乾いたときの水のようなもので、息子も好きですのよ」

梅乃が言うと、俊介がおどけた調子になってつけ加えた。

「日比野家は三代にわたって映画好きなんです」

「よく来てくださいましたね。どうやって来られましたか」

「車で参りましたのよ。若葉の美しい道でした」

「太陽光発電のパネルが木津川沿いの山の斜面にズラリと並んでいました」

俊介が祖母の言葉につけ加えた。

「さあ、お食事をどうぞ」

私は勧め、あとについて隣の部屋に入ってふたりの向かいにすわった。

「ううむ」

俊介が雑炊を口に入れ、微妙な顔をした。

「昨夜、戦争中は足りないものづくしだったと俊介に話しましたのよ。松根油《しょうこんゆ》の話もしました」

彼女はしんみりした口調で言った。何故、ことさらに松根油の話をしたのだろうと思っていると、俊介が聡明そうな顔を向けた。

「ネットで調べたんですが、仙台に松原街道という松並木があって、ごっそり切られて、樹齢三百年の松も切られたそうです。飛行機を一時間飛ばすために、二百本の切り株が必要だったと書いてありました。二百本で一時間、二千本で十時間」

少年は説明した。彼はクラスで博士と呼ばれていて博識で、その上に計算も得意だ。俊介の説明に、私は二千本の切り株を思い浮かべようとしたが、その光景はぼやけて想像できなかった。

そのとき、若村優子が入ってきた。彼女はうしろの椅子に静かにすわった。

「二千本で、十時間」

何故か、梅乃が震える声でつぶやいた。

「たくさんの人が松根油作りに駆り出されて、ただ働きさせられたと書いてありました」

少年が思い出したようにつけ加えた。

「年の離れた姉がいました」

梅乃がぽつんとはき出すようにつぶやいたので、私は彼女の次の言葉を待った。

「姉はピアニストになるのが夢だったんですよ。女学生で、松根油作りに動員された帰りに駅で機銃掃射に遭って。写真の姉はいつまでも若いままで」

彼女は苦しげに言葉をとぎらせて黙り、ふいに顔をゆがめた。

「ずっと、あとになって聞いた話ですが、そのとき、母は戦争さえなければと口走って、それがどうして知れたのか、警察が調べに来たそうです。心の痛みを表せない、娘の死を悲しむことさえ許さない時代でした」

梅乃は乾いた声で言い、唇をかんだ。自然に生まれる感情をなかったことにする。ないことをあったことにする時代だったのだ。

「ずっとあとになってから聞いたのですが、戦地で死んでも放っておかれる人もいる、お骨が帰らない人もいる、お宅は、まだましやで、と近所の人に言われたと母は話していました」

「なんて、ひどいことを」

まだましという言葉が胸につき刺さる。その言葉はいまも生きている。他者の心の痛みを想像させない言葉が日本じゅうにまかりとおっている。

「戦争で根こそぎにされたけど、戦後、手をかけて松を育てたので松林は復活したと書いてありました。けど、二年前に津波にやられたんですね」

俊介が大人びた言い方をした。

「松は強い木で、山を切り拓いた跡にどんどん生えてくるし、潮風の吹きつける岩の間にも育ちます。そうして、人の暮らしに寄り添ってきたんですね」

梅乃が自分に言い聞かせるようにつぶやくと、黙って話を聞いていた若村優子が口を開いた。

「戦前は治安維持法が密告と監視で人の心を縛ったんですね。人の内心にまで手を伸ばして。戦争へとつき進んだんですね。そして、いまも、その時代に戻そうとする動きが絶えませんよね」

優子は厳しい顔をして言った。


ホールに入り、私は日比野俊介と祖母の斜め前の席にすわった。

司会役の進二が前の席でタイムテーブルの紙をはさんだファイルを手に開会を告げた。

オカリナサークル「南風」のメンバーがお揃いの緑色のTシャツ姿で舞台に立った。リーダーはギターを手にしている。「茶つみ」、「エーデルワイス」、沖縄のサトウキビ畑を歌った曲が演奏された。

「みなさん、最後に『ふるさと』をご一緒に歌いましょう。被災地を訪れたときにも歌った曲です」

リーダーが言い、山は青きふるさと　水は清きふるさと、と全員で声を合わせた。昨年、講演をしてくれた講師のことが頭をよぎった。飯舘村から避難してきた一家や水沢たち母子は、故郷の山や水をどのように思い出すのだろう。故郷に残っている人たちはこの歌をどう感じるのだろう。

続いて、映画が上映された。戦争で家族を失った少女を主人公にした映画だった。終わって照明がつくと、涙を浮かべている人や考えこんでいる顔などが照らし出された。目を赤く泣き腫らした梅乃がハンカチで涙を拭うのが見えた。

最後に、代表の大嶽靖夫があいさつをした。

「お忙しい中、参加してくださってありがとうございました。みなさんのご協力のおかげで、今回、前回より多くの方に参加していただきました。ありがとうございます。最近、私はじっとしていられない気がします。戦争と大地震と原発事故のことを思います。戦争と被災地の景色が似ていると言う人がいますが、実は私もそうです。これからも、平和まつりを続けて、子や孫に平和な社会を引き継ぎたいと思っています。どうぞよろしくお願いします」

大嶽は白髪の頭を深々と下げた。彼は被災地を四回訪れている。実際に福島を訪れた思いが声音にこもっている。百回以上訪れた人や永住した人もいるそうだが、私は零回だ。

進二が閉会を告げたので、私は壺に活けておいた花ショウブを急いで抜き取り、胸に抱えて玄関に立った。そして、色違いにして二、三本ずつ希望者に渡した。

日比野俊介が玄関前の空き地で進二にしきりに何か話しかけ、笑い声を立てている。まもなく俊介と祖母は駐車場へ向かった。私は遠ざかっていく人たちを若村優子と玄関で見送った。

「田代さんは他者の声を引き出せるんやなあ。日比野梅乃さんに、水沢真海さんに、五十嵐さんに、それに、小栗麻さんに」

彼女は指を折って数え上げた。そんなことを言われたのは初めてだった。他者の声を引き出せると優子は言うが、表面だけでまだ誰の胸底の声も聴いていない。

片づけを終え、進二と一緒に公民館を出た。

強い風が吹きつけ、淡いちぎれ雲が西の方へ速い速度で流れていく。私は染井勝代の家の前で立ちどまった。

「先に帰っててね、花のお礼を言ってくるわ」

「分かった」

飛び石づたいに進み、玄関のチャイムを押した。

「どうぞ」

引き戸を開けると、勝代が出てきた。茶色の地に青と黄の地味な模様のかっぽう着姿だった。

「花ショウブをありがとうございました」

「わざわざ、寄ってくれはりましたんか」

「今日は参加してくださって、ありがとうございました。次のときも、よろしくお願いします」

「次のときですか。それまで生きていられるかどうか。先生はまだお若いですけどな」

つっけんどんな口調でつき放した。

「若いと言っても、もうとっくに四十歳を超えましたので」

「若いですなあ。何年も生きて、今日みたいに、いいことをしてくださいや」

私は彼女の言葉をかみ締めた。

「染井さんも長生きして、ひ孫さんの成長をできるだけ長く見てください。それから、タチバナ平和まつりを支えてください」

　私は彼女のしわの多い頬を見つめた。彼女は返事をせずに、棚の上の人形を見ていた。

　田んぼの傍の道を歩きながら、カエルの鳴き立てる声を聞いた。そして、日比野梅乃の姉のことを思った。彼女は若くして機銃掃射によって命を絶たれた。七十年ほどの歳月、梅乃は姉の面かげを胸に抱いて生きてきたのだ。私はこれまで死について避けてきたが、きょうは死者たちが急に身近になった気がした。

　その日、夕飯の片づけをすませたあと、私は急に学生アパートにいる娘の未知と話がしたくなった。それで、スマホを手に取ってその日のまつりの様子を知らせた。

「お母さん、何かいいことがあったの」

「えっ、どうして」

「声に張りがあって、平和まつりの余熱が残ってる感じやわ」

気づかなかったが、言われるとそんな気もした。

「そうや、タチバナ高原の紅茶を送ろうか」

「ありがとう」

「また、夏休みに福島へ行くんでしょう」

「行く。もう、準備にかかってる」

　しばらく話したあと、私はスマホをきり、居間で家庭菜園の雑誌を開いている進二に声をかけた。

「未知は夏休みに福島へ行くらしいわ」

　私が言うと、進二は雑誌を閉じた。

「そうか、また福島へ行くのか。ところで、由岐のクラスの子がおばあさんと一緒に来てたな。日比野俊介君と言ったか」

　思い出したように言った。名前を覚えるのが苦手な彼が珍しく名前を覚えている。

「俊介君と何を話してたの」

「取り立てて言うこともない、たわいもない話や」

「彼は知識が豊富で、穏やかな性格で、友だちに勉強をていねいに教えるわ」

「完璧やな。僕の小学生時代と正反対や。そのころ、僕の父親は借金に追われて飲んだくれてて、母親は人が変わったように無口になって、僕はケンカをふっかけては先生を手こずらせていた」

彼は過去に戻っていく目をした。

「俊介君のお母さんは離婚して家を出てるんだけど、それでも、明るくってね」

私の言葉に、彼は首をひねった。

「どうしたの」

「僕の思い過ごしだろう。由岐の言うとおり、いい子なんだろう」

私はその日の俊介を思い返した。よく考えると、いつもとは様子が何か違っていた気もする。しばらく考えて思い当たった。俊介はいつもに似ず、よくしゃべった。

八　爪　痕

朝、職員室に入ると、校務員の井戸誠が床にモップをかけていた。三年生担任の若村優子は机の前で書きものをしている。

あいさつを交わし、私はかばんの中から教科書やノートなどを取り出した。そのとき、いつも元気な優子が隣の席でため息をついた。

「夕べ、娘に電話をしたら、ひどく心配しててね」

優子の娘はファッションモデルを目指していたらしいが、高校在学中に出産して退学した。いま母と子はいわき市にふたりで住んでいると聞いた記憶があった。

「どんな仕事をしてるのって娘が聞いても、何にも答えないんやて。孫はまだ二十歳を過ぎたばかりでね。福島で消防署に勤めてるんやわ」

「そうなんですか」

「娘や孫にはハラハラさせられどおしやわ」

「何歳になってもですね」

「逆の例もあるなあ」

「逆って、どういうことですか」

「『被災地の子どもたちのまなざし』にあったやろ。子どもが親を思いやってる作文が」

「ありましたね」

「ところで、神ノ池先生にもあの資料集を渡してくれたんやね。高学年どうしやからな」

「若村先生が渡されたんじゃなかったんですか」

「えっ、田代さんじゃなかったの。てっきり田代さんだと思ってたわ」

　高学年どうしなのに渡していないのと彼女にたしなめられた気がして、ばつが悪かった。しばらくして、優子は印刷室へ入った。

　原発事故は神ノ池章吾が福島大学を卒業する年に起きた。彼は青春時代を過ごした福島へ行きたがっているが、校長と主幹は牽制《けんせい》している。神ノ池は校長や主幹に従順だった。

　言われるままの彼に対して、つい私は疎遠にしてきた。いま、高学年どうしと優子に言われ、改めて神ノ池との間にある距離を意識した。

　校務員の井戸がモップと青いポリバケツを提げて、職員室を出ていった。入れ替わりに神ノ池章吾が入ってきた。白い半袖ポロシャツの衿《えり》だけが青い。あいさつをしたあと、彼はかばんの中から教科書や資料集やペンケースなどを取り出し、机の上にきちんと並べた。

「福島へ行けそうですか」

　私は気さくに話しかけたつもりだったが、さっきの優子とのやり取りが胸につかえていたせいか、ぎこちない声になってしまった。

「休日といえども、研究ノートや報告に全力投球するようにと校長先生に言われています」

　彼は他人ごとのような口調で答えた。

「行かないんですか」

　思わず私はきりこむ口調になったが、彼は表情を変えなかった。

「実は連休に行ってきました」

　彼はポロシャツから出ている太い腕を片方の手でポンとたたいた。

「えっ、福島へ」

「はい」

うなずく彼の顔をまじまじと見た。連休のあと、ずい分日が過ぎている。やられたという気持ちがしてきた。

「父親を津波にさらわれた友だちとも会いました」

「放射能で汚染されたために家族を捜したくても、捜せなかったという方ですね」

「そうです」

「見つかったんですか」

彼は顔をゆがめ、首を横に振った。

「被災地には、生徒に人気の職業のベストスリーがあるそうですよ」

「何ですか」

「警察官、消防士、自衛官だそうです」

彼は答えて資料を机の上に出した。「被災地の子どもたちのまなざし」だった。

「それ、誰にもらったの」

「五十嵐先生」

彼はさらっと答えた。養護教諭の五十嵐彩だったのか。またしても、やられたと感じた。

天岡主幹が職員室に入ってくると、神ノ池は口をつぐんで印刷室へ入った。


机の上のパソコンを立ち上げると、行事や各職員の日程が画面に現れた。方針が☆、問題点は★で書いてあった。主幹はできごとを☆と★とに簡単にふり分ける。

☆『放射能のはなし』の使用、全学級の半数
★空き教室の荒れ

私は画面の文字を読み直した。空き教室の荒れという字は赤い文字で書かれているので目立った。最近、学校の隅ずみまで調査がゆき届いている。

その朝は打ち合わせのない日だった。私は若村優子と連れ立って教室へ向かいながら、このところ気になっていることを話題にした。

「学力テストの過去問のために、ほかの授業の手を抜く学校があるようですね。それから、成績の悪い子どもを休ませる、別室へ行かせる、そんな学校もあるようですね」

「天岡先生は、一部の不心得ものがしたこと、僕らは堂々と競争を勝ち抜けばいいと言ってたやろ。競争の原理が体に染みついて、学力テストの順番が絶

対だと思いこんでる。田代さんはどう思うの」

「文科省は学力にとらわれずに自分らしさを発揮するという説明していますが、実際にそうなっているのかなと疑問を感じています」

答えたあと、私は自分の中のわだかまりを優子に聞いてほしいと思った。

「若村先生には自分のクラスにいい成績を望む気持ちがありますか。やはり、自分のクラスの子にいい成績をとってほしいですか」

彼女は私の顔をじっと見た。

「学力テスト競争は教員をも追い詰めてるなあ」

彼女は私の問いに正面からは答えなかった。彼女も私と同じ思いなのか。それは個人で考えるべきだということか。そんなことよりも現状を打開すべきだということか。答えないことが答えかも知れない。やはり自分で考えるしかないようだ。


放課後、私は窓際にある机の前にすわってほっとひと息ついた。

子どもたちがランドセルを背にして次々に教室を出ていく。甲斐竜也が入り口の方へ行きかけて途中でくるりと方向を変え、近づいてきた。

「先生、ホッセザルとカイメザルってどんなサルか、教えて」

勉強が嫌いだと口ぐせのように言う彼が珍しく質問をしたので、嬉しかった。ぜひとも答えてやりたかったが、あいにくホッセザルとカイメザルを知らなかった。

「知らないなあ」

私は背の高い竜也を見上げた。

「えっ、知らないのかよ。おかしいジャン」

竜也は勢いのある声で言った。

「知らないことがたくさんあるなあ。そうそう、フェイスブックのポケも知らないわ」

私が言うと、彼はなあんだという顔をした。

「先生、マジでポケを知らんの」

竜也は胸をそらせ、まだひとり教室に残って椅子にすわっている日比野俊介を見た。

「博士、ポケって何」

「スペルを言ってください」

博士というニックネームの俊介が私に言った。

「ピー、オー、ケー、イー」

私が答えると、彼はうなずいた。

「ポケじゃなくて、ポークです。指でつついてヤア、ヤアっていう感じですよ」

「先生、しっかりしいや」

甲斐竜也は自分も知らなかったくせに言った。

「俊介君、ホッセザルとカイメザルって何」

私が尋ねると、俊介は首をひねった。

「知りませんね」

「でも、マジで先生は知ってるべきやで」

竜也は、私の机の上に積まれた教科書の中から国語の教科書を抜き出した。そして、ページをめくり、「論語」を指差した。

「子曰《い》はく、『己《おのれ》の欲せざる所は、人に施《ほどこ》すこと勿《な》かれ。』と。子曰はく、『過ちて改めざる、是《これ》を過ちと謂《い》ふ。』と」

彼が得意げに読んだので、私はホッセザルとカイメザルの意味を理解した。

「欲せざるはして欲しくないという意味、こっちはカイメザルじゃなくてアラタメザルね。改めないという意味。どっちも動物のサルじゃないよ」

竜也は不機嫌な顔をした。

「二学期のところまで予習するとは、すごい。ずい分先まで読んだなあ」

私は彼の気持ちを引き立てようとした。

「ママが予習をしなさいって言うから、猛スピードで読んだ」

彼は早口で言った。そういえば、「タチバナっ子だより」に高学年の予習の大切さについて書かれていた。母親がそれを読み上げ、彼は二学期のページまで飛ぶような速さで読んだのだろう。

「おじいちゃんは『論語』が気に入って暗記してるんやて。ぼくは勉強がキライや。だから、高校へは行かない」

彼は渋い顔をした。

「どうして高校へ行かないのよ」

「頭が悪いから」

彼の答えは素っ気なかった。

「竜也くんの頭は悪くないよ」

彼は黙っている。

「竜也くんの頭は悪くない」

「先生、ウソをつかんでもいいで」

彼は疑い深そうな目つきをした。

「ウソじゃないわ」

「そんなことを言うのは、ほかに誰もおらん」

「誰もおらんでも、竜也くんの頭は悪くない」

「僕の頭はお兄ちゃんと違って、デキが悪いっておじいちゃんが言うんや」

論語を気に入っているという祖父の、露骨な言葉が胸を刺し、乾いた竜也の声が哀切に響いた。竜也の祖父は医師、父は会社員、兄は中学生で、有名な進学校へ通っている。

「竜也君」

私は呼んだが、甲斐竜也はランドセルを片方の肩に引っかけたままで教室を出ていった。

石井伸がいつもの四人の仲間と廊下で軽口をたたいてふざけている。あの雰囲気は苦手だ。けれども、苦手と言って逃げてばかりはいられない。当たって砕けろという気になり、私は彼らの方へ歩いた。伸が目ざとく私に気づき、何か仲間にささやいた。彼らはさっと階段の方へ去った。

私はとろとろと歩いて窓際の机の前にすわった。教室には日比野俊介がひとりだけ残っている。子どもたちのノートの中から、俊介の日記を取り出して広げた。彼の字はやはり乱れている。

「俊介君、最近、字が荒っぽいね」

「見たい映画があって、急いだので」

私の言葉につき動かされたかのように彼は椅子を立った。そして、ランドセルを背負うと、あいさつをして教室を出ていった。

私は大きなかばんを提げて、職員室へ向かって廊下を歩いた。窓の外を見ると、タイサンボクの分厚い葉が夕日を受けてつややかに光を放ち、地面からは靄《もや》が立ち上っている。

体育用の若草色のジャージーを着た若村優子が、三年生の教室から出てきて肩を並べた。

「校長先生がね、息子のリストラを予想もしなかったって。で、息子さんが自衛隊のパンフレットを持っていたって落ちこんではったわ。海外派兵のことなんかを考えると本当に大変な時代やなあ」

優子は、以前にも聞いたことのある話を繰り返した。私は大学生の娘のことを思った。

「私も娘の将来が心配です」

「若い人たちは就活や派遣やリストラや過密労働やなんかで大変やなあ。まるで戦場やわ」

彼女は投げつけるような言い方をした。

「『論語』を読み違う子がいるんですよ」

私はホッセザルとカイメザルの話をした。

「いかにもありそうやわ」

「でも、『論語』には説得力がありますね」

私が言うと、突然彼女が廊下の真ん中で立ちどまった。

「それが怖いわ。自然に体に棲《す》みつくのがね。『論語』は儒教の元祖で、教育勅語に大きな影響を与えたんやわ」

「いけませんか」

「正しさを押しつけると、考えなくなるやろ」

「そうですね。思考停止ですね」

「その結果、民主主義が衰える。父親が母と子を虐待しててね。その子どもを担任したとき、親を敬い、夫婦はむつみ合いという教育勅語の言葉が空しかったわ」

社会は多様な色に満ちている。ときに言葉は人を傷つけ、言葉への不信をはびこらせる。

「大人が研究の対象にするのならまだしも、小学生向きじゃないで」


彼女の言葉に、私は記憶を辿った。戦前、教育勅語は国のために死んでいくのが美しいという考えを浸透させたのだった。

ふいに優子が唇を引き締め、何を思ったのか、速足で歩き始めた。

職員室へ戻ると、珍しく全員が揃っていた。山根豊子校長が天岡主幹の横の席にすわっている。

優子が校長の前で足をとめたので、私も立ちどまった。何か真剣なものが、隣に立っている優子の全身から伝わってくる。

「教科書の『論語』について話してたんですよ。田代さん、さっきの読み違いの話をしてよ」

優子の気迫にのみこまれ、私はホッセザルとカイメザルの話をした。何人かが聞いている気配はあったが、笑いは起こらず、私の話は受けなかった。もともと私は人を笑わせる力に欠けている。その上に、笑いの起きる雰囲気が職員室には乏しい。

「『論語』ねえ、ちょっと見せて」

校長の言葉に、私はかばんから五年生の国語の教科書を取り出して手渡した。

「古典が満載です」

　私が言うと、校長はページをめくった。

「ホッセザルとカイメザル、ああ、これね。古文がここにも、ああ、ここにも、『竹取物語』『枕草子』『平家物語』『徒然草』も原文のままね」

　彼女は教科書をめくり、次々に古文を見つけた。

「俳句も詩も旧かなづかいのままで載っているのが多いわね。やはり復古調が濃厚ね。門ありて唯《ただ》夏木立ありにけり。この俳句はいいわねえ」

「校長先生、五年生の子どもがその光景をイメージして感じることができますか」

　優子が言うと、彼女はふうむと言い、問いには答えずにページをめくった。

「あら、懐かしいわね」

　校長は言い、教科書を読み始めた。

卯の花の匂う垣根に
時鳥《ほととぎす》早も来《き》なきて
忍音《しのびね》もらす夏は来ぬ
五月雨のそそぐ山田に
早乙女が裳裾《もすそ》ぬらして
玉苗植うる夏は来ぬ

「古典に親しませるのはいいわね」

　彼女の語尾がはね上がった。

「そんな光景は子どもにチンプンカンプンですよ」

　優子が牽制した。彼女の言葉どおりだった。夏は来ぬを夏は来ない、という具合に子どもたちは歌詞の意味を様々に取り違え、イミフという声が出た。そのとき、イミフとは意味不明という意味だと私は知った。国語はメンドクセーという子どもが少なくない。

「やはり、小学生に『論語』は問題ですよ。教育勅語に盛りこまれた考えですのでね」

　優子が言うと、天岡主幹が口をはさんだ。

「教育勅語には、いいことが書いてありますよ。父母に孝行、夫婦はむつみ合いとね。僕は教育勅語を称《たた》える人に賛成ですね。我慢の足りないシングルマザーに読ませたいですよ」

「我慢の問題ではなくて、シングルマザーにはそれぞれに複雑な背景があると思いますよ」

　優子の言葉に、天岡は不服そうな顔をした。

「教育勅語の中の、父母に孝行がつまりは国家に尽くせとつながって、滅私奉公の精神で子どもたちを戦場へと送り出したんです。教育勅語を復活させようという動きは、海外派兵の掛け声と同時進行ですよね」

優子が続けて言うと、天岡が口を開いた。

「それでも、教育全体を見ると、復古調ばかりではありませんよ。その証拠に英語を教えますからね。古文、英語、現代の国語の調和ですよ。時代の要請にこたえる人間を育成しなければね」

彼は前を見据えて確信ありげに言った。

「小学生に、古文、英語、現代の国語、その調和を求めるなんて、発達に合ってませんよ」

優子が言うと、主幹は周囲を見回して咳ばらいをして高い声で話し始めた。

「グローバル時代にふさわしい人間を育成しなければなりません。これからは国際的な視野が必要で、英語教育に力を入れるべきですよ。世界の大舞台で実力が問われる時代ですからね」

彼は一本調子で言い、校長がうなずいた。

「そのときに、日本人としての誇りが問われるわけね。だからこそ、神話や古典が重要ですよ。先日も、美しい国づくりには神話が大切だと教育長が力説しておられましたよ」

校長はいかにもやり手という顔つきで言った。

「日本人としての誇りと神話ですか」

優子が引っかかるような言い方をした。

「『因幡《いなば》の白うさぎ』が教科書に登場しますよ」

主幹が口をはさんだ。

「大きな袋を背負っているダイコクと、ラップのリズムで軽快に踊るいまの子どもたち。古典や神話と子どもたちの感覚に距離がありますね」

優子が言うと、すかさず主幹が返した。

「それこそ先生の教育力で、実力が試されますね」

彼の言葉に、優子が心もち顔を上げた。

「ダイコクの背負う袋には、誇りある日本人の育成という荷物が入っていますよ。そういえば、現代の神話もありましたね。原発は必要、原発は安全だという神話です。神が忙しくなるとき、神が大手を振って歩くときは要注意ですよ」

優子は熱心に語り、天岡主幹は首を横に振った。

「どっちみち、日本人としての誇りは教育の中軸になりますね」

　彼はきっぱりと言った。それまで黙っていた神ノ池章吾が顔を上げた。

「福島の人にとって、誇りとは何でしょうか」

　思いがけない彼の発言だった。長い間、福島について沈黙していた神ノ池が沈黙を破ったので、職員室の空気が静まり返った。

「そんなことを言われてもなあ。僕らは福島にいない。ここにいて、誇りある日本人を育成する。誰もがそれぞれの場所で任務を担っていると思うで」

　天岡主幹が気勢をそがれた様子で言った。神ノ池章吾は宙に目を据えたまま、黙っている。

「神ノ池先生はまだ三年目、新任研修が終わってこれからという肝心なときですよ。福島のことも大事ですが、自分の持ち場でがんばることですね。それが結局のところ、自分の将来と全体のためですよ」

　山根豊子校長がさとす口調で言った。神ノ池はこれまで校長や主幹に服従してきたが、宙の一点をじっと見詰めたまま沈黙している。それが何か強固な意志を伝えてくる。

「古典は子どもにとって難解です。ほかに、子どもの生活に身近なものがあればいいんですけど。もっと分かりやすくて共感を呼ぶ内容です」

　思わず私が言うと、校長が私を見た。おや、あなたも発言するの、とでも言いたげな顔をしている。

「生活に身近なもの、分かりやすくて共感を呼ぶものって、具体的に何なの」

　校長が聞いたので、私は答えた。

「子どもの書いた作文や詩だったら、共感すると思うんです。でも、教科書には子どもの作文や詩は載ってないし、書かせもしません」

　校長は教科書をパラパラとめくった。

「行事のあとの感想文とか、読書感想文とか、青少年の主張コンクールとかがあるでしょう」

　いいことを思い出したという顔つきで彼女は身を乗り出した。

「いえ、そうじゃなくて」

　私は否定した。ものを言いにくい子の切実な表現がほしい。よく発言する子も、書くことによって新しいことに気づき、思いを深める。生活の中で生まれる子どもの作文や詩、気負いのない言葉に出会いたい。「被災地の子どもたちのまなざし」に載っていたような詩や作文に教科書で出会いたい。

「生活の中の思いをじかに表すと、思考を促すんですね。普段着のままの文章がいいんです。たどたどしくても本音を表した作文や詩を基にして話し合えば、共感する力が育ちます。ところが、残念ながら教科書には載っていませんね」

優子が私の思っていることを言葉にした。私は周囲を見回した。うつむいている顔はなかった。これまで、沈黙が職員室を支配していた。それぞれの思いはとけ合うことなく、職員室によどんでいた。ところが、校長が率先して話を進めている。天岡主幹は職員室での私語を嫌い、仕事の邪魔だと公言してきた。その主幹でさえ、パソコンのキーを打つ手を休めている。

いつもの職員室とは違う。あまりに抑制され過ぎて飽和状態になっていたのだろうか。その反動が起きているのだろうか。何かのはずみで堰《せき》が外された。そして、本来の姿が目の前に現れたのだろうか。自分には関係ないという顔はなく、考えこみ、聞き入っているかのようだ。職員室の重苦しかった空間に濃密な空気が立ちこめ、生気を感じさせる。もしかしたら、誰しも本心では話をしたいのだろうか。校長や天岡主幹もそうなのだろうか。

校長室のドアをノックする音がした。天岡主幹が席を立った。

「教育長さんです」

彼が校長に伝えると、彼女は校長室へ入った。主幹があとに続いた。それをしおに、私は優子と自分の席にすわった。

職員室にもとの沈黙が下りた。けれども、その静寂に熱が残っている気がした。何か、くつろぐものを感じて私は先ほどの会話を思い返した。発端は、若村優子が『論語』のホッセザルとカイメザルについて投げかけたことだった。それをきっかけに、しだいにそれまで声にならなかった思いが堰をきってあふれ出し、職員室に生気が立ちこめ始めた。職員室のよどんだ空気の中には、職場の人のさまざまな思いがこもっていたのだ。

生気を生み出す転換点があった気がする。何だったのだろう。私は考えを巡らし、それが神ノ池章吾の言葉だったことに気づいた。福島の人にとって、誇りとは何でしょうかというあの問いかけだ。若い彼の言葉が職場の人たちの胸底にある思いを誘い出した気がする。

　職員室で三時間ほど仕事をしたあと、私は帰り支度をした。窓の外はとっくに暗くなっているが、まだ半数以上の職員が残っている。年々仕事の量が増えて帰宅は遅くなっている。

　私は玄関のガラスの扉を開けて外へ出た。いつもは駐車場へさっさと向かうのだが、何故か外灯の近くまで歩いたとき、自然に足がとまった。

　ダイオウ松が外灯の白っぽい光に照らし出されている。二十センチメートルほどの太い緑色の針のような葉が垂れ下がっている。こんなにも長い葉をしていたのかと私はつくづく見入った。

　そのとき、玄関の扉を開ける音がして、山根豊子校長が出てきた。彼女は傍まで来て足をとめ、ダイオウ松を見上げた。これまで、私は、校長については、やり手できちんとした服装をしていて、夫が府の要職にあることぐらいしか知らなかった。しかし、彼女が息子のことで悩んでいることを知って親近感を覚えた。そうはいっても、急に語りかける言葉を思いつかず黙って立っていた。

　校長がダイオウ松から目を戻した。

「戦前の教員は滅私奉公の精神を教えて、子どもたちを戦場へ送り出したと若村先生は言ってたわね」

　彼女は唐突に職員室での会話をもち出した。

「私も、この手で子どもたちを戦場へ送ってはならないと思います」

　私は何か言わなければと思い、正直に思っていることを口にした。

「分かっています」

　彼女は苛立たしげに私の言葉をさえぎった。

「戦前の教育は子どもを戦場へ駆り立てた。そのことを知らない人がうちの学校にいますか。教え子を戦場へ送ろうと思っている人がいますか」

「それは」

　私は言葉に詰まった。そんなにきつい言い方をしなくてもと親近感が瞬時に失せ、校長に反感を覚えた。私の気持ちに気づいたのか気づかないのか、再び彼女はダイオウ松に目を移した。

「東側に伸びている枝の先に、親指の先ぐらいの松の実が見えるわね。五、六個ずつ赤味をおびていて、その下に葉が伸び始めている。あれは去年の春のものね。一年かかって、やっとあの大きさね」

「もっと大きくて、大人の手ほどある大きな松ぼっくりもあります」

私は硬い声で返した。

「あの大きさに育つまでに、二年かかるのよ」

彼女は何を言おうとしているのだろう。真意がつかめず私は黙っていた。

「松の語源は多いけど、成熟するまで待つ、だから、松と名づけられたという説もあるわ。神さまがあの木を降りてくるのを待つ、だから松と名づけられたという説もあるわ」

「神さまが降りてくるのを待つんですか」

「そう。私の両親は仕事人間だったので、祖母が私を育ててくれたの。ちらし寿司が上手でね。祖父は南の島で戦死して、遺骨は戻らなかった。生きているかもしれない、生きているにちがいない。祖母はそう言って松の木を拝んでいた」

校長は独りごとのように自分の言おうとすることを追い続けた。私はとまどいながらも、いつのまにかその話に引きこまれていた。

「祖母は死んだ日の朝も、這って縁側に出てダイオウ松に手を合わせて命尽きる直前まで神を信じてたのに、神は松の木を降りてこなかった。人をうらぎる、それが戦争ね」

今際《いまわ》のときに、ダイオウ松に手を合わせていた人。決着がつかないまま、生を終わらされた見知らぬ老女の姿が目に浮かんだ。しばらくの間、私たちは黙っていた。ダイオウ松から空へと目を移すと、ハケではいたかのような茜雲が走っている。

「待てる人になりたいわね」

校長は何かを覗きこむかのように細い目を少し下に向けて静止した。伏した目に憂いが滲んでいるかのように思われた。

「待てる人ですか」

校長の言葉を反芻《はんすう》すると、彼女はうなずいた。

「そう、待てる人。待って聴かなければ、心を酌めないと思うの」

彼女の言葉は私の胸を打ったが、あまりにも抽象的でもどかしかった。

「祖父が戦死したときに祖母の人生は終わった。私はそう思いこんでた。でも、あるとき、違うんじゃないかって、祖母は祖父と一緒にずっと生きていたんじゃないかって、最期まで祖母の人生は終わらなかったんじゃないかって。それが分かったのは、ずっとあとになって私が人生に迷ったときだった」

全く予期していなかった彼女の言葉が、一気に私の胸になだれこんできた。

「人生に迷ったときですか」

私がつぶやくと、彼女は眉間にしわを寄せて目をそらして苦しげに息をはいた。そして、しゃべり過ぎたとでも言いたげな顔をして、黙ってすっと足を踏み出し、パールホワイト色の車に足早に歩いた。そして、運転席にすわると前を向いたまま、車を発進させた。

校長は祖母の真意を聴きそびれ、聴かなかったことを後悔しているのかも知れない。あるいは、職を失った息子のことで苦慮して、息子とつながりたいと切望しているのかも知れない。それとも、何かほかのことを考えているのだろうか。

私は自分を振り返った。成熟するまで待って、聴いて、心を酌んだだろうか。受験生らしくないと娘に言ったことがあった。あきらめが早いとか、また忘れたのとか、クラスの子どもたちに理由も聞かずに言ったことがあった。次々に思い出されるできごとが私の身を刺した。心を酌むことからはほど遠く、懐《ふところ》が狭くて根気が足りなかったために多くの人を傷つけてきた。

心に鬱屈するものを感じ、私はダイオウ松の幹に目を移した。圧倒するようなどっしりとした太い幹の、渋い色の重なりに力がこもっていた。

そのとき、玄関のドアを開ける音がして、靴音が近づいた。振り返ると、養護教諭の五十嵐彩だった。彼女は近くまで来て立ちどまった。校長に続いて今度は五十嵐彩だ。予期しないことが何度も起きる日だ。けれども、よく考えると、それはここで立ちどまって普段と違うことをしている私の行動のせいなのだった。

「採用試験の準備は大変でしょう」

私は彼女に話しかけた。講師の彩の採用期間は一年間だけで、正採用を目指す試験が迫っていた。

「今度こそと思うんですよ」

彼女はつぶやき、うつむいた。彩は博識で外国語にも堪能で、イガちゃんと呼ばれて子どもに慕われている。しかし、昨年も不合格だった。

「『被災地の子どもたちのまなざし』に載ってた小学四年生の詩、行方不明のお母さんの手と足を温めたいという詩ですが、辛い事実をよく書いたなと思います」

彩は話題を変えた。あの少女は何故書けたのだろう、と私は考えを巡らせた。

「きっと信頼ね、あの子は人を信頼している」

「信頼だけでしょうか」

彩の問いかけは私を考えこませた。確かに信頼だけでは辛い事実に向き合えないかも知れない。考えているうちに、人間の誇りという言葉が胸に浮かんできた。

「少女の誇りがあの詩にはある。ひとりの誇りがほかの人にはたらきかけて誇りを生む。少女の誇りがクラスや担任や家族の誇りにつながったと思うわ」

「誇りが次の誇りを生む。そうでしょうか」

「神ノ池先生は、福島の人にとっての誇りとは何だろうと言ってたわね」

彩はうつむいた。

「あの言葉を聞いたとき、思ったんです。私の誇りはどこへ行ったんだろうと」

彩は途中で言葉をきって下唇をかんだ。

しばらくの間、私は彼女とダイオウ松の傍に無言で佇んでいた。

甲斐竜也は、論語好きの祖父にデキが悪いと言われた。水沢アカリは福島のことを教室で話せない。子どもたちや五十嵐彩や多くの人の誇りが何ものかに奪われていく気がする。


放課後、空き教室の前を通りかかると、六年生担任の神ノ池章吾が黒板の前にいる。肩をいからせた彼の様子を不審に思い、私は薄暗い空き教室に足を踏み入れた。そして、黒板を見て目を見張った。

爆撃機と爆弾、四角い建物と煙と炎、地面に倒れている人たち、ハートの形、アイアイ傘、殴り書きの絵や記号が黒板を埋めている。母という字にナイフが刺さり、吹き上げる血しぶきが赤いチョークで描かれている。とがった絵と文字が何かの断片のように見える。

彼は私に目もくれず、黒板を消し始めた。チョークの赤い粉が白い体操服の胸に散らばって落ちた。

「派手にやりおって。ッタク」

　彼は橘小学校で一番若く、普段はほとんど感情を外に出さないのだが、珍しくはき捨てるような言い方をした。

　私も黒板消しを手に取って消し始めた。

「まいったな」

　彼はため息をついた。

「この落書きを見ると、何か辛いですね」

「ッタク」

　消し終わると、彼は無言のまま空き教室を出ていった。

　埃っぽい部屋にひとり残され、私は白っぽい消し跡の残る黒板に目をやった。ひどく気が滅入った。


　職員室に入ると、天岡主幹と神ノ池章吾がそれぞれ自分の席でパソコンに向かっていた。私は自分の席にすわって隣の神ノ池に話しかけた。

「落書きでストレスを発散してるのかなあ」

　彼は答えず、パソコンのキーを打っている。

「田代先生、落書きがあったんですか」

　天岡主幹が前の席で濃い眉を上げ、問いかけた。

「そうです」

　私が答えると、主幹の顔が険しくなった。

「どこで、いつですか」

「空き教室ですよ。さっき、神ノ池先生とふたりで消したところです」

　私が答えると、いきなり天岡主幹は席を立った。そして、章吾の顔を睨《にら》みながら近づいた。しまった。神ノ池は報告していなかったのだ。うろたえて章吾を見ると、彼はうつむいている。

「聞いてませんよ。どういうことですか」

　天岡は見下ろして低い声で迫った。神ノ池は体を縮めようとするが、胸や肩が言うことを利かないという様子に見えた。天岡主幹は手のひらを片方のこぶしで二回たたいた。

「暗幕や教材は乱れていなかったので」

　神ノ池は天岡を見ないで返した。

「確かにきちんと収まっていました」

　横から補った私に、主幹は取り合わなかった。

「神ノ池先生、どうして報告しなかったんですか」

　彼は鋭い声できりこんだ。神ノ池は下を向いたまま答えない。これまで誰に対しても従順だったのだが、別人のように見える。天岡はひどく苛立ち、落ち着きを失っているふうだったが、ふいに私の顔を見た。

「田代先生、どう思いますか」

聞かれたが、とっさに言葉が出てこない。

「空き教室に鍵をかけると不便だと言われましたね。結果がこれですよ」

彼は強い口調で続けた。

「野放しにすると、子どもは不道徳を体で覚える。道徳の時間にいくら公徳心を教えても、結局のところ無駄にして、不道徳を培養してしまう」

彼は言いきった。それでも、言い足りないのか言葉を続けた。

「誰が子どもに落書きをさせたんですか。不便だとか忙しいとか言って、管理をルーズにする。この際、はっきり言っておきます。我われは子どもに断固とした態度を示さなければならない」

天岡は腕組みをして強い語調で言った。

「鍵をしてシャットアウトするんですか。それがほんとうの解決になるでしょうか」

かろうじて私は問い返した。

「じゃあ、どうするんですか」

彼は唇の端を少し曲げた。

「あの落書きはとても気になります。落書きをした子どもの動機を知りたいんです」

私の言葉は天岡にさえぎられた。

「一般論を持ち出さないでください」

彼が皮肉な口ぶりで言ったとき、青い体操服を着た若村優子が入ってきて自分の席にすわった。

「問題は、子どもに愛校心が不足していることですよ。愛校心が不足しているので、きまりが守れない。いま、我われがなすべきことは、愛校心を育てることですよ。若村先生、何故、道徳教育に反対するんですか。どうなんです」

天岡が声を高めて優子に言うと、彼女はふんふんという感じでうなずくしぐさをした。

「反対と言ったことはありませんよ。道徳心を高めたいと思っていますよ」

彼女は答えた。

「では、何がご不満ですか」

「内容と方法です」

そのとき、校長室に続くドアが開いて、山根豊子校長が出てきた。ベージュ色のスーツをブルーグリーンのブラウスと合わせている。彼女は天岡の隣に腰を下ろした。

「道徳教育について話してたんですよ」

天岡が校長を見て言った。

「そうだったの、アクチュアルな話題だわね」

校長は笑顔で返し、片方の腕で頬杖をついた。

「それで、何が問題なの」

校長は優子を見た。

「肝心なのは内容と方法です」

優子が答えると、校長は頬杖をついたまま余裕を感じさせる顔でうなずいた。

「なるほど」

「国家への敬愛や日本の建国神話が推奨されるのは何故ですか。どうして戦前回帰をめざすんですか」

優子は反問した。

「愛国心や伝統文化への敬愛が子どもたちに欠けていて、公共心や誠実さが育ってないわね」

校長はすらすらと答えた。

「そうやって押しつけて、現実からどんどん遠ざかっていくんですよね」

「若村先生の言う現実って何なの」

「いじめや不登校や子どもの貧困とかです」

優子が言うと、校長は頬杖を外した。

「確かに、考えなければね」

「道徳教育は子どもの生活や気持ちから離れる一方ですよ。道徳の基本はふたつでいいのに」

「ふたつって」

「生命の尊重と思いやりです」

「それは理想だけど、すぐに結果を出さなければね。親も社会も納得しないわね。礼儀や敬老精神や家族の大切さを教えていますという具合でないとね。あの学校では道徳をきちんと教えていて、いじめ対策も確立していると評判が立てば、もうしめたものね」

校長は熱心に言った。

「世間よりも子どもの成長でしょう」

優子がきっぱりと言い返した。

「世間を甘く見てはいけないわ。学校評価はシビアで、親は評判の悪い学校を選ばない。つまり、子どもが集まらない。少子化の時代ですからね。学校の評判をよくするのは教師の使命だわね」

私はもどかしい思いで校長の言葉を聞き、子どもたちの顔を目に浮かべた。水沢アカリは福島の話をできない。甲斐竜也は自分に誇りを持てない。石井伸は私と目を合わせない。日比野俊介は心に屈するものを抱えている。子どもたちの心の奥に何があるのかを知りたい。そうしなければ前へ進めない。

「あのう」

私が言いかけると、校長が私の顔を見た。

「おや、田代先生も言いたいことがあるみたいね。最近、意見を言うようになったわね。どうぞ」

「子どもたちは何を願っているんでしょうか」

私が言うと、優子が深くうなずいた。

「そこが出発点ですよ。ところが、道徳の教科書は子どもたちが抱えている悲しみや苦しいことを置き去りにしていて、成功物語や楽しいことが満載です。結論は決まっていて、仲よくとか、誠実にという方向に引っ張っていきますね」

優子が言うと、天岡主幹が胸の前で組んでいた腕をほどいた。

「決まりを守って楽しい学校にするのは当然でしょう。道徳教育の基になる教育目標があって、教えるべきことを子どもたちに浸透させるために指導案に心血を注ぐ。理想よりも目の前の授業ですよ」

主幹が言うと、校長の頬から笑みが消えた。

「天岡先生、理想を否定してはいけませんよ」

彼女はピシャリと言って椅子を立った。天岡は肩を落とし、職員室の空気が薄暗くなったように感じられた。

放課後の打ち合わせのとき、天岡主幹がプリントを配った。家庭学習の振り返りカードと書いてある。前回は学習の手引だったが、今回は振り返りカードだ。振り返りカードとは初耳だ。

「これを雛形《ひながた》に来週から実施という日程で、低学年部、中学年部、高学年部ごとに作成してください」

何時から何時まで勉強したか、勉強した内容、姿勢はよかったか、質問したいこと、家庭学習の改善点、家の人の感想、本人のまとめ、先生のコメントの八項目が並んでいる。

「意見はメールで返してください」

天岡は念を押した。話し合いを抜きにして進めるつもりだ。毎日、書くのは大変だ。またしても時間を食い潰す種がまかれた。子どもと親と担任の時間が減っていくばかりでなく、このやり方ではマンネリを免れないだろう。

「今、初めて振り返りカードを見ました。内容について意見があります」

優子が言うと、天岡主幹が顔をしかめた。

「意見があれば、メールで返してください。ひと月ごとにまとめて分析することになります。私はこれから教育委員会へ行きますので、これで打ち合わせを終わります」

彼は早口で言った。沈黙が職員室を侵食し、それぞれが硬い雰囲気の中で仕事を始めた。天岡は急ぎ足で職員室を出ていった。うしろ姿を見送っていた若村優子がつぶやいた。

「天岡先生も大変ね。理想より目の前の授業とうっかり校長先生の前で言ってしまったやろ。教頭試験には学校長の推薦が必要だし、挽回するために振り返りカードを考えたかな。上司の意向をうかがうのはひどいストレスやろな」

家庭学習の振り返りカードのことを考えていると、五年生の甲斐竜也のしかめっ面を思い出した。痛くなったこめかみを指先でもみほぐしているうちに、いい考えがひらめいた。

「高学年は子どもと一緒に作りましょうか」

パソコンに向かっている神ノ池章吾に提案した。

「いいですね。僕はカードを作るとか、こまこましたことが苦手で」

彼は隣の席でパソコンの手を休めてうなずいた。

「うちのクラスに上手な子がいるんですよ。僕よりも、断然うまい」

彼は自慢げに言った。

「親の意見も聞いたらどうかなあ。学級通信で」

「そうですね。毎日書く項目は少なくして、改善点や感想やまとめや先生のコメントは週に一回か、月に一回にしましょう」

「神ノ池先生、冴えてる」

私は褒めたが、彼は私の軽口に乗らずに、再びパソコンのキーを打ち始めた。

空き教室に落書きが見つかった翌日、学力テストが全校一斉に行われた。そのテストは業者の作成によるもので、国語は十四ページ、算数は十一ページあった。ひとり分ずつ大型の茶封筒に入っていて解答用紙は別にある。

業者のテストのほかに校内学力テストがある。そして、本番の六年生の全国学力テストと四年生の京都府の学力テストに備える。橘小学校でも二学期までに教科書を終えて、三学期は復習や学力テストの過去問にあてる教員が多くなっている。


帰りの会が終わり、子どもたちが教室を出ていった。塾や稽古ごとがたいていの子どもを待ち受けている。静かになった窓際の席で、私はペンを片手に一冊目の漢字ノートを開いた。四冊目を開いたとき、廊下を走る足音がした。茨木花菜と水沢アカリが背中にランドセルを背負ったまま、教室に走りこんできた。

「先生」

花菜の声がせっぱ詰まっている。

「どうしたの」

「誰かが空き教室で遊んでいます」

「またなの」

私は椅子から立ち上がった。きのう、神ノ池章吾と空き教室の落書きを消したばかりだった。

廊下を走る足音がした。急いで廊下へ出ると、数人の男子が廊下の角を曲がって見えなくなった。

「とまりなさい」

足音に向かって叫び、追いかけた。

「待ちなさい」

思いきり走ったが、距離は縮まらない。むしろ開いていく一方で、足音が小さくなっていく。

「待ちなさい」

もう一度、未練がましく叫んだが、私の声は空しく廊下の壁にぶつかって消えた。廊下を曲がり、階段を駆け下り、また廊下を走り、靴箱の前まで走った。そして、誰もいない昇降口で立ちどまって肩で息をした。

逃げるとは卑怯だ、許せない。悔しさが胸の中で渦を巻く。体力の衰えを思い知り、無力感がいっそう憤りを掻き立てる。

「先生、走れましたね」

花菜が言った。

「足のケガを忘れて走ったわ」

「忘れるぐらい、治ってるんですね」

花菜が大人びた言い方をした。

「あの子たちの名前を教えて」

「空き教室は暗かったし、男子をじっと見るのは嫌やったし、何か、こわかったし」

花菜の言葉に、アカリがうなずく。

「先生、先生」

花菜が小声で言った。

「何、花菜ちゃん」

「先生、怒るかなあ」

そう言って、チラッと私を見た。

「言ってよ、絶対に怒らない」

「ほんとうに」

私はうなずいた。

「さっき、昇降口でこわい顔をしてましたよ」

花菜の利発そうな目が光った。私はショックで胸がつかえた。子どもにこわい顔を見せたくはない。

「うちの母さんは、もっとこわいですよ」

花菜が澄ました顔をし、アカリは困ったようにきれ長の目を伏せた。

「これから空き教室を片づけるけど、花菜ちゃんとアカリちゃん、手伝ってくれないかな」

私は落ち着きを取り戻し、ふたりとも塾に通っていないことを思い出して頼んだ。

「手伝おうか、ねえ、アカリちゃん」

花菜が言うと、アカリがうなずいた。

空き教室に戻ると、ひどく散らかっていた。数枚の小黒板が倒れ、地球儀が転がり、暗幕が段ボール箱から引きずり出されている。

「暗幕を何に使うんやろ」

「暗幕の下にもぐって、持ち上げて、下ろして、うわあっ、ヤラレタッ、もう、ダメだって。先生、知らないんですか、津波ごっこ」

花菜の説明に、一瞬声を失った。暗幕の下にもぐりこんで、津波にたとえて遊んでいる子どもたちの姿、色彩のない影絵のような光景が目に浮かんだ。

アカリは黙って黒板に目を向けている。瞳が沈んでいる。私はその視線を追い、落書きを見た。そして、肺を錐《きり》で刺された気がした。大津波だッ、ホーシャノーが来たッというとがった文字。私は唇をかんだ。水沢一家が福島から来たことを知っている子どもがいるのだ。アカリにこの文字を見せたくなかった。

「ごめんね」

アカリの背中をなでると、こわばっている。

花菜が黒板を消し始めた。タッ、タッと音がしそうな勢いで消している。

「一緒に消そうか」

私が言うと、アカリはうなだれた。多分、アカリは黒板の字の傍へ近づけないのだ。私は黒板の文字と絵を花菜と隅々まで消した。

消し終わってふり返ると、アカリが地球儀をもとへ戻そうとしていた。小黒板はすでに片づいている。アカリも片づけをしていたのだ。

私は暗幕の端を持ち上げた。

「アカリちゃん、そっちを持ってね」

片方の端を手に持ち、合わせて二つ折りにした。何回か繰り返して暗幕をたたんだ。

「箱に入れるからお願いね」

私はアカリと一緒に重い暗幕を段ボール箱にしまった。

「片づいたなあ」

私はひと息つき、空き教室を見回した。

「きれいになったなあ」

花菜が嬉しそうに言った。

「ありがとう、花菜ちゃんとアカリちゃんのおかげで、きれいになったわ」

黒板を消したものの、とがった文字と絵が心の中にくっきりと残っている。大津波だッ、ホーシャノーが来たッ、倒れている人の絵。抑えていた憤りが再び私の胸に沸き上がり、その勢いをもてあまし、扱いかねた。

黙っているアカリを見てアカリを守らなければならないと思った。けれども、五年生のクラスだけで守ることはできない。

二度とこんな落書きを許さないために、生徒指導部長に報告し、落書きや津波ごっこを断ち切るための対策を全校で立てる必要がある。

「花菜ちゃん、アカリちゃん、すぐに戻ってくるから、教室で待ってて」

「先生、五年生の黒板に絵を描いていいですか。あとで、ちゃんと消しますから」

花菜が聞いた。

「いいよ」

「ヤッタア、アカリちゃん、行こう」

ふたりが五年生の教室に入っていった。

職員室に人はまばらだった。黒板を見ると、生徒指導部長の神ノ池章吾は午後から出張になっている。いない場合は、天岡主幹に報告しなければならない。パソコンのキーをたたいている主幹の顔を見て、私は考えを変えた。報告はあと回しだ。

小走りに五年生の教室へ引き返すと、花菜とアカリは教室の黒板に大きな氷の山を描いていた。氷の山は五つあった。氷の山、とけたらダメダメ、永遠にとけたらダメダメ、そんな言葉が吹き出しに添えてある。

アカリがペンギンを描いている。手のひらぐらいの小さいペンギンを描いている。あまりにも小さくてはかなげに見えた。

「南極のペンギンね」

私が話しかけると、アカリは手をとめた。

「北海道のペンギンです」

その言葉に胸をつかれた。春休みに、アカリは家族五人で動物園へ行くはずだった。けれども、二年余り前のあの日、海がアカリの父親や祖母たちや多くの大切なものをのみこんでしまった。


「アカリちゃん、北海道のペンギンって、もしかしたら、旭山動物園のペンギンか。テレビでその映画を見たで。北海道へ行ってみたいなあ。アカリちゃん、旭山動物園のペンギンを見たんか」

花菜がうらやましそうに言うと、アカリは首を横に振った。

「アカリちゃん、見てないんか」

花菜が言うと、アカリはうなずいて目を伏せた。

「私も北海道へ行ったことがないわ」

「先生もないの。そんな大人がいるの。つまり三人とも北海道へ行ってないというわけや」

花菜が言い、明るい目をした。

「もっと描こうか。北海道へ行っていない三人で」

私は軽い口調で声をかけて、アカリの三倍ぐらいの大きいペンギンを描いた。転んでいるペンギンの絵だ。花菜が吹き出しをつけ、足の小指を骨折、田代先生、失敗の巻と書いた。

花菜が足をはね上げて走っているペンギンを描いた。目がつり上がっている。待ちなさい、追いつけない、クヤシイッと吹き出しに書いて私を見た。

「ああ、書かれてしまった」

私は言い、苦笑した。

アカリが横向きで丸顔のペンギンを描いた。やはり、手のひらほどの小さな絵だった。吹き出しに白いチョークで、夜、お母さんが眠れますようにと書いた。細い線の字が心細そうに見えた。母への思いが少女の内側にたたえられている。苛烈な経験をした少女の、母親を思う心根がいじらしかった。

次に、アカリは逆立ちしているペンギンを描いたが、ペンギンが前に比べて二倍ほどの大きさになっている。逆立ちしているペンギンの顔に大粒の涙を描き、テスト五〇点、俊介博士、ヘルプ　ミーと吹き出しに書いた。真剣なおもざしだった。アカリは何回も転校しているせいか、特に算数の分数が分かりにくくなっていて、日比野俊介に教えてもらうことがあるのだった。

そのとき、氷原を滑っている親子のペンギンを描いていた花菜が、横からチョークを持った手をすっとアカリの方に伸ばした。そして、博士、ノラ猫ちゃんも助けてねと書き加えた。

「ノラ猫ちゃんって何なの」

「公園のブチ猫ですよ」

花菜が私の問いに答え、アカリは顔を曇らせている。公園にノラ猫がいるらしいが、助けてという意味が分からない。

「俊介君と猫の関係は何」

私が尋ねると、ふたりは顔を見合わせた。

「どうしたの、教えて」

私が頼むと、やっと花菜が口を開いた。

「いつもは、かわいがってるのに、俊介君が石を投げたんです。ノラ猫は何も悪いことをしないで、普通に塀にすわってたのに」

「俊介君が、猫に、石を」

私は驚いて叫んだ。俊介は福島の動物たちの野生化や牧場の牛のことを青少年の主張大会の応募作文に書いた。人間がしでかしたことなので、対策を立てて保護をすべきだと書いていた。その俊介が猫に石を投げるとは想像もできない。

「すごくこわい顔をしてた。なあ、アカリちゃん」

花菜の言葉に、私は思いを巡らした。思い返すと、養護教諭の五十嵐彩が俊介のことを案じていた。そして、最近になって俊介のノートの文字は乱れている。まだある。タチバナ平和祭りに祖母と参加したとき、彼はしゃべり過ぎた。いくつものことが積み重なっていたのに、私は彼の悩みに寄り添おうとせずに放置していた。

「俊介君、どうしたのかなあ」

私の問いに、ふたりとも首をかしげた。

ふと、俊介の母親のことが胸をかすめた。母親は離婚し、家を出てマンションに住んでいる。毎月、彼は母親のマンションに泊まりにいく。そのことと関係しているのだろうか。

アカリがうつむいたまま、つぶやいた。

「私も、石を投げつけたい」

「どうして」

花菜が驚いた顔で尋ねたが、アカリは何も言わなかった。

「さっきの黒板の落書きね」

アカリは私の言葉を否定しなかった。そして、うつむいたまま小声で言った。

「前の学校でも、ホーシャノーって言われた」

アカリが言うと、花菜がうなずいたので、私は驚いた。震災のあと、アカリは何度も転校をしている。そのときに石を投げつけたくなる辛い思いをしたのだ。

「前の学校でもあったのね」

「前の学校でも、その前の学校でも、いろんなことがあった」

アカリの言葉に足もとがぐらぐら揺れている気がした。

「どんなことがあったの」

アカリは私の問いに答えなかった。

「そのことを、友だちに話したの」

アカリは首を横に振った。

「先生やお母さんには話したの」

アカリは硬い顔で首を横に振った。アカリは友だちにも担任にも母親にも言えず、石を投げつけたいのをこらえてきた。そして、またしても、橘小学校でホーシャノーが来たッという落書きを見なければならなかった。

花菜は黙って、私たちのやり取りを聞いている。花菜がどこで誰に聞いたのか分からなかったが、その顔は、アカリのことについて何かを知っている、と語っていた。

ふいに、アカリが片方の腕にもう一方の手を添え、おびえた顔をした。高台の家を逃げ出す直前に、エアガンで撃たれた記憶が蘇ったのに違いない。アカリをエアガンで撃った高校生も、大震災でケガをし、友人を失っているのだった。

生なましい爪痕《つめあと》が残っている。アカリや、多くの人の心に残っている。そして、何かあるたびに、その傷がうごめいて、うずき始めるのに違いない。思わずアカリを抱き寄せると、少女の細い体は小刻みに震えていた。

九　ホーシャノーごっこ

放課後の打ち合わせのときに天岡主幹が三点の報告をしたあと、私は手を上げた。

「空き教室の黒板に落書きがしてあって、暗幕や小黒板や地球儀なんかが散らばっていたんです」

私が言うと、天岡主幹は唇の片方の端を上げ、不機嫌な顔を隠そうともしなかった。

「またですか。田代先生、どうしてすぐに報告しなかったんですか」

「つい先ほど、今日の放課後のことでしたので」

「で、どうだったんですか」

主幹の口調にうんざりした気分が混じっている。

「五年生の女子が知らせにきたので、急いで行ってみたんですが、もう誰もいなくて、逃げていく足音だけが聞こえました。昇降口まで追いかけたんですが、見失ってしまいました」

「追いつけると思ったんですか」

彼は唇の端に笑いを含ませた。

「名前と学年を明らかにしてください」

「何年生なのか、分かりません。五年生の女子の話によると、高学年の男子が数人いたそうです」

「学年も分からないんですか。やはり、空き教室には施錠をしておくべきだった」

天岡は話にならないという顔をした。

「どんな落書きでしたか」

三年生担任の若村優子が質問をした。

「爆撃機とか、爆弾とか、破壊された建物とか、周りに何人も人が倒れている、そんな絵でした。ホーシャノーが来たッという言葉もありました」

私が説明すると、天岡が二度軽くうなずき、しめたという顔をした。

「誰が書いたか、筆跡で分かる」

彼の口調に快活さがあった。

「文字と絵は全部消しました」

私が言うと、天岡は濃い眉を上げた。

「独断で処理されると困るんですよ。重要な証拠ですのでね」

「福島から転校してきた水沢アカリさんがいたので、急いで消したんです。それと、子どもに聞いた話ですが、暗幕にもぐって上げたり下ろしたりして、やられたとか、もうだめだとか、大騒ぎして津波ごっこをしているそうです」

私が言うと、一年生担任の木村早苗が日に焼けた手を上げた。

「被災地には、人形なんかを箱に入れて揺らす遊びを繰り返す子がいるそうですね。私の学級でも、津波ごっこやホーシャノーごっこをしていました。それから、ホーシャノー菌がうつると言って、机や体を手で触っていく子どもたちの様子を見て、ギョッとしました」

担任は学級の実情を語りたがらない。評価や非難を気にしがちな担任が多い中で、早苗が生なましい発言をしたので、職員室の空気に緊張感が生まれた。うつむく者やうなずく者もいる。どうやら、ほかの学級でも起きていたらしい。

「五十嵐先生、津波ごっこをどう考えますか」

山根豊子校長が名指しで聞くと、養護教諭の五十嵐彩ははじかれたように顔を上げた。つやのあるシニヨンの髪が光った。

「実際に体験した子どもの場合は、トラウマという角度からも考えて慎重に対応していると思います。その一方で、トラウマを強調すると過去に縛られてしまうという考え方もあります。本校の場合は、子どもに寄り添って理解を深めていけばいいのではないか、と思います」

若い彩が落ち着いた口調で答えると、校長は納得した顔つきでうなずいた。若村優子が口を開いた。

「原発事故のあと、ホーシャノー菌などという言葉に心を汚染された子どもがいて、それが我が校にも表れているということでしょうか。遊びや言葉はときに残酷で、いじめは子どもの命を奪うことさえあります。社会的ないじめを視野に入れて、早急に学校全体での取り組みが必要だと思います」

子どもの命にかかわる、いじめの問題だと優子は示唆した。しばらく誰も何も言わなかった。校長が沈黙を破った。

「今後、このたぐいの遊びについて指導を徹底してください。事態が大きくなる前に手を打って、不登校を絶対に起こさないようにしなければなりません。水沢アカリさんとナホさんが福島から来たことを知っている人がいて、広まっている可能性もありますね。親の動きにも注意が必要です」

校長は指示した。天岡主幹が思い出したという顔をして言った。

「電力会社から送られてきた放射能の本があります。児童数分が置いてあって、これまでに半数の学級で使用しています」

「あの冊子には、放射能が宇宙や地面や空気や食べ物からも出ていると書かれていますね。ビキニの核実験やスリーマイルやチェルノブイリなどの原発事故についての記述はありません。広島と長崎の原爆についても、原子力発電の未来を危ぶむ声もありませんね」

若村優子が指摘すると、校長はうなずいた。

「電力会社が無料で送ってきましたからね」

校長と優子の意見が珍しく共振している。

「文科省も『放射能のはなし』という冊子を作って、希望する学校や公共の施設に配るようですよ」

校長はつけ加えた。

「文科省の冊子には、広島、長崎の原爆について載るでしょうか。スリーマイルとチェルノブイリの原子力発電の事故については、どうですか」

　優子が校長に顔を向けて尋ねた。

「それは載らないでしょう。やはり、原子力の平和利用が中心でしょう」

「事実を隠して、放射能を砂糖でまぶして子どもたちに差し出すわけですね」

　優子は言い、首を横に振った。

「政治はそういうものでしょう」

　校長は冷めた口調で言った。そのとき、震えていたアカリの細い体の感触が私の胸に甦った。何としても、福島から来た少女を守らなければならない。

「水沢さんたちは大変な経験をして、やっとの思いでここに辿り着いたんです。橘小学校で普通の小学生として過ごせるようによろしくお願いします」

　私は頭を下げた。

「何故この落書きをしたのか、書いた側の子どもの問題についても考える必要がありますね」

　優子が言ったので、私ははっとした。あの絵や言葉は人の心を引き裂き、書いた子どもの心をも腐食するのだと改めて思った。天岡主幹は優子の意見に取り合わず、腕を上げて時計を見た。

「校長先生が言われたように、地震ごっこ、津波ごっこ、放射能ごっこなどは論外です。親の動きにも気をつけてください。不登校に発展しないように指導を徹底してください。終わります」

　主幹は言ったあと、校長と小声で話していたが、すぐに話がついたという顔をして私を呼んだ。

「田代先生、これから、高学年部会をしますよ。神ノ池先生には出張先から戻ってもらいます。一刻も早く、決着をつけなければ」

　天岡はあとに引かない口調で言った。そして、スマホを手に取って、神ノ池章吾とメールを交わしている様子だった。

　ほとんどの教職員が自分の仕事を始めている中で、木村早苗が前の席で日焼けした腕を胸の前で組んだ。

「爆撃機や爆弾の絵を描いた子どもの頭の中はどうなってるんやろ。ゲームとか漫画とか戦争色の濃厚な文化の影響かなあ。田代先生はどう思いますか」

　早苗が私に話しかけた。

「そうですね。ストレスの発散ということも考えられるかも知れませんね」

「ストレスですか。何となく分かる気もしますが、どんなストレスですか」

「たとえば、学力テストです。子どもたちは日常的に競争ずくめの中にいて、息苦しそうですよね」

「確かにね」

私と早苗の会話に、天岡が口をはさんだ。

「子どもは競争が好きで、競争こそ学習のエネルギー源ですよ」

彼が言うと、木村早苗は口をつぐんだ。そして、胸の前で組んでいた腕をほどき、教科書を広げた。それまで聞き役に回っていた若村優子が、黙ってしまった早苗に代わって天岡とやり取りを始めた。

「ですが、度を過ぎると、競争は往々にして成長をゆがめますよ」

「若村先生はそう言われますが、社会に出たら勝ち抜く力がものを言いますからね」

「私たち教員も競争に巻きこまれて、いびつになってませんか。学力テストのさいちゅうに、正答を指で差して回った先生がいるそうですね」

優子が言うと、職員の何人かが顔を上げた。養護教諭の五十嵐彩はうつむいていているが、手をとめている。山根豊子校長は珍しく黙っている。天岡と優子は話を続けた。

「学力テストの結果は担任の評価に直結しますからね。点数が低いと指導力不足のレッテルを貼られる。で、多くの先生が我が身を護るために、田植えをしたい気持ちに駆られるんでしょう」

「天岡先生、教員と子どもの信頼関係はどうなりますか。教員が子どもの目の前で、不公正で不道徳な行為をするんですよ」

「それでも、順位を上げるために日本じゅうが躍起になってて、行政も教員も親も必死ですよ。県の中には、学力テストでいい点を取った学校に奨励金を出すという動きもありますよ」

「学力テストが日本列島を汚染してるんですね」

「汚染だなんて言い過ぎですよ。競争は子どもの意欲を高めるという考えが大多数ですよ」

天岡が牽制し、山根豊子校長が二本の指を自分の眉根に当ててこすった。

「そういう現実ですね」

彼女はそう言って席を立ち、校長室へ引き上げた。それをしおに、天岡と優子は口をつぐんだ。パソコンのキーを打つ音、テストの採点をするペンの音が聞こえる。ときおりため息がもれ、けだるい空気が立ちこめ、しだいに濃くなっていく。

どのぐらい時間がたっただろうか。ふと窓辺を見ると、外は薄闇に包まれていた。

「神ノ池先生、遅いなあ」

天岡主幹が壁の時計を見上げて言い、指先で軽く机をたたいた。そのとき、足音が廊下の方でして、神ノ池章吾が職員室に入ってきた。彼の足音がどんよりとした雰囲気の室内に響いた。彼は自分の席にすわった。その顔に疲れが見てとれた。

「途中で、渋滞に遭って」

「二十四時間、ずっと担任だという自覚を持ってもらわないとね」

天岡は神ノ池の言葉にかぶせるように言った。

「分かっています」

「高学年部会は校長室でやります」

主幹がファイルを小脇に抱え、マグカップを手に校長室へ入った。私と神ノ池も書類を手にあとに続いた。

校長と天岡、私と神ノ池が向かい合って茶色の革張りのソファーにすわり、生徒指導の分厚いファイルをそれぞれのテーブルの前に置いた。私は膝の上にノートを広げた。天岡があらましを説明した。山根校長がふっくらした手を赤膚焼《あかはだやき》の茶碗に伸ばし、ゆっくりと飲んだ。

「田代先生の報告によると、空き教室を荒らしたのは高学年の男子数名だそうです。ただし、名前は分かりません」

天岡が言うと、神ノ池が顔を上げた。

「見当はついています」

彼の思いがけない言葉に、校長が茶碗を手に持ったまま神ノ池を見た。

「どういうことですか」

天岡が強い口調で聞いた。

「多分六年生の男子五人です。三日前にも空き教室にいたので注意したんですが、落書きを見ていただけだと言い張りました」

私は驚いてメモをしていた手をとめた。天岡は不快そうに、唇の片方の端を上げた。

「神ノ池先生、昨日が初めてじゃなかったんですか。どうして、すぐに報告しなかったんですか」

「五人の男子と話してるうちに時間が過ぎて、仕事が立てこんでて、今日は出張で、それに、何とか自力で解決したいという気持ちがはたらいて、あとで報告するつもりでした」

神ノ池はこれまで校長や主幹の指示どおりに動き、従順だった。高学年グループの私にさえ逆らったことがない。ところが、三日間も単独で行動していたという。

「言い訳はいいです。言うまでもなく、学校は組織として動いていて指導の手順は鉄則ですよ。今後、必ず守っていただきます。ということで、神ノ池先生、続きを報告してください」

主幹の言葉に、神ノ池はうなずいた。

「子どもたちが口裏を合わせていると思って追及しました。五人とも絶対にやってないと言い張りましたが、嘘をついているのは確実です」

「確かですか」

校長が確認した。

「まちがいありません」

「六年生にしては言葉や絵が幼くないですか」

私は疑問を投げかけた。

「このごろの子どもは分かりませんよ。大人と子どもが同居してますからね」

主幹が言った。そうかも知れない。知識は大人顔負けだが、ひどく幼い行動をする子どももいる。

「その日の夕方、うちの子はやっていない、学校へ行かせるわけにはいかないという電話がひとりの母親からかかってきました。それで、五人の子どもの家を訪問して謝りました」

神ノ池の説明を校長は黙って聞いている。どう考えているのか、その表情からは分からない。天岡が石ころを飲みこんだかのような苦い顔をしている。

黙っていた校長が私を見た。

「田代先生のクラスの親はだいじょうぶですか」

校長に聞かれたが、答えることができなかった。親の動きは全くつかめていない。それに引きかえ、若村優子は親に信頼されている。学級にクーラーを設置する組合の署名活動のときも、親に協力してもらっていた。けれども、私にはそんな親しい親はひとりもいない。

「最悪の展開ですね。どうして、すぐに報告しなかったんですか」

主幹は詰問する口調で繰り返した。

「何とかしようと思ったんです。あとで報告するつもりでした」

神ノ池は同じ答えを繰り返した。ふたりのやりとりに校長が珍しくため息をついた。

「母親と子どもに謝ったんですか。それぞれの言い分が違っていて、お互いに不信感が残ったんですね。困ったわね」

校長の言葉に、天岡が大きく息をはいてマグカップを手に取ると、音を立ててお茶を飲んだ。

「その落書きはどんなものでしたか」

私が聞くと、神ノ池が答えた。

「マンガですね。銃で撃ち合いをしている絵でした。飛行機が爆弾を落としている絵もありました。津波や放射能菌とかの字もありました」

私が見た落書きと似ているが、説明だけで同じ子どもが書いたものかどうか、断定することはできなかった。

「とにかく、落書きの張本人をつきとめなければ、また、同じことをするでしょう」

天岡はきり捨てる言い方をして、マグカップを乱暴にテーブルに戻した。

「さて、どうしたものか。そうだ、ビデオカメラを置きましょう」

主幹は名案だとでも言いたげに胸をそらした。突然、ビデオカメラと言い出した彼の意図が分からなかったので、私は聞いた。

「何のために、どこに、置くんですか」

「空き教室の棚に箱を置いて隠しておけば、ビデオカメラが見張ってくれます。一発ですよ」

彼の言葉に強い拒否感を覚えた。

「やめてください、そんな」

「すでに、十台以上の監視カメラが校内にあって、二十四時間、作動している。それが現実ですよ」

「天岡先生、それは違います。監視カメラは安全のためのもので、子どもを見張るためのものではありません。学校で監視をして犯人捜しをするなんて、とても考えられません」

「じゃあ、どうするんですか」

彼は反問した。

「監視は信頼を壊します」

「ビデオカメラ以外の方法がありますか」

私の頭には何ひとつ浮かんでこなかった。

「田代先生、最近、変わりましたね。よく発言をされますね。前はそうじゃなかった」

主幹の声は皮肉な調子をおびていて、私は内面に土足で踏みこまれたような不快感を覚えた。校長が牽制するかのように片手を胸の高さに上げた。

「話を戻しましょう」

彼女は言い、言葉を継いだ。

「学校はコンビニではないし、犯人を挙げる場所ではありませんからね。それに、親が犯人扱いされたと騒ぐかも知れない。橘小学校は警察まがいの手口を使うらしいというような噂になっても困るわね。ビデオ以外の方法を考えなければね」

「だめですか。分かりました」

天岡はすぐに引き、神ノ池の顔を見た。

「神ノ池先生、どうしますか」

彼は責任を取ってもらうと言わんばかりに神ノ池を見据えて強い口調で言った。

「日直当番が立つことにしましょう」

すでに考えていたのか、彼は即答した。

「日直当番ですか」

私は昔の五人組を連想した。そんなことを子どもにさせるわけにはいかない。

「お互いに見張るということですよね。子どもどうしを分断しませんか」

私が言うと、神ノ池は考えこんでいたが、しばらくしてさっぱりした顔つきになった。

「田代先生の言われるとおりかも知れません。提案を取り下げます」

「そうね、考えものだわね。時間を縛ってストレスをためる可能性があるわね。それに、こちらで決めたことを子どもたちに押しつけると反発が強いでしょう。高学年は難しい時期ですからね」

山根校長がうなずいた。

「田代先生、何かいい考えがありますか」

天岡は私に振った。反対ばかりしないで案を出せと鋭い目つきが語っている。けれども、いくら考えても何も浮かんでこなかった。

「では、鍵をつけるということにします。それしかありません」

天岡が念を押した。

夕飯の支度を終えたとき、進二から電話がかかってきた。急な仕事が入り、帰宅が遅くなるという。

私はCDをかけ、照明を落として居間の窓辺に立った。窓の外は月のない濃い闇夜で、静寂に塗りこめられている。

ショパンは異郷にあって、ポーランドのぶどう畑や麦畑や森や川を目に浮かべ、懐かしい人々に思いを馳せて曲を作ったのだろうか。疾風を思わせるピアノの旋律が胸をたたき、いつしか、思いは水沢たち母子へと移っていた。母と子は故郷の光景をどのように思い浮かべるのだろう。故郷へ戻る日はあるのだろうか。

ふいにクラスの親はだいじょうぶですか、という校長の言葉が頭に浮かんできた。どうしたらいいのだろう。とりとめのないことが次々に浮かんでくる。大切なものが手からこぼれ落ちていく気がして、担任失格、指導力不足という言葉が頭に浮かんだ。教員に合っていないのではないだろうか。そう考えると、いっそう強い不安に駆られた。

進二が帰宅し、遅い夕食をすませた。そして、夕食の片づけをしたあと、居間でくつろいだ。新聞を広げている彼に、私は落書きのことを説明した。

「それは心配やな」

私がひととおり説明すると、彼は言った。

「けど、どうしてそんなことが起きるんや」

何をしているんだと問われている気がした。

「アカリちゃんはだいじょうぶか」

彼の言葉にアカリの、涙に滲んだ目が脳裡をよぎった。

「とても傷ついてる。ホーシャノーが来たッという字の傍に近づけなかった。明日が心配やわ。登校できるといいんだけど」

彼は黙っていたがしばらくして、口を開いた。

「ショパンの生家は簡素だった。必要なものだけだったという記憶が残っている。簡素さは僕たちの国から急速に失われていくようやなあ。それと一緒に何かを奪われていく気がする」

進二はつぶやいた。彼が東欧八か国を訪れたのは三十代後半のことで、職場の仲間と二週間の日程で行ったのだった。

「子どもが津波ごっこやホーシャノーごっこをする国になったか」

彼は何かを探るように天井の隅をにらみつけた。

「だが、実際のところ、この国でホーシャノーごっこを始めたのは誰だ。それが子どもじゃないことは確かだ」

彼はかすれた声で言い、咳ばらいをしたあと、新聞に目を戻した。

私は再びＣＤをかけた。荒れ狂う奔流《ほんりゅう》をイメージさせるピアノの音調が、やがて絶え入るような弱音に変わり、しきりに何かを問いかけてくる。


翌朝、私は学校へ直行せず、遠回りして集団登校の集まり場へ車を走らせた。アカリは登校できるだろうか。酒店の傍の十メートルほど手前で車をとめ、アカリがいますようにと祈る気持ちで集まり場を見た。

アカリはいた。空色のＴシャツを着ている少女の姿が、数人の子どもたちの輪の中で朝の陽光に包まれてまぶしかった。


学校に着いて机上のパソコンを開くと、☆本日から空き教室に施錠と書いてあった。職員室の正面の黒板にも赤いチョークで空き教室に施錠と書いてある。見慣れた主幹の文字はいつもの整った楷書で書いてあった。

教室への階段を上るとき、ふくらはぎがだるかった。風邪を引いたのかも知れないと弱気になりかけたが、集まり場で見たアカリの姿を思い浮かべて気を取り直した。

空き教室の前まで来ると、六年生の男子数人が「許可なく出入りを禁止します」という貼り紙を見ていた。鮮やかな朱墨の文字だ。入り口には南京錠が鈍い光を放っている。ひとりの男子が横の男子を肘でつつくと、彼らがいっせいに私を見た。白い部分が目立つ目、管理の側にいる者だと私を告発している目だ。彼らは肩をいからせて六年生の教室へ去った。貼り紙の、勢いのある文字と金属製の南京錠が侘しく見え、後頭部に鈍い痛みが走った。やはり風邪を引いたのかも知れない。

一時間目が終わった。アカリはどんな日記を書いたのだろうと気になり、私は窓際の机に積んだ中からアカリの日記帳を抜き取って開いた。一行だけのていねいな字が並んでいた。

明日がいい日になりますように。

四時間目が終わった。手洗い場へ行くと、空色のTシャツ、膝丈の若草色のパンツ姿のアカリが手を洗っていた。私は傍へ行って話しかけた。

「落書きのことだけど、お母さんとナホちゃんには話したの」

「いいえ」

アカリは首を横に振った。母親と妹に打ち明けなかったのは、悲しませたくなかったのか、あるいは心配をかけたくなかったのか、いかにもアカリらしいと思った。

「日記帳にいい言葉を書いたね」

「日記帳を広げて考えてたら、おばあちゃんを思い出したんです。いやなことがあったとき、明日がいい日になりますようにと何回も書きつけたらいいって、おばあちゃんが教えてくれました」

そう言って、アカリは白いタオルハンカチで手を拭きながら手洗い場を離れた。私は深くうなずく思いで、少女のうしろ姿を見つめた。アカリは落書きで傷ついたことを母親と妹に話せず、死んだ祖母に訴えたのだ。祖母に語りかけているうちに、明日がいい日になりますようにという言葉が少女の心に甦った。アカリは祖母と血縁関係はないが、離れがたく結ばれていて、津波にのみこまれた亡き祖母が少女を励ましている。

その日の夜、私は帰宅してキャベツとネギを刻み、お好み焼きの材料を揃えた。壁の円い時計を見ると、進二が帰るまでにまだ時間があった。ジャガイモ入りのお好み焼きを喜ぶ彼の顔を思い浮かべながら、私はジャガイモをゆでた。

食事の準備を終えてパソコンを開くと、山梨県の学生アパートにいる娘の未知から、珍しくメールが届いていた。

お母さん

タチバナ高原の紅茶をありがとう。小学生のとき、総合学習の時間に茶摘みをしたこと、緑一面の茶畑の景色を思い出しました。タチバナ平和まつり、いいなあ。まつりは大震災を風化させない力になっていて、新しい方向へ進んでて、私の故郷はいい感じです。

夏休みにまた福島へ行くことを決めたせいか、被災地のことをよく思い出します。でも、私の周りでは、すでに風化が始まっている気配です。

原発を再稼働するらしいね、輸出もするってね、原発事故は終わったんだね、と学生アパートの隣人に言われました。その言葉を聞いたとき、「私たちのことを忘れないでください」という被災地の方の言葉を思い出しました。あれこれ考えましたが、前に福島を訪れたときの感想文集を隣人に手渡しました。次は、『夜と霧』を勧めてみようかな。

就職のことを考えると、ほんとに就職ができるのかなと憂鬱です。被災地や橘町のことを考えたり話したりしていると、少しまともでいられる気がします。

未知

金曜日の朝、目が覚めたとき、ひどく頭痛がした。学校を休もうかと思って布団の中でぐずぐずしていると、水沢アカリの顔が目に浮かんできた。ホーシャノーが来たッという落書きを見て、アカリは涙を滲ませていた。昨日は登校できたが、今日もできるだろうか。気になる子どもがほかにもいる。行くよッ、と声に出して私は思いきって布団から身を引きはがした。

酒店が見えてきたところで、車をとめた。集団登校のために集まっている十人ほどの子どもたちの中に、水沢アカリと妹のナホがいる。朝陽をあびているアカリの姿がくっきりと見えた。アカリは今日も登校できたと、私は思わず安堵の息をもらした。きのうのアカリの日記に書いてあった、明日はいいことがありますようにという言葉が思い出された。

日曜日、朝食のあと、進二が椅子を立った。

「畑に行ってくる。由岐、片づけを頼むで」

「分かった」

「元気がないな」

「うん」

彼は軽い足どりでキッチンを出ていった。

金曜日から続いていた頭痛は消えたが、私は落ち着かなかった。こんなときは体を動かすに限る。朝食の片づけをしたあと、雑巾でキッチンの床を拭き、広縁と洗面所まで手を伸ばした。けれども、学級の子どものことが頭の隅に引っかかっている。洗面所の床を磨きながら、私は二日前の日比野俊介とのやりとりを思い返した。


「俊介君、ノラ猫に石を投げたって聞いたけど、ほんとうなの」

「誰に聞いたんですか」

「変やなあ。博士は動物愛護派でしょう」

「田代先生は地獄耳ですね」

「どうして、ノラ猫に石を」

「体がなまってたので、肩慣らしをしてたら、たまたま、そこにノラ猫がいたんですよ」

そう言って、俊介は放課後の教室で目を宙に泳がせたのだった。

私が出かける準備をしていると、進二が畑から戻ってきた。彼は夏野菜を入れた竹ざるを軽く持ち上げて見せた。もぎ立てのキュウリとトマトが入っていて、おのれの新鮮さを口々に主張しているかのように見える。

「マクワウリが赤ん坊のこぶしぐらいになって、葉っぱの陰でコロンコロンと転がってる。かわいいで。見にいくか」

彼の言葉に、私はうっすらと黄色に色づいたマクワウリを思い浮かべた。マクワウリは私と娘の大好物だった。

「あとでね。これから、学校へ行ってくる」

「日曜出動か。由岐の猛進が始まったな」

「昼までに帰るわ」

彼の不機嫌を感じたが、立ちどまらなかった。


小学校の近くまで車を走らせ、ふと公園を見ると、子どもがいる。私は道の端に車を寄せて、ベンチにすわっている少年のうしろ姿を見つめた。大きな椿の木が少年に濃い影を落としている。暗緑色の影に包まれた体つきが日比野俊介と似ている。

車を降りて数本の南京ハゼの横を歩き、公園に足を踏み入れた。背もたれのないベンチにすわっている少年がふり返った。やはり、俊介だった。

私は近づいていった。

「俊介君、こんにちは」

「先生、どうしたんですか。だいじょうぶですよ。ノラ猫をいじめたりしませんよ」

紺色のTシャツとココア色のハーフパンツ姿の少年は軽い口調で言った。

「それは信じてる。だけど、最近の俊介君はいつもと違う気がして、心配で」

「相変わらず心配性ですね」

彼は冗談に紛らわせるかのように答えた。

そのとき、背後で子どもの声がした。

「田代先生」

ふり返ると、茨木花菜と水沢アカリが私たちを見比べるようにして近づいてくる。ふたりとも空色のTシャツを着て、花菜は膝丈のスカート、アカリはスキニーパンツをはいている。

「ナホちゃんは一緒じゃないの」

「夏風邪を引いて家にいます」

「そうなの」

いいところへ来てくれた。アカリに聞きたいことがある。妹のナホがいないのは好都合だが、花菜と俊介の前で話してもいいだろうか。私はふたりの顔を見た。そして、だいじょうぶだと判断した。

「アカリちゃん、お母さんに落書きのことを話さなかったって言ってたね」

私が聞いた瞬間、アカリは足もとに目を落とした。しばらくして、小声でつぶやいた。

「家族の誰かがしょんぼりしていると、海に行こうと誘いました」

いまにも消え入りそうな声。アカリは何の話をしているのだろう。

「アカリちゃん、誰が海に行こうって誘ったの」

私が聞くより早く、花菜が尋ねた。

「お父さん」

アカリがポツンと答えた。見ると、アカリの目の色がはっとするほど深くなっている。アカリにかける言葉を探していると、ふいに花菜がアカリの手を引っ張った。

「アカリちゃん、ブランコに乗ろう」

ブランコは風をきり、宙に弧を描いた。津波はアカリを海に誘ってくれた父親をさらっていったのだと改めて思い、私は少女たちを目で追った。

俊介のすわっている簡素な朽葉色のベンチに私も腰を下ろし、ブランコのきしむ音を聞いた。俊介に何を話せばいいのだろう。母親のことを聞こうとしたが、口に出せなかった。

しばらくして、ブランコの音がやんだ。ふたりの少女はブランコの傍で私たちを見ていたが、何故か、アカリが近づいてきた。そして、さっと上体をかがめていきなり俊介のふくらはぎをたたいた。私は驚いて、アカリを見た。俊介と花菜は口を半開きにしている。アカリが無言のまま手のひらを見せた。血の滲んだ蚊が手の中でひしゃげている。

「真剣パンチやな、蚊取り名人や」

私が言うと、アカリは心もち顔を上げ、傍らの水道で手を洗った。そして、ハンカチでていねいに手を拭いたあと、花菜を誘った。

「学校へ行こうか」

アカリは蚊を退治し、自分から花菜を誘った。学校では控え目だが、ここでは積極的だ。アカリと花菜が南京ハゼの木の向こうに遠ざかり、私は俊介と公園に残った。何を聞けばいいのか。やはり、この言葉しか考えつかなかった。私はためらいをふり払い、思いきって聞いた。

「今月は、お母さんのマンションに行ったの」

彼は頬を硬くし、しばらく黙っていた。

「行ったけど、いなかったんです。管理人さんが二通の手紙を渡してくれました」

渇いた声で言ったあと、再び口をつぐんだ。

「お母さんは、ご病気なの」

「再婚します」

ボソッと言葉を押し出した。思いがけない返事に、私はうろたえた。

「お父さんと梅乃さんは何て」

「父と梅乃さんはいつもどおりです。僕もいつもどおりです」

彼は冷静だった。その語調に、私は父と祖母へのいたわりを感じた。もしかしたら、母親へのいたわりさえ含まれているのかも知れない。私がそう考えていると、彼が足もとの小石を拾い、いきなり椿《つばき》の木の向こうに投げつけた。

「子どもが生まれるそうです」

彼は感情のこもっていない声で言った。何か言わなければならないと私は焦った。

「月に一度、お母さんと過ごすのを、楽しみに待ってたのにね」

まの抜けた言葉をかけてしまった。

「俊介君、どうしたいの」

彼はうつむいて唇をかんでいる。

「もう、いいんです」

「でも」

「よくあることです。僕は、いつもどおりです」

私は黙って、立ったままの彼の横顔を見上げた。

ふいにクマゼミの鳴き声が降りそそいだ。その鳴き声につき動かされるかのように俊介は水道の栓をひねり、水をほとばしらせて顔を洗った。そして、乱暴にハンカチで顔を拭いた。

「クマゼミばっかりや。ニイニイゼミは何故いないのかなあ」

彼はハンカチを片手に言った。

「もっとお父さんや梅乃さんやお母さんと話をして、俊介君の願いを言った方がいいと思うけど」

「みじめになりたくない。同情されたくない」

「うん」

「もう、終わりにします」

彼は手に持っているハンカチに初めて気がついたかのような顔をして、ポケットに押しこんだ。

「終わりにできるの」

彼はうなずいた。放心しているようにも、考えこんでいるようにも見えた。クマゼミの高い鳴き声に包まれているのに、しだいに底深い静寂の底にいる気がしてきた。

「帰ります」

ふいに彼は言った。

「車で送るね」

「ひとりで帰ります」

「俊介君、また、明日ね」

彼はのろのろと歩き始めたが、公園の入り口で急に足を速めた。けれども、南京ハゼの木が果てる辺りで、また足をゆるめた。不安定な歩き方が私を動揺させた。俊介が無理に背伸びをして、あえいでいる気がしてならなかった。

私は彼の帰っていく家を思った。渋い緑色の屋根のしゃれた洋館、広い前庭の大きな木、きれいに刈りこまれた芝生。背すじが伸びてきりっとしている祖母の梅乃、会ったことのない俊介の父。

結局、俊介の悩みの片鱗《へんりん》にさえ触れられず、まして、支えることなどできなかった。そう思いながら、しばらくの間、私は椿の木の傍に佇んでいた。

月曜日の昼休み、石井伸の仲間四人が教室の後方でしゃべっている。私はためらう気持ちをふりきって彼らの傍へ近づいた。伸が合図をすると彼らは一斉に動き、素早い身のこなしで教室を出て階段を駆け下りた。取り残された私は重い足どりで窓際の机まで歩いた。そして、椅子に腰を落として机上に積まれた子どもたちの日記帳をぼんやりと眺めた。

石井伸の日記帳を手に取って開くと、二十日前に書いたきり、その日も何も書いてなかった。空白のページを見ていると、階段を駆け下りた彼の姿が思い出され、気が滅入った。

けれども、こんなときこそ、日記の三つの原則を守ろうと思った。日記指導に悩んでいるとき、若村優子がその原則を教えてくれた。書きたいことを、書きたいように、書きたいだけ書く。つまり、書きたくないときは日記帳を出すだけでいい。子どもたちを縛ることが学校の内にも外にもひしめいている。せめて日記には自由に向かい合ってほしい。私は石井伸の日記帳を手に、三つの原則をもう一度自分に確かめた。

石井伸のことを考えるのをやめて、私は日比野俊介のことを考え始めた。

日曜日、公園から家に帰った俊介は祖母や父親とどんな話をしたのだろうか。日記に手がかりがあるかもしれないと思い、俊介の日記帳を抜き出した。彼の字は前よりもいっそう乱れていて読み辛かった。これまで、俊介は日記帳に宇宙や野生動物のことなどについて書くことが多かった。博士と呼ばれているだけあって読みごたえがあった。けれども、その日の日記は大きく変化していた。

僕は祖母を梅乃さんと呼んでいる。祖母の茶碗蒸しは抜群だ。趣味は俳句、茶道、手話、テニス、映画鑑賞などで、フランス語の教室にも通っている。

時々、祖母はピアノを弾く。最近、聞いた話だが、祖母のお姉さんのピアノは天才的だったが、戦争中にアメリカ軍の機銃掃射で死んだという。

日比野家には家訓がある。「グチを言わない。規則正しい生活をする」という家訓で、梅乃さんは死ぬまで守り続けると言う。最近、梅乃さんは家訓をひんぱんに口にするようになった。

家族が俊介の日記に登場したのは初めてだと思っていると、昼休みの終わりのチャイムが鳴った。掃除の時間、掃除ロッカーからほうきを取り出した俊介に、私は声をかけた。

「初めて日記に梅乃さんのことを書いたんだね。宇宙や野生動物のこともいいけど、家族のこともいいなあ」

彼はほうきを床に立てた。

「次はお父さんのことを書くのかな」

「さあ」

俊介は考えこむ顔つきになり、目をそらせた。

「今日、梅乃さんは家におられるかな」

「いますけど」

「俊介君の日記を読んで、何だか話をしたくなったわ。梅乃さんに電話をかけてもいいかなあ」

私が言うと、彼は首をかしげた。そして、ほうきで床をはき始めた。

そのとき、ふと視線を感じて私は廊下の方を見た。石井伸がモップを立てて私を見ている。ゆっくりとモップを動かしながら、強い視線を向けている。私は廊下に出て、声をかけた。

「がんばってるね」

伸はチラッと私を見ただけで、返事をしなかった。昼休みに話しかけたとき、伸は仲間と階段の方へ去ったが、いまは同じ場所にとどまっている。避ける感じは変わっていないが、去られるよりもずっといいと私は自分を慰めた。

帰りの会が終わり、子どもたちが慌ただしく教室を出ていく。子どもたちの放課後は忙しい。学習塾、ＥＳＳ、体操教室、ピアノ、書道、スイミングクラブ、サッカー教室、野球クラブなどで、子どもたちの時間は埋まっている。ひとりで三つをこなしている子もいる。午後、早退してフィギュアスケートの教室に遠方まで通う子もいて母親の運転する車の中で昼食をとり、オリンピックを目指しているのだった。塾や稽古ごとは経費がかかる上、多くの父母や祖父母が送迎に追われている。

塾や稽古ごとに行かない子どもは少数派だ。その少数派の茨木花菜と水沢アカリが教室に残っている。私は窓際の机の前にすわって、ひと息ついた。

「先生」

花菜が言いながら、アカリと一緒に傍に来た。ふとアカリが公園で蚊をしとめたことを思い出した。

「アカリちゃんが蚊取り名人だったとはなあ。強烈な真剣パンチに驚いたわ」

私が言うと、アカリは瞬きをした。その様子が愛らしかった。

「ナホちゃんの夏風邪はどうなの」

「治りました」

「先生、きのうは、ちょっとだけ会えましたね」

花菜が言った。

「ちょっとだけね。あとで学校へ寄ってみたけど、ふたりともいなかったね」

「先生は俊介君と話があるようだったので、私たちは学校へ行って、でも、すぐに帰ったんです」

花菜は説明し、ランドセルを肩にかけた。

「じゃあ、公園でね」

花菜が言うと、アカリはうなずき、ランドセルを背負った。公園にいるときのアカリは積極的に見えたが、学校では口数が少ない。前にも、転校先の学校でいじめがあったようだが、学校では縮こまってしまうのだろうか。


職員室に戻り、日比野俊介の家に電話をかけると、祖母の梅乃が電話に出た。前日、私が俊介と公園で会ったことは知らないようだった。俊介は祖母に話さなかったらしい。私はタチバナ平和まつりに参加してもらったお礼を言った。

「特に用事はないのですが、俊介君がご家族のことを日記に書いたので、お知らせしたくなりまして」

我ながら言い訳がましい口調になった。

「そうでしたか」

彼女はそう言ったきり黙っているので、私は話題を変えた。

「日比野さんはお忙しいんでしょうね」

「そうですのよ。父親が家庭訪問や参観などを失礼しまして、私の代役で申し訳ございません」

「いいえ、そんな、私の方こそ急に電話をかけて申し訳ありませんでした」

私は気詰まりになって詫びた。彼女は自分の素っ気なさに気づいたふうに言葉を足した。

「いいえ、田代先生にお話を聞かせていただいて嬉しゅうございました」

言葉とは裏腹に、彼女はちっとも嬉しそうではなく、電話を終わりたがっているようだった。


翌朝の始業前、水沢アカリが職員室に入ってきて、私の傍に立った。初めてひとりで職員室に入って緊張しているのか、頬がこわばっている。アカリはふっと息をついた。

「きのう、公園の猫に餌を持っていったんです」

「優しいのね」

アカリは被災の直後に空腹の辛さを何度も体験している。ノラ猫のひもじさを自分のこととして感じているのに違いなかった。

「途中で俊介君が来て、ノラにかまうなって怒ったんです。でも、石は投げずに我慢してました」

話したあと、ホッとしている様子の、アカリの目の奥が輝いて見えた。

「知らせてくれて、ありがとう」

私は少女の両肩に手を置いた。


その日の放課後、子どもたちが帰ったあと、日比野俊介がひとりで教室に残っていた。

「俊介君、聞きたいことがあるんだけど」

「いいですよ」

私は彼の傍の椅子に腰を下ろした。

「きのうも、公園に行ったんだって」

「ヤッパ、先生は地獄耳だな」

「地獄耳じゃなければ、担任はやっていけないの」

「先生、五年生の女子は大人ですね」

「どうして、そう思うの」

俊介はうつむいたが、しばらくして顔を上げた。

「日曜日、公園で、話を聞かれたくないなと思ってたら、出てってくれて」

「ほんとうに、アカリちゃんと花菜ちゃんは察しがいいね。思いやりだね、きっと」

私が言うと、彼はうなずいた。私は公園での話の続きをしようとした。その前に、彼が低い声でつぶやいた。

「僕は二度、母に棄てられた」

一回目は母親が離婚して家を出たときだろう。そして、二回目は母親の再婚と妊娠だろうか。俊介に何を言えばいいのか、言葉を思いつかなかった。

「お守りを持っています」

彼が唐突に言った。

「何のお守りなの」

私が聞くと、彼は黙ってランドセルを開けた。そして、名刺ほどの大きさの紙を取り出した。細いペン書きの漢字と数字がその紙に書いてあった。

「住所と電話番号ね」

彼は否定せず、それが返事だというかのように、紙切れを二つに破り、さらに繰り返した。ちぎられ続け、文字は完全に読めなくなった。

「いくら破っても、消えない」

そのとき、私は彼の行為の意味を理解した。おそらく彼の脳裏には母の住所と電話番号が刻まれている。それを消そうとして躍起になっている。その事実が私の胸をえぐった。

突然、俊介が握りこぶしで机をたたいた。机は重い音を立てた。私は硬く握られた彼の手を見た。骨ばって日焼けした少年らしいこぶしだった。


「グチを言わない」

彼は押し殺したような声で言い、横を向いた。

「僕なんか」

腹の底からしぼり出されたかのような、少年とは思えないしゃがれた声が私の心臓に響いた。

「怒りたいときは思い切り怒ればいい」

私が言うと、彼はいきなり机を押し倒した。そのとき、強烈な思いがのどもとにせり上がってきた。何に対する激情なのか分からないまま、私は彼の肩《けん》甲骨《こうこつ》が激しく上下するのを見守った。


日比野俊介が放課後の教室で机を押し倒した日から、一週間が過ぎた。彼は表面的には落ち着きを取り戻したかのように見えたが、内面では激しい葛藤が続いているらしかった。ときおり、激しく上下していた彼の肩甲骨が私の胸をよぎった。

その日、彼が日記帳にノラ猫のことを書いてきた。依然として文字が乱れている。

今日も公園へ行った。

公園のノラ猫は、年寄りで腹をすかせてよろついている。ノラ猫は転校してきた女子になついている。なつくはずで、餌をやっているのだ。転校してきた子はノラ猫の母親のようだ。

僕は前、猫に石を投げたことがある。そのとき、転校生の女子が、

「痛い」

と言ったので、僕は驚いた。

猫に石が当たった瞬間、僕は痛い。転校生の女子にも猫の痛さが分かる。僕にも分かる。

ノラ猫も、転校生も、僕も痛い。


彼の日記を読んだとき、俊介の心の傷を思い、私は涙をこぼした。ノラ猫の母親のようだという言葉を、俊介はどんな思いで書いたのだろう。彼の文章を自分のノートに書き写しながら、私は俊介の日記に友だちが登場したことに気づいた。それがいい兆《きざ》しであってほしいと願った。

私は学級の子どもたちの顔を思い浮かべた。社会は子どもにとって痛いことに満ちている。

休み時間に、私は俊介の傍へ行った。

「お父さんの帰宅時刻が分かるかな」

「今日は珍しく早くて、八時前に帰ってきます。で、金曜日から月曜日まで出張します」

「予定をちゃんと知ってるのね」

「日比野家は予定をオープンにしておく方針です」

俊介の父親は弁護士で、勤めている法律事務所は京都市内にあった。

「今夜、お父さんに電話をするね」

彼は怪訝《けげん》そうな顔をした。


その夜、私は俊介の父親に電話をかけ、俊介は母親のことで悩んでいるようなので、とても心配しているということを話した。黙って聞いていた父親がおもむろに口を開いた。

「これは私の家庭内の問題です。息子はきちんと整理をしています」

落ち着いた声だった。

「そうですよね。立ち入って申し訳ありません」

「お分かりなら、これで」

「待ってください。もう少し話を聞いてください」

私は公園のノラ猫のことを話した。私の話が終わるのを待ち兼ねていたかのように、彼は言った。

「では、失礼します」

「待ってください。きょう、俊介君が初めて友だちのことを日記に書いたんです」

「これまで、友だちのことを書きませんでしたか」

「はい」

「そうですか。書きませんでしたか」

私は息を深く吸った。そして、ノートに書き写した俊介の日記を読み始めた。電話の向こうは静かだった。父親の硬い沈黙は私の読む気をそいだ。けれども、伝えたい。伝えなければならない。

読み始めに声が震えたが、あとは集中した。転校してきた子はノラ猫の母親のようだという文章を読んだ。

「猫に石が当たった瞬間、僕は痛い。転校生の女子にも猫の痛さが分かる。僕にも分かる。ノラ猫も、転校生も、僕も痛い」という最後の三行を読んでいるとき、こらえていた涙があふれ出た。

「俊介君は誰も傷つけまいとしているのではないでしょうか。俊介君は真摯で、繊細です。自分の内側にこもって、痛みに耐えている気がします」

返事はなかった。


「失礼します」

突然、電話がきられ、私は受話器を持ったまま立ちすくんだ。

十　泥の船

放課後、職員室に戻ろうとして校長室の前を通りかかると、かん高い女性の声が聞こえた。何人もいるようだ。そのとがった口調に、誰が来ているのだろうと思いながら私は職員室に入った。

「来客ですか」

私が天岡主幹に聞くと、彼は正面の席でパソコンのキーをたたく手をとめた。

「六年生の保護者ですよ。五人とも、神ノ池先生をバッシングしてますよ」

「神ノ池先生はどこですか」

天岡があごで校長室を示した。私はバッシングの渦中の若い担任の姿を想像した。

「だいじょうぶでしょうか」

私の問いに、天岡はうむと生返事を返した。

窓の外に夕闇が下りるころ、六年生の保護者が帰っていく声がした。神ノ池章吾が表情を欠いた顔つきで校長室から出てきて、入れ替わりに天岡主幹が校長室へ入った。

神ノ池は席にすわったが、無言だった。しだいに職員室の空気がお互いを探り合っているかのように重くなっていく。若村優子がいればいいのだが、あいにく姿が見えない。重苦しい雰囲気に耐えかねて、私は隣の席の神ノ池に小声で聞いた。

「保護者は何を言ってるんですか」

「落書きをしていないのに、子どもを疑ったと言うんです。で、あさって、日曜日の午後に学級懇談会を開くことになりました」

緊急事態だ。

「職員会議が必要だと思うけど」

私は言ったが、神ノ池は黙っている。

「教室を見てきます」

そう言って、神ノ池は職員室を出ていった。

天岡主幹が校長室から戻ってきて、自分の席にすわった。うんざりしたような顔をしている。

「吊るし上げにならなければ、いいんですがね」

天岡が誰にともなく言うと、一年生担任の木村早苗が私の前の席で日に焼けた顔を上げた。

「いまや、学校は泥の船やわ」

早苗はつぶやいた。彼女の口調にはサバサバした感じがあり、それがかえって現実味を感じさせた。天岡主幹が早苗を見たあと、その目を私に移した。

「五年生はだいじょうぶですか」

天岡の問いかけに、だいじょうぶですと答えるのを私はためらった。


月曜日の朝、出勤してパソコンを開くと、六年生の学級懇談会のことが書いてあった。

★六年生の学級懇談会、保護者の半数、学校長と担任が参加
☆空き教室に新しい南京錠を設置

六年生の学級懇談会はどうだったのだろう、職員会議は開かれないのだろうか、と気をもんでいると、若村優子が校長室から出てきた。

「職員会議は開かれないわ」

優子は隣の席に座ると、無念そうに言った。

六年生担任の神ノ池章吾はぎりぎりに出勤し、会話を避けるかのように教室へ行ってしまった。私は若村優子と連れ立って教室へ向かった。

「今朝、校長先生と話されたんですか」

私が聞くと、彼女は眉根を寄せた。

「神ノ池先生はまるで被告席だったって」

「そんな、被告席だなんて」

「中学校受験が目の前で大事な時期だとか、浅薄な言動を慎んでほしいとか、強硬な意見が出たらしいで。宿題が多過ぎるとか、反対に宿題が少ないとか、言いたい放題の親がいたらしくて、校長先生も心配そうやった。親も焦ってるんかなあ」

優子の言葉に、私は胸が苦しくなった。神ノ池は日曜日の夜をどう過ごしたのだろうか。整理はついたのだろうか。

「神ノ池先生に教職員組合を勧めようかな」

優子が言ったので、聞き違いかと思った。

「組合をですか」

「そう」

「こんなときにですか」

「教員を辞めようと思ったときのことを思い出すわ。娘のことで悩んでてね」

優子がしんみりした口調で言ったので、彼女の娘が出産して高校を中退したことを思い出した。

彼女が足をとめたので、私も立ちどまった。優子は過去と対話しているかのような目をしている。

「あの苦しいときを乗り越えられたのは、教職員組合のおかげやと思ってる。神ノ池先生には、きっと、いま、学習と仲間の支えが必要やわ」

彼女が歩き出したので、私は肩を並べた。空き教室の前で、新しい南京錠を見た。大人のこぶしぐらいの錠がものものしく光っていた。ガラス窓越しにのぞくと、黒板に落書きはなく、地球儀は直立し、小黒板もきちんと並んでいる。暗幕の入った段ボール箱のふたは閉まっていて、どこにも乱れているところはなかった。


昼休みに職員室へ戻ろうとして、教室を出た。

「田代先生」

廊下を歩いていると、うしろから声をかけられた。振り返ると神ノ池章吾だった。彼が進んで声をかけることは滅多にない。

「きのうはお疲れさまでした」

私は日曜日の学級懇談会をねぎらった。

「覚悟はしてたけど、想像以上で、ムカッとして、ブッちぎれそうになりました」

神ノ池の生《なま》の声を初めて聞いた気がした。

「聴くことに徹すると決めて臨んだんです」

「聴くことに徹する、ですか」

「福島に行ったときに、ボランティアセンターで教えてもらったんです」

彼は福島大学の出身で、春の連休中に福島を訪れたのだった。彼は話しながら歩き、昇降口のところで立ちどまった。私も足をとめた。

「ショックでした。校長室で聞いたときよりもきつかった。軽率な発言をやめてほしいとか、ひげをそってほしいとか」

本人の口から聞くと、寒ざむしかった。

「よく、そんなことを言いますね」

「泥足で首根っこを踏みつけられた気分でした」

「あなたはそんなに立派なんですかって、言い返せばよかったのに」

「頭の中で毒づきましたよ。でも、面と向かっては、とても」

「言えませんよね」

憂鬱な気分で彼を見た。ところが、意外なことに彼の口もとには笑みが浮かんでいる。

「太ももを指でつねって耐えました」

彼は深刻さをはね飛ばすかのように軽く言った。

「太ももを、つねったんですか」

私も彼の笑みに誘われた気分でその様子を想像し、ふっとおかしみを覚えた。

「始まる前に、校長先生に教えてもらいました」

「校長先生にですか」

「そうです。うちの娘はあなたと同じ年で、教員になりたがってたけど、なれなかったと言われました。いま、何をしておられるんでしょうか」

「二年あまり前、病気で亡くなられたそうです。何でも、原発事故のあった日だったとか」

「知りませんでした」

彼は一瞬沈黙し、私は話題を変えた。

「ほかにどんな意見が出たの」

「担任を替えてほしいという声が出たときも、太ももを強くつねったけど、もう限界だと思いました。そのとき、連休に見た福島の光景が頭に浮かびました。畑にも田んぼにも庭にも草が生え放題で、その中に耕された畑があって、ソラマメが植えてあったんです。草ぼうぼうの中の小さい畑のソラマメを思い出して、ブッちぎれずに済みました」

何となく分かる気がした。そして、福島のその光景といまの学校はどこか似ているとも思った。

「友だちがソラマメの塩ゆでを持ってきてくれて、学生アパートで食べた。メッチャうまかったなあ」

「もしかしたら、ご家族が津波でさらわれて、放射能汚染で捜せなかったというお友だちですか」

彼は顔をゆがめてうなずいた。そして、下靴にはき替えてダッシュし、校庭でクラス遊びをしている子どもたちの群れの中に走りこんだ。


放課後、私は職員室に戻った。

「六年生が終わったばかりなのに、次は五年生ですよ。明日は我が身とは、よく言ったものですね」

天岡主幹が言った。私はその意味をとっさに理解できず、パソコンを立ち上げて目を走らせた。

★五年生の保護者三人来校、学校長が対応

☆学級懇談会を開催　ＰＴＡ学級委員より各家庭に連絡

まさかと思い、もう一度確かめた。やはり、私のクラスが学級懇談会を開くことになっている。校長は学級懇談会の開催を独断で決めた。担任には事後承諾だということに引っかかりながらも、今となっては受けるしかなかった。

石井伸たち四人の男子の冷めた目つきがよぎった。彼らが親を巻きこんだのだろうか。動悸が胸を打ち始めている。若村優子が心配そうな顔を私に向けた。

「教育は石ころを積むようなもの、ゆるりとね」

彼女は私に目をぴたりと合わせて言った。


夕飯の片づけをすませ、進二と居間のソファーにすわった。彼が私を見た。

「どうした」

彼に問われ、私は重い口を開いた。日曜日に六年生の学級懇談会が開かれて担任の神ノ池章吾が親に追及されたこと、来週の日曜日に、今度は私のクラスで学級懇談会をすることになったいきさつを説明した。

「私も神ノ池先生みたいに太ももをつねるわ」

「人真似ではなあ」

「じゃあ、どうすればいいのよ」

彼は眉根を寄せて黙っている。進二は頼りにならない。苛々してきた。とんでもない学級懇談会になる気がして弱気が頭をもたげた。こんなとき、いつもは気分を紛らわせるために床を雑巾で拭くのだが、その気にもなれない。

「若村先生に相談したか」

「教育は石ころを積むようなもの、ゆるりとねって言われた」

「なるほど、石ころを積むか」

自分なりに石ころを積めるだろうか。しばらく考え、いま、私にできることがあるだろうか。まず日比野俊介のことを何とかしようと思った。電話をかけてみようか。ひるむ気持ちを抑えつけ、電話器に近づいた。

「日比野でございます」

俊介の祖母の声がした。私は日曜日に学級懇談会が開かれることを伝えた。

「ＰＴＡの学級委員さんにご連絡をいただきましたので、存じています」

「俊介君はいろいろと思い悩んでいると思いますので、ぜひとも、参加していただけませんか」

「あいにく私は予定がありまして、息子も事務所の仕事が多忙を極めていますようで、申し訳ございませんが、おそらく無理だと存じます。お電話があったことは申し伝えます」

祖母の声はよそよそしく、話は続かなかった。受話器を置いたとき、電話をかける前よりも気持ちが萎《な》えていた。しばらくして、電話の呼び出し音が鳴った。受話器を取ると、俊介の父親からだった。

「母から連絡がありましたが、お電話をいただいたそうで」

まだ法律事務所にいるのか、仕事場らしいざわめきが電話口から伝わってくる。私は祖母に伝えたことを再び説明した。

「俊介君は悩んでいると思います。ぜひ学級懇談会に参加していただけませんか」

「親は仕事に全力投球する。そのうしろ姿が俊介を力づけると考えています」

彼の言葉に揺るぎはなかった。けれども、いまの俊介にうしろ姿の理屈は通じない。必要なのは、母親のことでショックを受けている俊介に寄り添うことではないだろうか。

「学級懇談会に参加してくださいませんか。ご家族の参加が俊介君を支える力になると思うんです。お願いできないでしょうか」

「失礼します」

彼ははねつけた。

受話器を置いたとき、出口を塞がれた気がした。

日曜日、灰色の雨雲が厚くたれこめ、朝から暑苦しかった。

学校へ着いたとき、雨が降り出した。学級懇談会の参加者は女性だけで、やはり、日比野俊介の父親の姿はなかった。水沢真海の姿もなかった。

十人ほどの母親が円の形に並べられた椅子にすわっている。グレーや茶色などのくすんだ色、ピンクや水色や黄色などの明るい色、様ざまな形の服装が母親たちの若さを強調している。その中で、校長の

ンに住み、私立中学を受けるという女子の母親だ。

「学力テストの自己採点ですか」

「満点とは、うらやましい」

「うちなんか、とても」

　何人かが指名を待たずに言い、しばらくの間、学力テストについての話が続いた。

「自己採点するものなんですか。そんな暇はありませんよ。先生、どうなんですか」

　からし色のポロワンピースの女性が詰問するかのように口調を強めた。

「家庭で必ず自己採点しなければならないと考えてはいませんが」

　私があいまいに答えると、親たちは不満そうな色を顔に浮かべた。母親たちの話を黙って聞いていた日比野俊介の父親が、濃い眉を上げた。

「五年生も学力テストをするんですか」

　彼は聞いた。

「六年生が全国学力テスト、四年生が京都府の学力テストを行います。そのほかの学年は業者の学力テストをしています」

　私が説明すると、日比野はうなずいた。

「なるほど、教育産業の伸びはすさまじいと聞くが、そのはずですね」

「ほかに、年に十回、校内学力テストがあります」

　私はつけ加えた。

「五年生になって宿題が少ないという意見がありましたが、日比野さん、どうですか」

　司会者が尋ねた。

「宿題ですか。さあ、どうなんでしょうか。先生、ちゃんと、やっていますか」

　とぼけたような彼の答えに、笑いが起きた。笑い声の中で、甲斐竜也の母親が口を開いた。真剣な目をして、笑いごとではないという顔つきに見えた。

「うちは宿題に手こずって、十一時までかかることもあります。恥をさらしますが、きのうは珍しく早くできて、小数の計算が全問正解でした。竜也、すごいね、やればできるねとほめたんです。正解に決まってると兄がばらしたので、真相が分かりました。スマホの計算機能を使ってたんです。それから、全部やり直させて終わったのは十一時半を過ぎていました」

　竜也の母親が言うと、教室に漂っていた空気がいっそうほどけたようだった。

「甲斐さん、家庭教育は手間と暇がかかります。でも、ズルをしたら、結局、遠回りだと竜也君は身に染みたでしょうね。でも、私はとても十一時半まではつき合えない、途中で根負けですね。甲斐さんは、女は弱いが母親は強いというお手本ですね」

山根豊子校長の話を、甲斐竜也の母親は真剣な面持ちで聞いている。たくさんのうなずいている顔がある。うつむいている顔もある。そのあとも、ひとしきり宿題についての話が交わされた。

「家庭学習の振り返りカードについて、ご意見を聞いてみましょうか。まだ発言していない方、茨木さんたち、どうですか」

司会者がふたりの母親の方を見た。

「家庭学習についての意見を聞かれて、何か嬉しいというか、学校に頼りにされた気がしたんです」

花菜の母親、茨木章子が口もとにやわらかい笑みを浮かべて言った。

「土曜日にうちに集まって、クレープを作って食べたあとで、振り返りカードを作ってました」

章子の隣の女性が小声で答えた。しばらくの間、振り返りカードの話が賑やかに続いた。からし色のポロワンピースの母親が和やかな空気に抗《あらが》うようにとがった口調で言った。

「うちの子は、先生をデンセンって言ってますよ」

初耳だった。

「何ですか。デンセンって」

黒い扇子を手に持った母親が聞いた。

「田代の田と先生の先をくっつけたようですね」

ポロワンピースの母親が答えた。デンセンという語感が不快で、後方から石を投げられたかのような気がした。

「そういえば、聞いたことがありますね」

石井伸の母親がうなずいたとき、黒い扇子を持った母親が口を開いた。

「先生にあだ名をつけるなんて、全く、どうなってるんでしょう」

彼女はピシャリとたたきつけるような言い方をして広げていた扇子をたたんだ。そして、言い足りないという顔で言葉を継いだ。

「ところで、転校生があったそうですが、福島からだということは学校だよりにも、学級通信にも書いてありませんでしたね」

　うなずく顔があり、母親たちが小声で話し始めた。やはり、知られてしまっていたのだ。福島、放射能というひそひそ声が耳にからみついてくる気がして、学校は泥の船という言葉が脳裡をかすめた。

「先生、何か放射性のものが転校生の体や服などについてませんでしたか」

　黒い扇子の母親がとがめる顔つきで聞いた。とっさに答えられずに焦った。勉強不足だ。不甲斐ない。私が日々の忙しさにかまけていたことを悔やんでいると、山根豊子校長が背すじを立てた。

「だいじょうぶです。原発事故から、もう二年あまりがたって、大勢の人たちが何とかしようと必死になって努力していますよ」

　校長はきっぱりと言いきった。私が被災地の子どもの作文を思い出して話そうとしたとき、茨木章子が口を開いた。

「もし、自分が、被害を受けて、故郷を離れて、辿り着いた先で、放射性のものが体や服などについてないかと言われたら、辛いだろうなって思います」

　彼女は緊張した顔で言い、微かに語尾を震わせた。章子に助けられたと思った。

「転校生のことは学校だよりの『タチバナっ子』で知らせてほしいですね。転校生には早くタチバナっ子になって、足並みを揃えてもらわないと」

　からし色のポロワンピースの母親が言うと、俊介の父親が口を開いた。

「タチバナっ子とかフクシマっ子とか囲いこむ言葉がよく使われますが、どうでしょうか」

「日比野さん、どういう意味ですか」

　司会者が首をかしげると、日比野は答えた。

「僕は仕事柄、いじめなどの命に直結するような事例に何度か立ち合ってきましたが、囲いこむ考え方がいじめの温床になることがあります。例えば、よそ者という言葉はしばしば排他的に作用します。地域の特性を生かしながらも、何と言うか、そうですね、地球人とでも言いましょうか、そんなふうに子どもに接したいと思っています」

　彼の言葉に、私は地球人と口の中でつぶやいてみた。その言葉を聞いただけで視界が広がっていく気がした。私は母親たちを見回した。茨木章子が真剣な目をしていて、扇子を手にした母親は不服そうに横を向いている。

急に雨音が耳についた。窓越しに空を見上げると、厚い雲が垂れこめている。

「このことについて、田代先生、どうですか」

司会の石井伸の母親は言い、私に発言を促した。いきなり振られて慌てた。

「思いやりのある、いじめのないクラスにしていきたいと思います」

ありきたりの言葉しか言えなかった。

司会者が腕時計を見た。

「時間になりましたので、そろそろ終わります。田代先生、ごあいさつをお願いします」

「貴重なご意見をありがとうございました。子どもを真ん中にして、励まし合うクラスを目指したいと願っています。さらに交流を深めて、家と学校の信頼関係を築いていきたいと思います」

抽象的になったと思いながら、私は親たちを見た。冷ややかに見える顔、無関心に見える顔が多く、うなずいている人が少しいる。

司会者が山根豊子校長にあいさつを求めた。

「ご苦労様でした。困ったときは、いつでも、ご相談ください。子どもの成長の基礎は大きく言って二点ありまして、学力の向上と道徳心の涵養《かんよう》です。今後とも、ご協力をよろしくお願いします」

校長がにこやかな顔で言うと、からし色のポロワンピースの母親と、甲斐竜也の母親が拍手をした。黒い扇子の母親が大きくうなずいている。司会者が閉会を告げ、参加者が椅子を立った。校長は甲斐竜也の母親と黒い扇子の母親と談笑しながら、教室を出ていった。

「伸がゲーム漬けで、父親もはまってて、ゲーム漬けが家にふたりもいて、ホント、困ってるんやわ」

石井伸の母親が嘆いた。

「うちもやわ」

からし色のポロワンピースの母親が同調した。

日比野俊介の父親がうしろの壁に貼られた絵を見ている。遠近法を学ぶために学校の廊下の奥行きを描いた絵だ。彼は俊介の絵の前で立ちどまり、じっと見ている。そのうしろ姿を見て、私は彼の胸中を推しはかった。家を出た彼の妻には新しい命が宿り、再婚する。もしかしたら、彼は仕事に没頭し、自分を保とうと必死なのではないか。私はずかずかとそんな彼の内面に踏みこんでしまったのだろうか。そう思いながら、恐るおそる彼に近づいて言葉をかけた。

「参加してくださってありがとうございました」

彼がふり返ったので、私は深ぶかと頭を下げた。

「これからも、よろしくお願いします」

彼も頭を下げた。

教室を出て渡り廊下を歩いていると、数人の母親が門の傍で立ち話をしていた。周囲の景色は雨でぼやけていて、そこだけが別世界のように華やかに見える。母親たちの緑や朱や青や黄の傘が、それぞれに色鮮やかに自分の色を主張している。私は黒灰色の空を見上げて、ふと日比野が言っていた地球人という言葉を思った。

その日の帰りに私は本屋に立ち寄って、原発に関する本を三冊買った。


朝、私はいつものように大きなかばんを提げて、教室に向かった。渡り廊下を歩きながら中庭に目をやると、タイサンボクの葉の間に純白の花が咲いている。両の手のひらを合わせたぐらいの、厚みのあるタイサンボクの花を見ながら、以前、空き教室の黒板に書いてあった落書きのことを考えた。なるだけ早く、遅くとも週明けには子どもたちと落書きの話をしよう。

五年生の教室の前まで歩いて何げなく廊下の壁を見ると、小さな文字が書いてある。鉛筆で二列に書かれた文字を読んだ瞬間、氷水をあびせられた気がして私は立ちすくんだ。

誰が、こんなことを、私は震える手でカバンの中から消しゴムを取り出して、クリーム色の壁にくねっている針金のような文字を消した。ホーシャノーが来た、ホーシャノー菌がうつるという文字は消したが、壁のその部分だけが黒灰色に汚れて残った。

水沢アカリが見たかも知れない、と急に不安になって急ぎ足で教室に入ると、アカリはいつもの顔をしてすわっている。

「今、廊下の壁で落書きを見つけたんだけど、誰か、知っていますか」

私は教室を見回したが、知っているという声は返ってこなかった。

授業中、壁の文字がときおり頭の中でちらつき、私は自分の甘さを思い知った。週明けまで授業を待つわけにはいかない。一刻も早い方がいい。今日じゅうだ。


休み時間に私が三年生の教室へ行くと、若村優子がちょうど教室から出てきた。

「若村先生、職員室へ戻られますか」

「これから学級園に行くけど、どうしたんや」

私は優子と肩を並べて廊下を歩いた。

「また落書きが見つかったんです。今度は廊下の壁です。ホーシャノーが来た、ホーシャノー菌がうつると鉛筆で書いてあったんです」

「水沢さんたちが福島から来たことは広まっているようやな」

優子はさほど驚かなかった。落書きを予期していたのかも知れないし、もともと私と違って、彼女は事態を冷静に受けとめる方だ。

「それで、今日の道徳の時間に子どもたちと話し合うことにしたんですが、自信がなくて」

「自信があって引っ張ると、子どもの気持ちと離れてしまうで。子どもたちと一緒に考えればいい」

「そうですね。こことういうときは、子どもたちに書いてもらいます」

学級園に行く若村優子と昇降口の前で別れた。急いで職員室に戻ると、おりよく生徒指導主任の神ノ池章吾が自分の席にいた。私は隣の席にすわって落書きのことを報告した。私が話し終わると、神ノ池は立ち上がった。

「主幹に報告をしておきましょう」

私は彼のあとに続き、天岡主幹の机の前に立った。神ノ池が落書きについて報告をしている間、天岡主幹はパソコンの画面から目を離さなかった。神ノ池の説明が終わると、主幹は私に顔を向けた。

「先週、空き教室であったばかりなのに、またまたホーシャノー関係の落書きですか。田代先生、徹底した指導が必要ですね」

「はい、今日の五時間目に話し合います」

「急ですね」

「早い方がいいと思いますので」

「田代先生、『放射能のはなし』を使いますか。どのクラスが使い、どのクラスが使わなかったのか、調べてるんですよ」

「あの本は使いません」

『放射能のはなし』は電力会社から送られてきた無料の本で、図書室に児童数分が揃っている。写真や絵をふんだんに使ったカラー刷りで、放射能は宇宙や地面や空気や食べ物からも出ていると書いてあり、原発事故については触れていない。広島と長崎の原爆投下についても書かれていない。

「愛校心が軟弱ですね」

主幹は言った。前に空き教室が荒らされて黒板に落書きがしてあったときも、校長と天岡主幹は愛校心や愛国心の欠如を問題にした。

二時間目の始まりを知らせるチャイムが鳴り、天岡はパソコンのキーを打ち始めた。私は五年生の教室に向かいながら、ふと何年か前のバレンタインデー事件を思い出した。

その時期、たいていの女の子は手のこんだチョコレートを作ってラッピングして友だちに贈る。学校での手渡しは禁じられているので、子どもたちはチョコレートを家に届ける。塾で手渡すこともあるようだ。

ところが、チョコレートが学校で子どもの机の中から見つかったことがあった。花柄の包み紙にピンクのリボンがかけてあった。女の子は、誰かがわざと自分の机の中に入れたのだと主張した。

結局、真相は分からなかった。そして、この事件はクラスにしこりを残した。そのあと、担任の私に対する恨みがラインで流れたこともあった。バレンタインデー事件のときは犯人捜しに傾いた結果、私も子どもたちもやけどをしてしまった。

五時間目の始まりを知らせるチャイムが鳴った。子どもたちが教室に戻ってくると、たちまち、汗の匂いと熱気が教室に立ちこめた。

まだ、甲斐竜也の席が空いている。彼は遅れて入ってきた。子どもたちはお茶入りのポットを持ってくることになっているが、水道の水を飲んだのか、口もとが濡れて光っている。竜也は手の甲で乱暴に口の端を拭い、ゆうゆうと下敷きであおっている。

落書きについて話し合おう

私は黒板に白いチョークで書いて、子どもたちに向き直った。アカリはうつむいている。茨木花菜がアカリを見て、心配そうな目をした。

「廊下の壁に、ホーシャノーが来た、ホーシャノー菌がうつると書いてありました」

私はきり出した。

「誰や、誰が書いたんや」

甲斐竜也が忙《せわ》しなく肩を動かして言うと、子どもたちは首をかしげたり顔を見合わせたりした。石井伸は窓の方を見ている。

「落書きを見た人がいますか」

私が尋ねると、冷めた空気が教室に流れた。バレンタインデー事件の失敗を繰り返してはならないと、私は気を引き締めて子どもたちに尋ねた。

「ホーシャノーが来た、ホーシャノー菌がうつるというのは、どんな意味でしょう」

私が問いかけると、数人が手を上げた。

「原発事故が起きたので、放射能が外へもれて家とか森とか土とかに移ってしまったので、たくさんの人が大変な目にあったと思います」

「自分の家に住めない人がいます」

「野菜やきのこが放射能で汚染されました」

「放射能は溝にたくさんたまっています」

子どもたちの口調には率直さがあった。

「テレビで見たけど、黒い袋が道端や田んぼにズラリと並んでて、除染してるって言ってました」

女の子が言うと、フレコンバッグや、見た、見た、スッゲエ数やった、森の除染はまだらしい、などと口々に言い立てた。

「原発事故について、どう、思いますか」

私は聞いた。

「事故を起こすのが悪い」

「解決までスッゲエ時間がかかるんやろ」

「責任をとるべきや」

子どもたちの語気は鋭かった。

「原発事故は最悪、自分の家に住めないのも最悪」

女の子が言うと、何人かがうなずいた。

「廊下の壁の、ホーシャノーが来た、ホーシャノー菌がうつるというのは、ほんとうのことですか」

私は聞き、子どもたちを見回した。何人かの子どもがアカリを見た。やはり知られていたのだ。

「いま現在、橘町では、まったくの嘘です」

博士と呼ばれている日比野俊介が言うと、子どもたちの多くがうなずいた。

「嘘なのに、どうして書いてあったのかな」

私が聞くと、甲斐竜也がガタンと机を動かした。

「ホーシャノーが来た、ホーシャノー菌がうつるという落書きをどう思いますか」

私が踏みこむと、一瞬子どもたちは黙った。やはり、アカリはうつむいている。

「質問や意見はありませんか」

「ホーシャノーが来た、ホーシャノー菌がうつるって、何のこっちゃ、意味が分からんで」

甲斐竜也が叫んだ。

「竜也君の言うとおりで、意味が分からないね。しかも、うその落書きをするなんてね」

誰も何も言わない。よくない流れを作ってしまったのだろうか。落ち着こうとして私が息を吸いこんだとき、茨木花菜が片手を胸の高さに上げた。

「ホーシャノーが来た、ホーシャノー菌がうつるって、福島の人にアテテルと思います。放射能の被害を受けた人のことを考えたらいいと思います」

花菜はしっかりした声で言った。


子どもたちの意見を整理するときだと思い、私は黒板にチョークでまとめた。

原発事故─自分の家に住めない人がいる
早く解決してほしい
放射能の被害を受けた人のことを考える

私は放射能の被害を受けた人のことを考えるという文字の周りを赤いチョークで囲んだ。また甲斐竜也がガタンと机の音を立てた。

「竜也君、何か言いたいことがあるの」

「そんなのニガテや」

彼は目を合わせずに素っ気なく答えた。

「そうやで」

石井伸のグループのひとりが竜也に呼応した。私は子どもたちの顔を見回した。水沢アカリはやはりうなだれている。

「それでも、考えなければならない」

私が言うと、日比野俊介が手を上げた。私が指名すると、彼の目が光った。

「ホーシャノーが来た、ホーシャノー菌がうつると書いた人の気持ちを知りたい。友だちって何か、考えたいと思います」

俊介は落ち着いた声で言った。その言葉に教室の中がしんと静かになった。

落書きをした人はどんな気持ちで書いたか
友だちって何だろう

私は黒板に大きな字で書き、その周りを赤いチョークで囲んで、子どもたちの方を向いた。

「みんな、黒板に書いた文章を読んでみてください。どれも、とても大事なことだと思う。これから、みんなで考えてみよう」

私は子どもたちに投げかけた。

「メンドクサッ」

またしても、甲斐竜也が言った。

「そうやで、メンドクサッ」

石井伸の仲間の四人が同調した。

「そうやな。放射能の被害を受けた人のことを考える、人の気持ちを想像するって難しいね」

石井伸が私をチラッと見たので、見つめ返した。

「メンドクサッ」

甲斐竜也が固執したので、私はうなずいた。

「竜也君も、みんなも、苦手でめんどうくさいことを乗り越えられるだろうか。挑戦してみよう。挑戦すればきっと乗り越えられると思う」

机の間をひと巡りしながら、私は教室の空気が揺れているのを感じた。全ての子に、落書きを自分のこととして受けとめてほしいという願いが胸を満たした。

「落書きをされた人はどんな気持ちか、落書きをした人はどんな気持ちか、友だちって何か、想像しよう。めんどうくさい人も、挑戦しよう」

私は子どもたちの前に立って、言葉を続けた。

「人の気持ちを想像するのが人間だからね」

そう言い、いま気をつけることは何だろうかと考えを巡らした。注意深くひとりひとりの声を聴くことだ。今こそ、ここというときに違いない。

「自分の思いを感想ノートに書きましょう」

私が言うと、子どもたちは感想ノートとペンケースを机の上に出した。

教室の中が静まった。顔を上げて黒板の字を見ている子、考えこんでいる子、書き始めている子。

放課後、私は窓際の席で感想ノートを広げた。まず水沢アカリのノートを手に取った。


夜、麻おばさんが家に来ました。お母さんが、

「ここが痛いわ。見て。」

と言って、子どもみたいな顔をして腕の上の方をさしました。ところどころ血がにじんで痛そうです。麻おばさんは、

「タイジョウホウシンやわ。きっと疲れが出たんやわ。明日、必ず受診しいや。」

と言って、帯状疱疹という字をメモ用紙に書いてくれました。おばさんは看護学院の先生です。

「そうや、これ、これ。」

と言って、麻おばさんがタッパーを渡しました。ワラビとタケノコの煮物が入っていました。

ずっと前、私は友だちと三人でワラビとりに行ったことを思い出しました。三人のうちのひとりは九州へ引っ越して、私は何度も引っ越しをしたあと、京都の橋町に来て、ひとりだけが福島に残っています。私たちはばらばらになりました。いっしょに卒業したかったけど、できそうにありません。私はタチバナっ子ではありません。だけど、今度こそ茨木花菜ちゃんたちといっしょに卒業したいと思います。


アカリは原発事故や落書きには触れず、母親に優しいまなざしを向けている。そして、花菜たちといっしょに卒業したいと書いている。私はこの作文をアカリの母親に読んでほしいと思った。

次つぎに子どものノートを読んだ。電気を使うので原発が必要だと書いた子がいる。どうして、原発事故が起きたのだろうと書いた子がいる。うちのおばあちゃんは福島のお米や桃を買って応援している、ちゃんと検査してあるので、かえって安心だそうだと書いた子がいる。お母さんは、地元や西日本のものを選んで買っていますと書いた子がいる。一番多かったのは、落書きは人を傷つける、ひきょうだ、という文章だった。

私は甲斐竜也の感想ノートを開いた。

ぼくはホーシャノーの正体を知らない。おじいちゃんは医者でお兄ちゃんは頭がいいから、ふたりは知っている気がする。けど、ぼくはふたりとできるだけ話をしないことにしている。ぼくがメンドクサッて言ったら、先生は、人の気持ちをソーゾーするのが人間で、その力がぼくらにあると言って、おだてた。先生は、いつもよりマシなことを言ったので、仕方なくぼくはソーゾーした。原発事故で転校してきて、あんな落書きをされたら、ムッチャ、イヤや。ぼくだったら柱をケットバシテ、机やいすや、そこらじゅうのものをブットバシテヤル。

私は角張った字で書かれた甲斐竜也の字を指先でなぞり、次に日比野俊介のノートを手に取った。

ぼくは父に誘われたので、アメリカの『チャイナ・シンドローム』という映画のDVDを見ました。父はその映画に出ている女優さんのファンだそうです。

アメリカでメルトダウンしたら、地球の裏側までとけていくというのです。この映画には原子力発電所のことを隠したい人と、社会に知らせたい人が登場します。隠したい人は知らせたい人を殺そうとします。

映画を見たあと、事実をどうして隠すのかとぼくは聞きました。父は金もうけのためだと答えました。

「先見性のある映画だな。映画が公開されて、ひと月もたたないうちに、スリーマイル島で原子力発電所の事故が起きたんだ。」

と父は言い、世界の原発について話しました。原発は福島だけでなく、そこら中にあるので、世界全体の問題です。日本のエネルギー政策は、世界の動きにおくれを取っていることや、人間は地球人でないとだめだという理由を父は詳しく話してくれました。

映画の中で本当のことを隠す人は卑劣だとぼくが考えていると、父が、

「朝、公園に行ったが、ノラ猫に会えなかったよ」と言ったので、びっくりしました。

日曜日の学級懇談会のあと、教室に貼ってある絵を一心に見ていた俊介の父親の姿がよぎった。

次に、私は茨木花菜のノートを開いた。


前、私は水沢アカリちゃんとナホちゃんを田護池へ案内しました。アカリちゃんのお母さんは小さいころ、行ったことがあるそうです。

坂道をどんどん上って池に着くと、酒店のおじいさんがいました。やっぱり福耳でした。池はにごっていて水の中は何も見えません。おじいさんは大きな魚をとっていました。アカリちゃんが、コイだっと叫ぶと、おじいさんはじまんげな顔つきをしました。そして、おじいさんは昔の話をしてくれました。

「昔、日照りで、稲が枯れて、飢え死にする人が出た。そこで、村人たちはため池を作ろうと相談した。できる前に死んだ人もいたが、あきらめなかったので、ため池ができたんや。」

「そのあと、日照りに困らなくなりましたか。」

とアカリちゃんが聞きました。

「ましになったが、池の水が干上がったときもあった。これからも、まだまだ日照りは続くかも知れん。お天道さんが怒ってはるんや。」

と言って、おじいさんは、

「さくの内側に入ったらあかんで。ナホちゃんは背がたたないで。」

と言って、コイを持って帰りました。

池の周りを歩いていると、パシャンと音がして、池に水の輪が広がりました。ナホちゃんが、

「おばあちゃんはコイ料理が上手だったよ。」

と思い出したように言いました。

「今、おばあちゃんはどこにいはるの。」

と私は聞きました。ナホちゃんは、

「津波で、おばあちゃんとお父さんは死んだ。」

と小さい声で言いました。アカリちゃんはだまっていました。

帰ることにして、大きなシイの木のそばまで来たとき、突然アカリちゃんが、

「ごめんね。」

と謝ったので、私は不思議に思って、

「どうして謝るの。」

と聞きました。アカリちゃんは、

「私ね、横浜からじゃなくて、ほんとうは福島から引っ越してきてね、福島の言葉が出ないように、学校ではあまりしゃべらないことにしてる。」と言いました。そうかと思いました。アカリちゃんは学校で言葉に気をつけてるって強いなと思います。

母さんが、福島から来た人を傷つける人がいる、と話していたのです。だから、アカリちゃんはずっと福島から引っ越してきたことを言えなかったと思います。

ずっと前、ほんとうのことが言えないのは苦しいと田代先生に聞きました。アカリちゃんは苦しかったと思います。そう思っているうちに、私は涙が出てきました。私は、

「アカリちゃんは何も悪くないで」

と心から言いました。

家に帰ると、四国のおじいちゃんから、さぬきうどんが届いていました。おじいちゃんは体が弱っているのです。おじいちゃんと一緒に住んだら、アパート代がいらないので、母さんは夕方のパートに行かなくてもいいのです。でも、四国へ行ったら、友だちといっしょに卒業できません。アカリちゃんも福島から橘町へ引っ越しするとき、私みたいに悩んだのかなあ。

茨木花菜の感想を読んで私は驚いた。花菜は、アカリから聞いていた。そして、福島から来た人を傷つける人がいるということも母に聞いて知っていたのだ。アカリは学校で言葉に気をつけていたためにいっそう無口になっていたのだという。あの細い体でいくつもの重荷に耐えていたのだ。

次に私は石井伸のノートを手に取った。

今日の朝、落書きが廊下で見つかった。

「落書きをした人の気持ちをソーゾーしてみよう、友だちって何」と黒板に書いてある。いくら、ソーゾーしても、分からない。

人はウソを言う。

伸のノートの余白には、戦車や爆撃機の絵が描いてあった。タイヤや銃砲や翼などの細部がくっきりと描かれている。絵の鮮明さに比べて、人はウソを

言うという鉛筆の文字は弱々しくて白っぽかった。

　伸の懐疑は体験に根ざしたもので、担任の私にも向けられている気がする。出口の見つからない迷路にいる気がして私は目をつぶった。

　ふと石井伸のことを養護教諭の五十嵐彩に相談しようと思った。子どもたちは、イガちゃんと親しみをこめて彩のことを呼んでいる。彼女なら、何かをつかんでいるかも知れない。


　放課後、私が保健室へ行くと、五十嵐彩は机の上に健康手帳を広げていた。私は向かいの椅子にすわって、石井伸の感想を見せた。

「五十嵐さんなら、伸君の気持ちを分かるかなと思って、聞きにきたの」

　彩は考えているふうに見えたが、しばらくして口を開いた。

「田代先生、それは買いかぶりです。毎朝、髪をシニヨンにきっちりまとめて、地味な服を着て、何かにコントロールされて、自分の役割を演じている私なんかに、子どもの気持ちを分かるはずが」

　彼女は途中で言葉をきってうなだれた。

「前に、五十嵐さんは、私よりも先に、日比野俊介君の変化に気づいてくれたわ」

「すみません、採用試験が迫ってて」

　私は配慮が足りなかったことに気づいた。

「そうやな、私はもっと自分で考えなければいけないんやわ。五十嵐さん、何かというとすぐに頼ってばかりで、ほんとうにごめんなさいね」

　私は詫びて椅子を立ち、出口の方へ歩いた。そのとき、背中に彩の声を聞いてふり返った。

「こんなふうでは駄目ですよね。臨時でも、正採用でも、子どもにとって私は教師なのに」

　彩は思い詰めたような目をして言った。


　放課後の打ち合わせのとき、私は廊下の壁の落書きについて学習したことを報告した。

「各学級とも学年の発達段階に応じた指導が必要です。『放射能のはなし』を活用するといいでしょう。いじめを決して出さないように配慮して、準備を十分にして進めてください」

　山根豊子校長が念を押した。

　打ち合わせのあと、私は理科の教科書を開いて、酸素と二酸化炭素の性質を調べる実験の下調べにかかった。理系は苦手なので、時間がかかった。

調べ終わるとほっとして、私はアカリの作文をコピーしてファイルに入れ、学校を出た。


酒店の駐車場に車をとめて車を降りると、母屋の西側にある納屋の蛍光灯がついていて、椅子に腰かけて何か手仕事をしているらしいご隠居の姿が窓越しに見えた。大小のタモ網、びく、保冷バッグ、帽子などが棚に載っている。ご隠居が口笛を吹き始めた。楽しげに同じ一節を繰り返している。

母屋の東側に立っている離れの戸が開いて水沢アカリがゴミ袋を手に出てきて、街灯の傍のゴミ置き場に入れた。いまどき、ゴミ袋を出す小学生がいるのかとその姿に健やかさを感じて見ていると、アカリが私に気づいて目を見張った。

「田代先生」

「アカリちゃん、こんばんは。お手伝いをしてるのね。きょうは、いい作文を書いたね。お母さんに読んでもらおうと思って、持ってきたの」

「先生、ありがとう。お母さんを呼んできます」

私は駆け出そうとするアカリをとめた。

「遅いから帰るわ。渡しといてね」

私がファイルを手渡すと、アカリは作文を両手で胸に抱いて笑顔になった。

「お母さんへの誕生日プレゼントですね」

「お母さんの誕生日なの」

「はい。さっき、麻おばさんも誕生日プレゼントを持ってきてくれたんですよ」

母親のいとこの小栗麻が訪れたらしい。

「麻おばさんのプレゼントはCDのデッキとショパンのCDでした。前に先生の家に行ったときに聴いた曲も入ってるそうです」

そのとき、離れの戸が開いて地面にさっと光がもれ、母親の真海が出てきた。

「アカリ、どうしたの。あっ、先生」

驚いている母親に、私は訪問したわけを急いで説明した。

「お忙しいのに、ありがとうございます」

笑みを浮かべて礼を言う母親を、アカリは明るい瞳で見上げた。

「先生、ショパンは生まれた国を離れたんですね。

それで、もう戻れなかったけど、たくさんの名曲を作ったって、麻おばさんが話してました」

　アカリがはずんだ声で言ったとたんに、真海の頬の笑みが消えた。生まれた国を離れた、もう戻れなかった、という言葉のせいだろうか。

十一　願い

　たけのこのシャキシャキ感がたまらんわと女の子が言い、竹を食わせるのかよと男の子がぼやく。隣町で熊が出たそうや、山を越えて橘町に来るやろか、熊にあったら、死んだふりか木に登るか、どっちがいいやろなどと、五年生の給食の時間は賑やかだった。

　その日、順番どおりに水沢アカリの傍にすわり、私が添え野菜の小松菜に箸を伸ばしかけたときだった。アカリが私の顔をじっと見た。

「お父さんの名前はヨーでした」

　アカリはぽつんとつぶやいた。ほかの子どもには聞こえなかったようだが、津波にのみこまれた父親の話だと気づいて、私は箸をとめた。

「ヨーって、どんな字なの」

「太平洋の洋という字です」

　海が好きだったという父親らしい名前だ。

「いい名前やなあ」

「ときどき、お母さんがお父さんを洋先生と呼んで、私が真似て洋先生って呼んだら、ふたりで大笑いして」

私はその光景を想像した。そして、母親が高校のときの先生と結婚したことを思い出した。

「夕べも、お母さんはちょっとしか食べなくて」

アカリはそう言って眉を曇らせた。

「お母さんは元気がないときがあって、そんなとき、おばあちゃんがコイこくを作ったんですよ」

「料理の上手だったおばあちゃんね」

私は返し、すっきりした輪郭のアカリの顔を見つめた。

その日の夜、帰宅した私はアカリの母親のいとこ、小栗麻とメールを交わした。


小栗麻様、こんばんは。今日、アカリちゃんが初めてお父さんとおばあちゃんの話を学校でしました。前にも、亡くなられたおふたりのことを聞いたことがありますが、木津川べりや公園など親しい人だけしかいない場所に限られていて、学校で聞いたことはなかったのです。学校で口数が少なかったのは、言葉の問題もあったようです。それから、アカリちゃんはお母さんの食欲がないことを心配しています。

田代由岐

田代由岐先生、アカリの様子をお知らせくださってありがとうございます。

先日、私が家の裏庭で花や植え木に井戸水をまいていたとき、急に真海が青ざめ、指先を震わせました。地下水の汚染を思い出したのだそうです。昔は、花に井戸水をホースでまき散らして大はしゃぎしていたのです。あのころの真海を返してほしい。

真海は人が津波にのまれていく様子や何人もの遺体を見たのです。三月十一日以来、海や川や池を正視できず、泣いている姿も見せません。多分、涙も出ないほど打ちのめされて記憶を封印していると思います。それでも、帯状疱疹に悩まされながら勤め続けているのです。

田代先生、アカリが心を開いてきていることを、ぜひ真海にも伝えて励ましてください。

小栗麻

私は水沢真海に電話をかけた。

「水沢さん、きょうの給食時間に、お母さんは少ししか食べないってアカリちゃんが心配してましたよ。アカリちゃんは優しいですね」

真海は黙っていたが、しばらくして口を開いた。

「母と子と逆ですよね」

真海は小声で言った。

「逆って、どういうことですか」

「子どもが母親のことを心配するなんて、母親失格ですよね」

「よくあることじゃありませんか。普通ですよ。母親失格だなんてことはありませんよ」

「でも、学級懇談会にも行けませんでした」

やっと聞き取れるほどの声、真海は自分を責めているのだった。

「誰だって、いろんな事情で学級懇談会に参加できないことがあります。私も娘の懇談会に行けなかったことがありますよ」

「でも」

私はスマホを持っていない方の手を握り締めた。

「水沢さんは大変な経験をされたんです。前に故郷を棄てて逃げてきたと言われましたね。私ね、あとで考え直してみたんです。ほんとうはエアガンの暴力から子どもを守られたんですよね」

声に出すと、水沢真海が母親の名において子どもを守ったのだという確信が強まった。

「親には子どもを暴力から守る権利があります」

「権利ですか」

「権利は行使されなければ、ないのと同じです。水沢さんは権利を生かされたんです。多分、アカリちゃんはそのことを肌で感じていますよ」

彼女は黙っている。

「アカリちゃんは、お母さんのことが心配でたまらないんですね、きっと」

「でも、私はこんな母親で」

渇いた口調の、自分を鞭打つ言葉を聞いて、憤りが胸の底からつき上げてきた。誰が、何が、この言葉を言わせるのか。

「こんな母親だなんて、帯状疱疹なのに精いっぱい働いていらっしゃるじゃありませんか」

「でも」

「アカリちゃんはお母さんをとても大切に思ってますよ。小さな胸いっぱいに」

真海の弱々しいため息が聞こえた。

「水沢さん、子どもと親は人間どうしですよ」

「人間どうしですか」

「そうです」

「あの子は、アカリは、だいじょうぶでしょうか」

「今日、給食の時間に、アカリちゃんがお父さんとおばあちゃんの話をしてくれました。初めて学校で話してくれたんですよ」

「初めてですか」

「そうです。アカリちゃんには友だちがいます」

「友だち」

真海がつぶやいた。

「私ね、水沢さんのことを友だちのように感じるんですよ。水沢さんと会えてよかった」

しまったと思ったときはすでに遅く、言ってしまったあとだった。

「すみません。会えてよかったなんて心ないことを言ってしまって」

詫びる声が震えた。彼女が何かつぶやいたが、その声はくぐもっていて聞き取れなかった。私は聞き返したが、今度もやはり分からなかった。

翌朝、水沢アカリが職員室に入ってきた。細い手に白い封筒を持っている。

「また、ひとりで職員室に来れたね」

私が言うと、アカリははにかんだ。

「お母さんに手紙を頼まれたんです」

職員室を出ていくアカリの細い背中を見送ったあと、私は母親からの手紙を読んだ。

田代先生は私のことを〈友だち〉と言ってくださいました。私は〈子どもを守る権利、子どもと親は人間どうし〉という言葉を記憶しました。田代先生、私が書いた文章を読んでくださいますか。メールを送ってもいいですか。　水沢真海
会えてよかったと言ってしまった私の不用意な失言については書いてなかった。これは彼女の寛容さだろうか。それとも、ほかのことを表しているのだ

ろうかと私は考えをさまざまに巡らせた。

それから、文章を読みたい、ぜひとも読ませてほしいと、スマホで真海に送信した。

その日の夜、帰宅すると、原稿を添付した水沢真海からのメールが届いていた。


田代先生、次の文章は夜眠れなくなったときに書いたものです。先生が私を友だちだと言ってくださったので、読んでもらおうと思ったのです。


私の生母が死んだのは小学生のときでした。〈真海ちゃんはかわいそうな子だねえ〉〈運の悪い子だねえ〉とお通夜や葬式や法事のときなどに大人の人たちが話していました。そのとき以来、ずっと、私は運が悪い人間だと思っていました。新しい母には反抗してお母さんと決して呼ばず、そのあげくに橘町の小栗麻さんを頼って家を出てしまいました。そのころ、私はかわいそうな人間なので、たいがいのことは許されると思っていました。

私は結婚してふたりの子どもに恵まれました。父は死ぬ前、一緒に暮らしてほしいと私たちに言い遺しました。継母はアカリとナホに料理や編み物を教えたり、本を読み聞かせたりしてくれました。ある日のことです。私は日記に継母と書かずに母と書き、翌日、継母をお母さんと呼びました。父に聞かせたかったと言って母は涙をこぼしました。ときには、家族の誰かが落ちこむことがありました。そんなとき、夫は海を見に行こうとよく誘いました。

けれども、やはり私の運は悪かったのです。

あのとき花も棺もありませんでした。夢なのか、現実なのか、黒い金属の波が迫り、無数の針を含んだ海水が地面の裂け目へ激しい勢いで落ちていきます。揺れる地面はドロドロに溶けて銀色の煙が立ちこめています。私はガチガチに硬直して凍土とともにうずくまっていました。誰とも会いたくありませんでした。家の跡も見たくありませんでした。そんな私の前に、ふいに白い水仙が現れて胸をかきむしりました。

避難所から伯母の家へ移ったときのことです。

「なんだい、ボーッとして。体に障るよ」

伯母は一緒に畑に出ようと誘いましたが、私は鍬の音をぼんやりと聞いているだけでした。

「なんだい、そんな顔をして。ナホは手をつなぎたがって、アカリはもの音がすると体をピクッとさせて。母親のあんたがしっかりしないと」

伯母の言うとおり、ナホは赤ちゃん返りをし、アカリはひどく敏感になっていました。

仮設住宅に移って食料品店に勤めたとき、お客さんの言葉を聞きそこなったり、釣銭を渡すのを忘れたり失敗の連続でした。ですが、無理もないとお店の人がいたわってくれたので勤め続けることができました。

足早に九州へ引っ越した家族、関西や四国の実家に子どもを預けている人、福島に住み続けている人、いろんな人がいます。内部被曝という言葉を聞くと、耳をふさぎたくなります。あのころからずっと、私の頭はどうかなってしまった気がします。

二年と少しの間に、何回も引っ越しをしました。避難所の体育館、伯母の家、仮設住宅を何回か、水沢の家、そして、京都の橋町へ、こんなことになるなんて、やはり私は運が悪いのでしょうか。いとこの麻さんがいなければ、私たち母と子はどうなっていたか、考えるとぞっとします。

〈自分を責めないで不幸の根を見るべきだ〉と麻さんは言います。〈視野を広げなければいけない〉とも言います。自分を責めず、不幸の根を見る、視野を広げる。私にはその気力がどうしても出てこないのです。

目をつぶると、風の鳴る音が聴こえます。母が家族の好きなてんぷらを揚げるときの油のはぜる音。畑を耕す鍬の音。波音。友だちの声。土をはがす音。春休みに動物園へ行こう、日記を書いているときの私の顔がいいという夫の声。

みんなはほんとうに遠くの違う世界へ行ってしまったのでしょうか。夢の中では必ず生きているのに。

多くの場所へ移り住んだのに、私の視野は広がるどころか、いつも過去に戻ります。そして、何かにしがみつくように手紙を書いています。

真海の文章を読み終えた私は、遠くで鳴くフクロウの声に気づいた。いつから鳴いていたのだろうか。鳥の低い声を聞きながら、故郷の音が死者をいだいた真海の体内に流れていることを思った。

放課後、大きなかばんを手に教室へ行こうとして、二階の渡り廊下にさしかかった。校門の方を見送ると、校務員の井戸誠が下校する子どもたちを見送っている。井戸は片手で竹ぼうきを立てている。茨木花菜と水沢アカリがランドセルを背に立ちどまって井戸に何か話しかけている。井戸は会社の技術畑で働いていたが、リストラされたあと、離婚を経て校務員になったという経歴の持ち主だった。以前、会社の景気がいいときにいい目をしてきたと自分を責めていたことがあった。最近になって、丸めていた頭髪を伸ばしているのは、何か心境の変化があったのだろうか。

私が教室へ行こうとして歩きかけたとき、一階の渡り廊下の辺りで子どもの声がした。

「イガちゃん、きのうのサッカー、見たか」

高学年らしい声がわりした、男子の声に、養護教諭の五十嵐彩の答える若々しい声が聞こえてきた。

「もちろんや、あれを見逃したら一生後悔するわ」

五年生の石井伸たちが彩を囲んでいるのだった。彩は相変わらず子どもに人気がある。

「あのシュート、人間バナレしてたな」

サッカーの試合の話がはずみ、彩のソプラノが伸たちの笑い声に混じって響く。彩は講師で来年の採用を保障されていない。今年も採用試験が近づくにつれて職員室で見せる顔は日ごとに暗くなっている。しかし、いま、子どもたちに囲まれている彼女は、本来の自分を取り戻したかのように生きいきした声を響かせている。

私は教室の窓際の机で週案簿の続きを書き入れた。週案簿は毎週、提出しなければならない。昨夜、一週間分の授業予定を書いたが、十一時を過ぎても全部は書けなかった。

昨夜の続きの週案をやっと書き終え、息つくまもなく家庭学習の振り返りカードの集計を始めたが、子どもと親と担任の文章の記述をまとめるのに手こずった。次々に提出する書類に追われて仕事を持ち帰る日が続いているのだった。疲れた目を窓の外に移すと、夏の陽は山の端に近づいて濃い朱色になっている。

突然、スマホの着信音が鳴った。

「田代先生」

いきなり、水沢真海の叫び声が聞こえた。

「アカリが帰ってこないんです。もうとっくに帰ってる時間なんです。心当たりの家に電話をかけても、いないんです」

真海のあえぐような声に、悪い予感がした。

「水沢さん、いま、どこですか」

「家の前です。いとこたちが手分けして捜してて、アカリが帰ってくるかも知れないので、私には家の前で待ってるようにって」

「ナホちゃんは」

「酒店のご隠居に見てもらっています」

彼女は浮いた声で口早に説明した。

「すぐに行きます」

「福島へ連れ戻されたんでしょうか」

ふいに、真海が思い詰めた声を出した。

「まさか、そんなことは。とにかく、すぐに、そちらへ行きます」

廊下を走りながら、天岡主幹にスマホで事情を説明した。連絡を待っていると彼は答えた。

玄関へ直行し、下靴にはき替えずに上靴のまま外へ飛び出すと、校務員の井戸誠がダイオウ松の周りの草を抜いていた。

「水沢アカリちゃんを見ませんでしたか。まだ、家に帰っていないんです」

彼は首を横に振った。駐車場へ向かって駆け出したとき、井戸の声が背中を追いかけてきた。

「さっき、田護池のコイのことを聞いてましたよ」

田護池、あそこかも知れない。田護池への道は細くて車では行けないことに気づき、私は方向を変えて校門を走り抜けた。

アカリのいちずなまなざしが目に浮かぶ。アカリが母親を置いていくはずがないと自分に言い聞かせたが、いくら言い聞かせても悪い予感が消えない。

走りながら、真海にスマホをかけた。

「先生」

せっぱ詰まった声だった。

「駅にも公園にも河原にもいないそうです。福島へ連れ戻されたんでしょうか」

声に絶望の響きがあった。

「福島へは行ってません」

私は断定した。これまで未定のことについて、特に子どもに関することについては断定を戒めてきたが、気がついたときにはそれを破っていた。

「きっと、見つかりますよ」

もう一度、私はきっぱり言った。

「水沢さん、私は田護池へ行ってみます。走れば十分ぐらいで着くと思います」

「分かりました」

全速力で走った。たちまち汗がふき出してきた。

スマホの着信音が鳴った。真海からだったので一瞬アカリが見つかったのかと期待したが、そうではなかった。

「田代先生、私も田護池へ行きます」

「分かりました。じゃあ、向こうで」

スマホをきったあと、急に不安になった。あの日以来、彼女は海や川や池を正視できず、浴槽さえ恐れてシャワーにしている。距離的に真海の方が先に着くことになるが、だいじょうぶだろうか。心配しながら府道の外れまで走ったとき、またスマホが鳴った。

「さっき、井戸さんが顔色を変えて職員室へ飛びこんできて、いつも無口なあの井戸さんがね」

天岡主幹は悠長な口調で言った。

「誰が田護池へ行くかとひともめしましたが、井戸さんが行くと言い張って譲らないので、結局、井戸さんと神ノ池君と五十嵐さんがそちらへ向かいました。で、若村先生はナホちゃんのところです。ああ、それから、隣町で野生の熊が確認されたというニュースはご存じですね。気をつけてください」

私は呼吸を整えて返事をしようとしたが、その前に主幹のスマホはきれた。

府道をそれて町道に入ると、人家がとぎれた。笹竹や山茱萸《ぐみ》の木などが両脇に茂り、人がひとりしか通れないほど道幅が狭くなった。石ころの散らばった小道のところどころに草が生えている。

アカリはほんとうにこの道を行ったのだろうか。見当違いの場所を捜しているのではないかと思うと、氷塊を当てられたかのように激しい震えが背中を走った。アカリは賢明な子だと自分に言い聞かせたが、いま、こうしている間にも、悪いことが起きているのではないかという恐怖が汗に濡れた背中を這い上がってくる。

山道の勾配がますます急になり、息がきれた。走りながら、アカリのいちずな目を思い浮かべる。助けてというアカリの声を聞いた気がした。アカリを捜さなければならない。どんなことをしても、一刻も早く。

山道を爪先上がりに走っていると、淡緑色の見覚えのあるハンカチが落ちていた。以前、真海が裸足で学校へ駆けこんだとき、持っていたものだ。私は走りながらそれを拾い、ポケットに押しこんだ。

しだいに辺りが明るみをおびてくる。田護池の水面が反射しているせいだ。大きな椎《しい》の木のところで、さらに細い道へ入って雑木林を抜けると、急に視界が開けた。

柵の中に入ると、池の中に真海とアカリの姿があった。母と子はまるで彫像のように寄り添っていた。私は草の上に膝を折って大きくあえいだ。

水は母親の胸の辺りまであり、子の背中に回された母の、濡れて光る腕がくっきりと見える。母は水に濡れて固まった子の髪を片手でなでつけていた。

アカリは放心したような顔をしている。けれども、注意深く見ると、澄んだまなざしと何かを無心に感じている赤子のような瞳が何かを語りかけてきた。

真海が我が子の髪から頬へと細い指先を移した。アカリが話しかけると、母親は顔を近づけてしきりにうなずいた。

ふいに泣き声がした。何ものにも遠慮をしない響き。心を開いている響き。限りない信頼を含んだ響き。この泣き声を遠い昔に聞いたことがある。久しく聞くことのなかった、えーんえーんという泣き声が無性に懐かしさを掻き立てる。私はアカリの声につき動かされて立ち上がった。

そのとき、突然、獣の声を聞いた。とぎれがちな唸り声が不気味に響き、隣町に野生の熊が現れたという話が頭をかすめた。木と木が激しくこすれ合っているのだと思おうとしたが、声は容赦なく迫ってくる。胸が激しく動悸を打ち、私は身構えた。

断続的だった音がしだいに尾を引いて長くなったとき、私はようやく声の主《ぬし》に気づいた。人の声とはとうてい思えなかったが、それはまぎれもなく人間の体内から迸《ほとばし》り出ていた。身もだえしながら真海がうめき声をしぼり出しているのだった。

母のうめきが子の泣き声とからみ合って結び合わされて水面を震わせて水紋を彫り、底へ沈み、再びふき出し、さらに土や木や草や空に染みこんで周囲の景色を染めていく。

母と子の思いに圧倒され、私はただ見つめ、耳を傾けた。聞いていると、母と子の思いをもっと高く飛翔させたいという願いがこみ上げてくる。

どのくらい時間がたっただろう。いつのまにか、子どもが泣きやみ、母親のうめき声がとだえ、底深い静寂が訪れていた。

母が子を抱き寄せて近づいてくる。アカリは片手にタモ網を持っている。腫《は》れぼったい目、赤らんだ鼻、ふっくらとした頰が初々しい。水に濡れた腕がつやつやと光っている。ゆっくりと近づいてくるふたりを見て私は瞬きをした。母が子を抱いているのではなく、子が母を抱いているかのように見えたからだ。何度見ても、やはり子が母を抱いているかのように見えた。

そのとき、私は真海の目にみるみる盛り上がる水滴を見た。涙はとめどなく頰を滑り落ち、なおもあとからあとからあふれ出た。母は声もなく泣いているのだった。

水際まで来ると、アカリがタモ網を私の足もとに置いた。母親が両腕で差し出した子を、私は受けとめた。濡れた子の細い体は冷たかったが、内側に温もりをはらんでいた。光る水が私の肌に染みとおったとき、私は母が子に抱かれていたのだと確信した。何故なら、私もまた子に抱かれていると感じたからだ。

私はアカリと母親を池から引っ張り上げた。そして、ふと思い出してポケットから薄緑色のハンカチを出して母親に手渡した。真海はハンカチを顔に押し当てて嗚咽《おえつ》した。

見上げると、夏の空は何本もの大木にはばまれて狭かった。力のこもった夏のちぎれ雲が、夕暮れの空を決まった方向にためらいもなく駆けていく。

アカリがもう一度しゃくり上げた。

「アカリちゃん、コイを捕まえようと思ったの」

私の問いに、アカリはうなずいた。池に着いて初めて発した言葉だと思いながら、私はもう一方のポケットからハンカチを出してアカリの髪を拭いた。

「すごいね、コイを捕まえようとするなんて」

首すじにハンカチを移しながら私が言うと、アカリは思い出したようにしゃくり上げてはにかんだ。アカリは食欲のない母親のために何としてもコイをつかまえたかったのだ。そのとき、母親が顔に当てていたハンカチを外して、アカリを引き寄せて抱きしめた。子はあどけない顔で身を任せた。母親は身を震わせたあと、大きな息をはいた。彼女は子を抱いたまま何回も深呼吸を繰り返した。嗚咽はしだいに小さくなり、やがて消えた。

ふいに西の空の雲間から斜光が射し、池の水面に光が乱舞した。真海は名もない山なみの向こうに目を向けた。泣き腫らした母の目が、今まで見たことのない強さをおびて光った。

真海のまなざしに誘われ、私は福島へと思いを馳せた。あの日、森や田畑や川や海や牧場や果樹園や家々などが汚染された。福島の地に残った人がいる。住み慣れた土地を離れて難民となった人がいる。非情な手につかまれて未来を見失った人がいる。もとの土と緑を取り戻そうとしている人がいる。生業《なりわい》を再生させようとしている人がいる。新たな困難の前で涙を枯らしたままの人がいる。手を携えて坂道を歩み出した人がいる。

福島への思いにふけっていた私は、ふと我に帰ってポケットからスマホを取り出して時刻を確かめた。長い時間がたったと思っていたが、意外なことにそれほど時間はたっていなかった。

私は小栗麻にスマホをかけ、アカリが見つかったことと、真海と三人で田護池にいることを説明した。麻は何か意味の分からない声を上げ、それっきり沈黙した。

「もうすぐ、ここを出発します。アカリちゃんの武勇伝を楽しみに待っていてください」

私は言ったが、彼女は黙っている。しばらくして、涙で湿った声が返ってきた。

「ありがとう。ほんとうにありがとう。私たちもそっちへ向かいます」

そのあと、私は天岡主幹に水沢アカリが無事だったことをスマホで知らせた。

「校長先生と神ノ池君たちと若村先生には私から連絡しておきますよ」

「よろしくお願いします」

「どうして、こんなことになったんですかね。報告書を書いてもらいますよ」

主幹は言った。

「報告書でも何でも書きますよ」

私は威勢よく返した。

「さあ、帰ろう」

私はふたりを促した。

アカリが先頭を歩き、真海、私の順に狭い道を下りていった。椎の木の傍まで歩いたとき、アカリが立ちどまって大木を見上げた。濃い緑色の枝と葉が無数に重なり、盛り上がって空へ向かっている。樹冠が強い風にあおられて大きく揺れた。

「この木ね、シイの実をいっぱい落としてくれるんだって。花菜ちゃんが教えてくれたの。でね、一緒に拾いにくる約束をしたの」

「秋の終わりごろね」

私は母と子の声に耳を傾け、子どもたちが椎の木の下で実を拾っている光景を思い描いた。そして、濡れそぼった母と子を見つめた。

福島から遠く離れてこの町へ辿り着いた母と子が坂を下りていく。その姿がまぶしく感じられ、私は熱くなった自分の胸に思わず手を当てた。

学校の玄関を出たとき、外はすでに濃い闇に包まれていた。歩きかけて、ふと校門の方を見ると、男が外灯の光に照らし出されて立っている。ダイオウ松を仰いでいるのは六年生担任の神ノ池章吾で、筋肉質の若々しい腕が白い半袖ポロシャツから出ている。彼は私の気配を察したのか振り返ったが、まだ自分の思いの中にいるというふうに見えた。

「年々、帰宅時刻が遅くなりますね」

私が声をかけると、神ノ池は現実に引き戻されたかのような顔をして近づいてきた。

「原子力館では都合のよいストーリーを仕立てて、アトラクションでワクワクさせて、小学生の僕の頭に、原子力は神秘的だと刷りこんだんです」

ダイオウ松を見上げて過去を振り返っていたのだろうか。彼は過去を断罪するかのように強い口調で言った。

「話を聞いて思ったんだけど、原子力館とホウシャノー菌という落書きですが、どこか似てませんか」

私が言うと、神ノ池は胸の前で腕を組んで考えこむふうだったが、すぐに分かったという顔をした。

「そういえば、相似形ですね」

そう言って、彼はいく分顔を上げた。

「夏休みに福島へ行きます。支援学校の三人の若い先生たちと一緒に行くことになったんですよ」

忙しい時間を縫って相談が進んでいたようだ。

「今回は教職員組合の人たちに助けられました。組合は学ぶ場所で、大事なことを共有して次へ進むためにある。ああ、これは若村先生の受け売りです。若村先生は、娘が妊娠して高校を中退したときに教員をやめるつもりだったけど、組合に支えてもらったおかげで、退職の年まで勤められると話しておられました」

カンパを頼みに町内を回るのだと言って、その日の五時半ごろに若村優子は退勤した。田代さんに話があるけどまた明日ね、と言っていたが、福島行きのことだったのだろうか。

「福島ではどんなことをするんですか」

「夏休み教室です。宿題の相談とかスポーツコーナーとか、段ボールの巨大迷路や食事や冷菓なんかも作ります。僕のワゴン車と支援学校の先生の車で往復二十六時間ほどですね」

「五十嵐さんは行くんですか」

「採用試験が終わってからの日程なので誘ったんですが、考えさせてという返事でした。ほかに声をかけた人には断られて、いまのところ、橘小学校からはふたりだけなんです」

私は誘われていないと不満を覚えたとき、神ノ池が組んでいた腕をほどいて涼しげな目を向けた。

「田代先生は車の長距離が苦手だ、と若村先生に聞きました。それで、往復二十六時間は無理かなと、それで、まだ誘えないでいます」

声をかけられていないのは配慮だと知った。

「行ったら、きっと迷惑をかけると思うわ」

「福島の子どもたちや親たちを招待して、交流する取り組みが京都でも進んでいますよ。それなら、田代先生もだいじょうぶかなあ」

彼は慰める口調で言った。

帰りの会が終わった。茨木花菜を見ると、そばかすの散ったきめの細かい頬が紅潮している。私は傍へ行って額に手を当てた。そして、机の引き出しの中から体温計を取り出して測った。

「三十七度六分あるわ。母さんに電話をしようか」

私が言うと、花菜は真剣な目をして首を強く横に振った。ダブルワークをしている母親に心配をかけたくないと思っているのだろう。

「しばらく、保健室で休みなさい」

私が勧めると、花菜はうなずいた。早くよくなってねと水沢アカリが声をかけて帰っていった。

花菜を保健室へ連れていくと、養護教諭の五十嵐彩は出張でいなかった。花菜は失望の色を見せたが、ベッドに横になるとすぐに寝息を立て始めた。

私は職員室へ戻って学年通信を書いたあと、保健室を覗いた。花菜のベッドの傍に腰かけていると、しばらくして花菜が目を開けた。

「朝、母さんは熱があったのに仕事に行きました」

花菜は言い、利発そうなおもざしを見せた。

「先生、いつまで、橘小学校にいますか」

花菜が熱にうるんだ目で私を見た。

「さあ、いつまでかなあ。でも、どうして」

「アカリちゃんは前の学校の友だちと一緒に卒業できないので、私たちは一緒に卒業しようねって約束して、それで私たちの卒業を田代先生に見送ってもらおうって相談したんです」

「願いがかなうといいね。さあ、家まで送るね」

私が言うと、花菜はうなずいた。


翌朝は奇数学年が登校指導に当たっていたので、いつもより早く出勤して校門の傍に立った。

「田代さん、福島行きの話が進んでるんやわ。それから、水沢さんの家に行ってきたで」

若村優子が近づいてきて耳うちした。そのとき、私は登校してくる子どもたちの中に茨木花菜の顔を見つけた。

「おはよう、花菜ちゃん、もう、治ったの」

「おはようございます。夕方から朝まで、バクスイして、もう平熱です。母さんも復活しました」

花菜は張りのある声で答えて笑顔で昇降口の方へ向かった。

二十分ほどすると子どもの列がとぎれたので、私たちは玄関の方へ連れ立って歩いた。何気なく振り返った私はひとりで登校してくる男子を見て踵《きびす》を返した。

「伸君、おはよう」

石井伸は黙って口をすぼめ、口笛を吹くかっこうをした。私はめげそうになるのをふり払った。伸は何かほかのことで頭の中が占められているのだと想像した。うまく思考回路がきり替わった。

「伸君、ゲームの達人だってね、私にも教えて」

彼が立ちどまったのを見て、私はつい軽口をたたいた。

「伸君、私にデンセンってあだ名をつけたんやてね。私も伸君にあだ名をつけようかな。何にしようかな。じっくり考えるね」

「エッ」

彼は小さく叫んでちらっと私を見たが、すぐに視線をそらせた。いつか石井伸と対話ができるときまでスモールステップだと心に決め、私は肩をそびやかして去る彼を見送った。目を合わせた感触が胸に残っている。

職員室に戻った私は、養護教諭の五十嵐彩を見て驚いた。いつものシニヨンの髪型ではなく髪を下ろし、紺色のコットンのTシャツとベージュ色のアンクルパンツという服装が若々しい。

「子どもが大騒ぎしたでしょう」

「はい、取り囲まれて質問攻めでした。実は前から言われてたんです。どうして式のときみたいな服ばかり着てるのって。なので、思い切って」

「そうだったの。似合ってるわ」

若々しい彼女の頬にほのかに赤みがさした。

「いまを未来に預けないことに決めたんです」

彼女は気負いを感じさせない口調で言った。


放課後、茨木花菜の母親が学校を訪れた。何があったのだろうといぶかしく思いながら、私は相談室で茨木章子と向かい合ってすわった。

「田代先生、迷っていたんですが、やはり田舎に帰ることに決めました。花菜をひとり置いて夕方から勤めに出るのが心配で、それに父の病気のことを考えると、こうするのがいいんです」

花菜との別れを知らされ、私は言葉を失った。一緒に小学校を卒業したいという花菜とアカリの願いが、ふと胸をかすめた。

「花菜は引っ越すことを先生や友だちにきり出せないんです。ほんとうにいい学校と友だちに恵まれたんですね。先生、お世話になりました。ありがとうございました」

章子のしんみりした声に、私も口を開いた。

「寂しくなりますね」

転校の手続きが終わったあと、彼女を校門まで見送った。

「茨木さん、お体を大切にしてください」

「どうぞ、田代先生も」

働いている母親どうしだと思いながら、私が手を取ると、章子は握り返してきた。


茨木花菜が転校して一週間が過ぎた。花菜と親しかった水沢アカリのことが気になったが、私の心配をよそに、まもなくアカリには友だちができた。

花菜からは五年生の全員に当てて手紙が届いた。その日の休み時間、アカリが私の傍に来た。真剣な目をしている。

「二階の部屋から波の音が聞こえるって、だいじょうぶかなあ」

アカリはそう言って、顔を曇らせた。花菜が引っ越し先の海辺の町で津波に遭うのではないかと案じているのだ。私はアカリのいちずさを思い、過去の自分とすれ違った気がした。

もう三十数年前、小学五年生のときのことだった。クラスに脳腫瘍で入院した友だちがいた。担任はクラス全員に手紙を書かせて病院に届け、その友だちが喜んでいたと私たちに伝えた。私は翌日から手紙を書いて友だちの家のポストに入れた。毎日欠かさずに届けた。

三か月あとに友だちは死んだ。


あのころは、一心に友だちのことを思っていた。けれどもいまはどうだろう。針で胸をちくりと刺されるような痛みを覚え、自分の存在が心もとなく感じられた。その日、私は学校を出て酒店の駐車場に車をとめた。玄関で声をかけると、水沢真海が出てきた。部屋にアカリとナホのいる気配はなかった。

「麻さんの家で夕飯をよばれちゃって、私だけ、ひと足先に帰ってきたんです」

福島の言葉を使わない真海が、よばれたと言わずによばれちゃってと言った。いとこの小栗麻の温かい気配りが、真海に故郷の言葉を取り戻させたのだろうか。あるいは真海の心境に変化があったのだろうか。

「先生、何かご用でしょうか」

「花菜ちゃんが転校したあと、アカリちゃんに新しい友だちができたことをお伝えしたくなって」

「ありがとうございます」

真海は笑みを浮かべ、ちらっと白い歯を見せた。

「若村先生たちは夏休みに福島へ行かれますよ」

「そうらしいですね。先日、若村先生が来られたときに聞きました。コツコツと貢献している人がいて、化けもの退治の覚悟をする人もいて、その端の、そのまたずっと端の方に列《つら》なりたいって、そんなことを若村先生は言われました。私は化けもの退治という言葉にはっとして、化けものという言葉を胸にしまいました」

彼女は片手を胸に当てて真剣な目をして言った。

「若村先生と田代先生に手紙を書いたんですよ。あとで渡しますね。先生、いい機会ですので、話を聞いてくださいませんか」

何の話だろうと思いながら、私は勧められるままに和室に入り、テーブルの前にすわった。しばらく沈黙したあと、彼女は口を開いた。

「一週間ほど前に福島の伯母に電話をしました」

「えっ、ほんとうですか」

「はい。何度も迷った末にやっとかけたんです。伯母は激しくなじりました。なんだい、いきなりいなくなっちまってとすごい剣幕で怒りました。電話が壊れるかと思うぐらいの大声でしたが、おらもがっくり年を取っちまってよう、と急に涙声になって。それでどこにいたって生きていてくれればいい、生きているうちに会いたいって」

真海はかみ締めるように語った。

「そのあと、福島の友だちにも電話をかけました」

「根岸愛さんというお友だちですね」

真海はうなずいた。図書館に勤務していたが、災害対策本部に移ったあと、なじょしてるという問いかけが口癖になったと聞いた記憶がある。

「愛は黙って出ていくなんて絶交だっぺよと叫んだあと、号泣しました。愛は仕事をしてるときは信じられないぐらい強気だけど、ほんとうはものすごく泣き虫なんですよ。それで、愛は思いきし泣いたあと、生きていてくれてよかったと言いました」

　伯母も友だちも言ったという、生きていてくれてよかったという言葉。さんざんな目に遭い、身を引きちぎられる思いを繰り返し、死と隣り合わせてきた人の言葉に違いない。

「なじょしてるって、今度は逆に私が聞いたんです。そしたら、環境が変わったために前の生活を取り戻せない人が多くて、問題が山積みだと言うんです。泣き虫の癖に、仕事のことではとてもテキパキしていて強気だった愛が、信じられないぐらい弱気になってて」

　私は前に読んだ被災地のルポを思い出した。ルポには、国や県や電力会社と住民の願いのはざまで引きさかれ、神経をすり減らしている苦悩が書かれていた。

「住民の気持ちがズタズタにされた上に、山も水も空も澄みきっていた福島で、子どもや若者まで被曝してしまったって愛は言うんです。牛や犬や猫や魚や鳥やチョウチョや木や草や土にもすまないって言うんです。でも、先生、そうしたのは私たちじゃなくて、化けものになった人間だと思うんです。それは、私たちにも反省することはあるけど」

　真海は熱心に語った。こんな彼女を見るのは初めてだった。

「伯母と愛と話をして、きのう、やっと水沢の家族に謝罪の手紙と離婚届を送りました」

「決心されたんですね」

　彼女はうなずき、つと立って隣の和室へ入っていき、菓子箱を手にして戻ってきた。

「伯母が送ってくれたんです」

　彼女は小さな正方形の白い菓子箱をテーブルに置いた。中には数個の和水仙の球根が入っていた。

「アカリとナホと一緒に植えます」

　彼女は言い、透きとおったまなざしをした。

　私は球根をひとつ取って手のひらに載せた。球根は茶色の薄い皮に包まれ、冷やりとして意外に重く感じられた。花の咲く日へ向かってほしいというのぞみが胸にあふれ、私は球根をそっと箱に戻した。

「水沢さん、先は長いですよ。ゆるりとね」

　私が言うと、彼女はうなずいた。

　帰りがけに、彼女は白い角封筒を私に手渡した。家に帰るとすぐに、私はキッチンの椅子にすわって手紙を読んだ。

田代先生、福島の根岸愛から届いたメールの一部と添付してあった写真を同封します。

真海、先日は電話をありがとう。日曜日のできごとをメールするので、読んでね。

その日、私は電池を買いに車で外出した。原発事故以来、近くの店がなくなって遠くまで行かなければならなかった。フレコンバッグが田んぼや畑や道端に累々と続いている。見ているうちに、何故か体が揺れ始める感じになって、私は道端に車をとめて泣いてしまった。泣き疲れてぼんやりしていると、ふいにボランティアセンターの荘司さんの顔が目に浮かんだ。原発事故のあと、福島へ移住してきて、良寛さんと呼ばれている人だ。私は車をユーターンさせた。

「根岸さん、だいじょうぶですか」

玄関に出てきたセンター長は案じる顔をした。きっと私がよほど情けない顔をしていたのね。ところが、センター長の顔色も普通じゃなかった。聞くと、来月から人工透析を受けるという。

「大変ですね。透析の設備のある病院は遠い上に、医師や看護師はいっそう足りなくなってて」

「そうですね。ところで、今度センターの庭にハナミズキを植えようと思うんですよ。何色がいいですか」

彼は重い空気をはね返そうとでもするかのように、快活な声を出した。

「蕎麦《そば》の色がいいです。ルビー色の」

「紅《べに》色ですね、ルビー色のハナミズキにしましょう。何しろ福島の蕎麦はうまい。秋になったら植えますので、根岸さんも手伝ってください」

私は急に面倒になって黙った。手伝いますと何故言えないのかと内心自嘲したが、どうしても言葉が出てこない。気分転換をしませんか、と彼は私に言った。もうどうでもいいと思って、私は彼の車のあとについて車を走らせた。

海の近くにそれぞれの車をとめてゆっくり歩いた。倒れた堤防は無用なコンクリートの塊だ。道路は片づいているが、家の中にはポリバケツや布団や壊れた椅子や招き猫など、あの日まで日常の暮らしを支えていた様々なものがからまり合って泥にまみれている。

　荘司センター長は立ちどまって遠くの方を眺めた。彼の視線の先にある低い段丘の上の、時間がとまっている場所、二年と少し前まで新しい原発の予定地だった場所。復興という言葉の陰で時間のとまっている場所は、このほかにも数えきれないほどある。

　まもなく、彼は原発の予定地だった方向にくるりと背を向けて歩き始めた。

　帰ります、と言葉に出すのがおっくうで、私は仕方なくついていった。彼は海辺をしばらく歩いたあと、立ちどまった。

「根岸さん、みごとですね」

　センター長は言った。みごとという言葉なんか聞きたくない。そんなものがあるはずがない。何も見たくない、何もかもたくさん、もう限界だ。

「根岸さん、ほら」

　彼はこりずに繰り返した。

「ほら、見てください」

　荘司さんのすっきりした声が胸をつき抜けるように響いたので、思わず私は視線を向けた。

　信じられない光景がそこにあった。荒れ果てていた場所は消え失せ、碧《あお》い海と明るい砂浜があった。海岸線は完璧な弧を描き、砂浜は陽を照り返している。絶えまない波音が全身を揺さぶる。海は生まれ変わったのだ。遥かな沖も深い海底も世界につながっていると思いながら、私は海の響きに包まれていた。いつまでも、こうしていたいと思った。

「宇宙の営みですね」

　体がきついのか、いつのまにか砂の上に腰を下ろしていた荘司さんが言った。その言葉を聞いた瞬間、私は真海に会いたいと思った。真海、覚えていますか。高校の修学旅行のとき、洋先生と一緒に海を見たこと、覚えてるよね。洋先生は海が好きだった。

　その夜、私は詩を書いた。

地上の砂に
海の水に
陽が射し

風が立ち

ぶつかる思いが
無数の結晶となって
億年の時空に
きらめき

再生したふるさとに
ふれたい
この手で
ふれたい

田代先生、これは愛から届いたメールの一部です。私は何回も読みました。

ガレキの傍に生まれた浜辺の写真を見ると、父が真海と名づけたことや、海はいいねえ、真海っていい名前だねえ、という夫の声が甦ります。私たちは死んだ人たちと一緒に生きのびているのでしょうか。

伯母や根岸愛や水沢の家族に連絡をしたあと、私は大学ノートを机の上に広げました。ずっと書けなかった日記を書こうと思ったのです。けれども、一行も書けませんでした。私の浅い眠りは続いています。今夜も眠れなくなり、先生に手紙を書きました。日記はだめだったけど、手紙は書けました。

私は一生この傷を背負って生きていくのでしょうか。いつの日か、ほんとうの海を見ることができるのでしょうか。

田代由岐先生へ

水沢真海

私は真海の手紙を読み終わり、再生した浜辺の写真に見入った。そして、こみ上げてくるものを感じて、日記帳を取り出してテーブルに広げた。

わたしは
濁った海の
ひと粒の泡

三行書いたが、次の言葉が出てこない。いつか完成させたいという憧憬を胸に残したまま、私は思いきって二年ほど前にタチバナ平和まつりで講演をした講師に電話をかけた。私が名乗ると、彼は覚えていて、飯舘村を出発して以来、営んでいる農業のことや子育ての様子をていねいに語ってくれた。原発についての講演も続けていると言い、たびたび避難民という言葉をその話に交えた。

「地域で『なじょしてる会』を作って茶話会をしてますよ。生活の苦しさや子どもの健康についての不安など、ざっくばらんに話し合っています」

彼は落ち着いた口調でつけ加えた。

その夜、食事の片づけをすませたあと、私は進二と居間のソファーでくつろいだ。彼は本を開いて読みかけようとして、思い出したようにタチバナ平和まつりの大嶽靖夫代表の名前を口にした。

「大嶽さんがカンパや米を集めてる。若村先生たちが福島へ行くときのためらしいで」

「その福島行きに、私も誘われてるんやわ」

「それは無理や。由岐は長距離に弱いからな」

彼は話にならないという顔をした。

「いま、町内のあちこちで放射線量を測る計画が進んでるんや。由岐も、こっちに協力しろよ」

進二は当然だという口調で言いきり、私は胸のつかえを抑えて黙った。彼は「原子力　生類の危機」を開いた。私はすでにその本を読んでいる。

彼の顔がゆるんで見え、私はいっそう切迫していく気持ちをもてあまして窓辺に立った。黒々としたアセビの枝越しに隣家の灯が見える。窓の形にきり取られた橙色の灯を見ているうちに、いつか山梨の学生アパートにいる娘のことを考えていた。未知は被災地を三回訪れている。未知が私をじっと見ている気がした。

私の思いはクラスの子どもたちへと移った。優しくて、ひょうきんで、ずるくて、繊細で、負けん気が強くて、好奇心が旺盛で、恥ずかしがり屋で、泣き虫で、残酷で、いちずで、子どもたちはほんとうに多彩だ。際限なく揺れ、変わり続け、私の貧弱な言葉はとても追いつかない。

ふと疑問がわいた。福島への道は一部の人にだけ通じているのだろうか。そう思ったとき、アセビの枝越しに見えていた隣家の灯が消えた。けれども、橙色の灯の残像が目裏《まなうら》に残っている。

「風呂に入って、先に寝るよ」

進二が居間を出ていき、私はソファーに戻ってすわり、テーブルの上の「原子力　生類の危機」を手に取った。何気なくめくっていると、赤い傍線を引いたページが目についた。前に読んだときに私が引いたものだった。

日本の原発が貯めこんだ放射性廃棄物いわゆる核のゴミのエネルギーは、広島原爆の百万発分を優に超えた。

我われは核のゴミという悪霊を百万年間、三百メートルより下の地底で管理しなければならない。

核のゴミは悪魔の兵器にたやすく変えることができる。悪魔の兵器、すなわち核兵器である。

核爆発により、地球が醜い瘡蓋《かさぶた》におおわれ宇宙のゴミになるのは、いまや現実的な光景である。

次のページをめくると、余白に見覚えのある進二の字で書きこみがしてあった。赤いボールペンで一画ずつ力のこもった字で書かれている。

核のゴミ→核兵器
ひと握りの富裕層と九十パーセントの庶民
未来世代

私は並んでいる三行文字を何回も読んだ。私は傍線を引いただけで、知って案じて、それで終わりにしていたのだ。何のためにこの本を読んだのか。何故自分に引き寄せて考えなかったのか。未来世代という言葉が小さい光をおびて明滅し、背すじがぞくりとした。

乱れる思いを沈めて、私はキッチンで水沢真海への返事を書いた。長い手紙になった。手紙の末尾に、飯舘村から避難してきた人が中心になっている「なじょしてる会」のことを書いた。

今夜も水沢真海の眠りは浅いのだろうか。

土曜日の早朝、庭に出た。

アセビの木の濃い緑色の間に、ひわ色や薄紅色の葉が初夏の陽をあびて光っている。触れると、赤んぼうの肌を思わせるやわらかさが指先に残った。ふいに風が立ち、アセビの葉をそよがせた。いま、福島にはどんな風が吹いているのだろうか。人々の思いをはらんで立ち、山を越え、海を越え、見知らぬ土地に吹きわたるだろうか。

鋭い鳥の声が輝く空に響きわたった。目を転じると、名もない山の稜線《りようせん》が金色に縁どられている。異界にいる気がして深く息をはいたとき、福島へ行きたいという思いがせり上がってきた。私は考えを巡らせたあと、足どりの軽さを意識しながらキッチンへ戻った。出汁《だし》を取りながら、味噌汁に入れる人参を刻んでいると、進二が起きてきた。

「僕よりも早く起きるとは珍しい」

「人生には思いがけないことが起きるということ」

「何の話や」

「いい方法を考えたわ。新幹線で福島へ行って、現地で合流する」

彼は返事をしなかった。そして、テーブルの上の新聞を手に取ると、音を立てて開いた。

「福島へ行くわ」

「無理や」

彼は叫んだ。

「行ける」

「無理や」

「信じたいの」

「意地っ張りで、言い出したら聞かない」

「進二も行くでしょう」

思いがけない言葉が出た。これまで夫にこんなふうに言ったことはなかった。彼がふいをつかれた顔をして、じっと私を見ている。

核エネルギーは無言だが、福島の地は雄弁だという予感がする。

柴垣　文子（しばがき　ふみこ）
1945年　宮崎県生まれ
1967～2000年　京都府小学校教員
日本民主主義文学会会員
著書　『校庭に東風吹いて』（2014年、新日本出版社）
『星につなぐ道』（2011年、同上）
『おんな先生』（2006年、光陽出版社）

風立《かぜた》つときに

2018年5月25日　初　版

著　者　柴　垣　文　子
発行者　田　所　　稔

郵便番号　151-0051　東京都渋谷区千駄ヶ谷4-25-6
発行所　株式会社　新日本出版社
電話　03（3423）8402（営業）
03（3423）9323（編集）
info@shinnihon-net.co.jp
www.shinnihon-net.co.jp
振替番号　00130-0-13681

印刷　光陽メディア　　製本　小泉製本

落丁・乱丁がありましたらおとりかえいたします。

ISBN978-4-406-06253-4 C0093　Printed in Japan